「やっぱり体が鈍っているな。ルーサーは……、まだいけるな！」
どこをどう見たらそうなるんだ？肺が悲鳴上げてるんだが。もはや喋る余裕もない。
JN191587

「おまえだれ！」

「セラーズ家が嫡男、ルーサー＝セラーズと申します」

「どう？　先生って呼びたくなった？」
「……クルーブ先生、よろしくお願いします」

著◆嶋野夕陽
イラスト◆ふわチーズ　STORY BY SHIMANO YUHI　ART BY FUWACHEESE

たぶん悪役貴族の俺が、天寿をまっとうするためにできること

1

WHAT I, PROBABLY
A VILLAINOUS ARISTOCRAT,
CAN DO TO FULFILL
MY NATURAL LIFE.

CONTENTS

WHAT I, PROBABLY A VILLAINOUS ARISTOCRAT,
CAN DO TO FULFILL MY NATURAL LIFE.

序章　ミーシャの日記

自由に使っていい初めてのお給金を頂いたので、いくらかを家へ仕送りし、残りの少しで日記帳を買ってみることにしました。

お屋敷での日々や、私の毎日の出来事を記していきたいと思います。

はっきり言って、お屋敷で暮らしている限り生活に困ることはありません。そのうえ、お給金をいただくなんて申し訳ない。と言いつつ、実家に仕送りできることは大変ありがたくもあります。

さて、私はまだまだ新人だというのに、なんと先日お坊ちゃま――ルーサー＝セラーズ様付きのメイドとして抜擢《ばってき》していただきました！

諸先輩方を差し置いて恐れ多いと一度はお断りしたのですが、逆にその先輩方から背中を押される形でお引き受けすることとなりました。

とはいえ、坊ちゃまは最近歩けるようになったばかりです。そんな坊ちゃまのお世話、一体どんな大変な仕事なのだろうと緊張しながら初日に臨み、そして驚きました。

奥様にお世話係になると紹介され、挨拶した私をお坊ちゃまはじーっと見つめると。

「あい、みーしゃ」と、小さく可愛《かわい》らしいお声で言って頷《うなず》いたのです！

私をはっきりとミーシャと認識しておりました。天才児です！

見た目は奥様にそっくりでお可愛らしくお顔が整っており、名前も呼んでいただき私は一目ですっかり夢中になってしまいました。思わず小さな子供のようにはしゃぐ態度を取ってしまい、奥様に笑われてしまったのだけちょっと反省です……。


奥様はよく本を読んでいらっしゃるようで、その読書の間一緒に過ごしてお世話をするのが私のお仕事です。坊ちゃまも奥様の真似《まね》をされているのか、本にご興味があるようでしたので僭越《せんえつ》ながら私の方で読み聞かせをさせていただいております。

貧乏ながらもきちんと文字教育をしてくれた両親や兄姉《きょうだい》に感謝です。

そうそう、旦那様は最近お偉い役職に就任されたそうで、毎日お忙しくされております。坊ちゃまが寂しくないように私がしっかりお世話して差し上げなければ。

あと、お仕事を始めてから一つだけ心配事が増えてしまったのですが、きっとこれは文字に残しておかないほうがいいでしょう。日記が他者に見られるのは……私も恥ずかしいですし絶対に避けたいところですが、万が一ということもあります。

これからも日記を書く時はちょっとだけ気を付けながら書いていくことにします。

今日はこれで終わり。

◆

ルーサー様は変わらずお元気でご聡明です。とくに王都で【賢者】と呼ばれるルドックス先生がいらしてからは、メキメキとその頭角を現し始めました。

今では私が読まないような難しい本までご自分で目を通していらっしゃいます。まさに神童の名にふさわしい、誇るべきお方です！

そんな坊ちゃまのお世話ができて私も誇らしいです！　……ただ、懸念があるとすれば旦那様と奥様のことです。

旦那様は近頃ますますお忙しいようで、お二人と触れ合う時間がとれておりません。不規則な生活からか、随分とお体も大きくなってしまい健康面が心配されます。

一方で、奥様も近頃は目頭を指で揉《も》んでお辛《つら》そうにしている姿をよくお見掛けします。旦那様の代わりに近隣のご挨拶に出向かれることも多く、随分とお疲れなのかもしれません。

ルーサー様はご両親と触れ合う機会が減ったというのに、泣いたり怒ったりされません。私に八つ当たりすることも、過剰に甘えることもないです。

こんなことを書いてはバチが当たるかもしれませんが……もっと甘えてくださってもいいのに、と時折歯がゆくなってしまいます。なにより、奥様や旦那様の姿を遠くから目で追っているだけのルーサー様を見ていると、私も酷《ひど》く切ない気持ちになってしまいます。

ルーサー様の例の件も昔と変わらず、お屋敷は以前よりもややピリついた雰囲気がございます。

ルーサー様が休まれた後、よく奥様と旦那様がそっとお部屋を覗《のぞ》いていかれることがございます。

私ごときには、お二人がどんな気持ちでそうされているのか想像もつきません。せめて、ルーサー様が起きている間は私ができる限りを、と差し出がましいことを考えてしまいます。

思うところは様々ございますが、今日はこれで終わります。

◆

近頃のルーサー様は心ここにあらずといったことが増えてございます。

初めのうちは例の件もあり、心配をしていたのですが、どうやら考え事をなさっているだけのようで少し安心いたしました。

奥様へ報告するのは少し早まったかもしれません。報告以後、奥様は今まで以上にルーサー様のご様子を見守るために家にいらっしゃることが増えてしまいました。

奥様もお仕事がありお忙しいにもかかわらず、私のせいでお家に不都合が生じることが誠に申し訳なく、深く反省しております。

ルーサー様もそのことにお気づきのようで、遠くで見ている奥様を見かけると悲しい顔をして身を隠そうとしてしまわれます……。

旦那様が仕事帰りで、奥様がルーサー様を見て、ルーサー様はお悩みになって、皆様毎日のようにため息をついていらっしゃいます。

どうしたらよいのでしょうか。

私に何ができるのでしょうか。

少しでもお家の、ルーサー様のお役に立てるように私自身様々なことを学び、他の先輩使用人たちからも話を聞いてまいりましたが心配事は募るばかりです。

思わず私もこれを書きながら一人ため息。

今日のところはこれで終わりましょう。また明日から頑張ります。

第1章　異世界転生したけど両親が悪役っぽいんだが

「ルドックス先生、父上は悪い人なんでしょうか？」

俺の質問に、先生と呼ばれた老人が目を見開いた。

長く伸びた眉の毛の隙間から、青みがかった灰色の瞳が覗《のぞ》く。長い鬚《ひげ》をしごきながら「ふーむ」と声を漏らした先生は、長身の体を俺の目線に近くするためにしゃがみこんで顔を覗いてきた。

「ルーサー様はどうしてそう思うのかの」

この質問をルドックス先生にしたのは、何も考えなしのことではない。

この世界の歴史を、世情を、仕組みを教えてくれる。巷《ちまた》では『賢者』と呼ばれる先生を信用してのことだった。

ルドックス先生は、紫のローブを纏《まと》い、威厳を感じさせる白髪と顎鬚を長く伸ばしている。顔に深い皺《しわ》が刻まれているので高齢なのはわかるのだが、老人にしては背筋がしゃんとしており長身でガタイも良いため、年齢は不詳である。

以前、いくつなのか尋ねてはぐらかされたことがあるのだけれど、父上の家庭教師もしていたと聞いたことがある。しかし、彼は他の使用人たちと違って俺のことを子供扱いしつつも、その実ちゃんと一人の人として接してくれる。

今のように突拍子のない質問をしても見つめてくる目は優しい。そんなルドックス先生が相手だからこそできた質問だ。

「父上は母上と仲が良くないようです。最近ではますますお腹《なか》が出て、顔も肉に埋もれてきてしまいました。使用人たちに乱暴こそしないものの、いつも怒ったような顔をしているようにも見えます。それなのにたまに来るお客様とは内緒話ばかりしています」

「相変わらず四歳児の観察眼ではないのぅ。ルーサー様はオルカ様が悪い人だと思っておるのか？」

「そうでなければいいなと思っています」

「模範解答じゃなぁ」

そう言ってホッホッホと優しく先生は笑う。でも俺は父上が悪い人である可能性も高いと思っている。

だって父上は、俺の知っている悪役貴族そのものだ。

以前、来客があった際の内緒話をこっそり聞いたところによれば、あちこちの貴族から恨みを買っているのだとか。

やってきた偉そうなおじさんが父上は嫌われていると話していたこともある。母上とは長いこと会話をしていないようだし、あまり家にも帰ってこない。外に愛人でも作っているのかもしれない。

国の財務大臣をしているらしく、いかにも汚職をしやすそうな役職だ。

俺が生まれた当初はすらっとしたイケメンだったのになぁ……。

そんな父親の姿を見ていると遺伝で俺もいつかそうなるんじゃないかと思い、美味《おい》しい食事も普通の量しか喉を通らない。

この世界には魔法とダンジョンが存在する。いわゆる中世ファンタジー世界だ。

もし、この世界に決められた物語があるのだとすれば、父上は間違いなく悪役貴族だろう。——そしてその後継ぎである俺もまた、役どころは悪側になるのだろう。

きっと正義の勇者とかが現れて断罪されてしまうのだ。

そうじゃなければ、魔王退治に行く勇者の噛《か》ませ犬。もとい、噛ませ豚にされるのだ。

せめて俺は犬と言える容姿であるよう努めたいところだけど。

そりゃあ俺だって、魔法があると知った時はワクワクしたさ。毎日こっそりと、何度も意識を失うほどに魔法の鍛錬をした。魔力を使い切った翌日は酷《ひど》い頭痛に襲われるので辛《つら》かったけれど、こんなものは小さなうちにやる方がいいと決まっている！　小さい頃から慣らしておいたほうが大人になった時に楽なのは当たり前のことだ。

その甲斐《かい》あってか、はたまた成長率が良かったのか。体の中にとどまっている魔法の力が日に日に大きくなっていくのが楽しくて仕方なかった。

一年もして自分の足で立てるようになった頃にはこの世界の勉強を始めた。

世話をしてくれるメイドさんにお願いして、あっちこっちと屋敷を案内してもらい書庫らしきものを見つけ、それからはいつもその部屋にこもっていた。

メイドさんには簡単な物語を読み聞かせてもらい文字も覚えた。

食事と昼寝と夜以外のほとんどの時間をそうして過ごした俺は、まだこの屋敷の異変に気づいていなかった。

だって興味深いものが山ほどあったのだから仕方がないじゃないか。あとから誰となしに言い訳をしたのを覚えている。

ちなみに昼寝と夜寝の前には、必ずこっそりと魔力を使い切って気絶して眠ることにしていた。気絶してもせいぜい一、二時間もすれば普通に目が覚める。

昼寝だったら目が覚めればそのまま本を読み続けるし、夜だったら一度目を覚ましてまた眠るだけだ。酷い二日酔いのような頭痛さえ我慢すれば何の問題もない。

自分で本を選んで読むようになったのが二歳。

家庭教師としてルドックス先生が付いたのが二歳半。

じつは魔法を使えると先生に気づかれたのが三歳の頃で、そこからは魔法の勉強も追加されることになった。

『神童』と使用人たちの間で噂《うわさ》されているのを知った時は鼻がぴよーんと伸びそうになったけれど、先生の自在な魔法を見たおかげで、根本からぽっきりとへし折られた。

試すような視線を向けていたであろう俺に、ルドックス先生は丁寧に根気よくいろいろと教えてくれた。

本当に尊敬するべき素晴らしい先生だ。

そしてつい半年ほど前に気が付いた。

父上がほとんど家にいないことに。

時折母上が、眉間に深い皺を寄せて俺のことを見ていることに。

それから俺はいろいろ調べたのだ。

そして、思い当たったのがこの結論。ついに今日、先生に尋ねてみるに至ったというわけである。


「そうじゃのう……。小難しいことを言うのであれば、悪なんてものはどの立場からものを見るかによる。だが、父をそうだと疑うことも、子にそうだと疑われることも良いことではない。悪いか悪くないかよりもルーサー様がそう思ってしまうことの方が問題じゃと、儂《わし》はそう考える。わかるかのう？」

「……しかし、その」

「難しかったようじゃな。ならば心ゆくまで調べるがいい。子供のうちは何でもやってみることが大切じゃ。しかしどうしても困ったとあらば、また儂に相談するといい。一人で抱え込むようなことだけはしてはいかん。ルーサー様の味方はたくさんおるのだからな」

「……わかりました。先生、ありがとうございます」

俺が座ったまま頭を下げると、先生はまた自慢の鬚をしごきながら立ち上がり、老人らしくほっほっほと笑う。

「よい。子供はたくさん悩んだ方が成長するもんじゃ。神童と言えどルーサー様も人の子だったんじゃのう。儂は少し嬉《うれ》しい」

「やめてください。先生の魔法を見てからは、そう呼ばれるのが恥ずかしくなりました」

「どうじゃろうな？　ルーサー様はまだ儂に隠していることがありそうじゃが……、まぁよい。無理せず頑張るんじゃぞ」

片目を閉じた先生に見つめられると、全てを見透かされているようで緊張してしまう。しかし先生は、体を硬くした俺を見て、くしゃりと皺を寄せて笑い、そのまま部屋から出て行ってしまった。

前世の記憶を持って転生してきたせいで、俺はどうしても両親に甘えることができないまま育ってきた。今更俺にうまく家族としての振る舞いができるんだろうか。

父上や母上よりも、メイドや乳母の方がよっぽど長く一緒の時間を過ごしているくらいだ。

（味方かぁ）

机に突っ伏した俺は数人の顔を思い浮かべながら、次はどうするべきか考えるのであった。

◆

味方と言われてまず最初に思い浮かんだのは、ミーシャというメイドの少女だった。

日中の空いている時間は、ずっとこのミーシャが俺の近くで世話をしてくれている。

いつも笑顔で話を聞いてくれる彼女は、今の俺にとって姉のようなものだ。天真爛漫《てんしんらんまん》な立ち振る舞いからして、元の俺の年齢からすれば妹のようなものでもあると言える。とにかくそれくらいに近しい存在だってことだ。

もし、同級生にこんな子がいたら間違いなく恋に落ちていたに違いない。しかし悲しいかな、なぜかこの体だとドキドキするというより、安心してしまってそんな気持ちにはならないのだ。


ルドックス先生が去ってしばらくすると、部屋にノック音が響く。リズムよく軽い音の響きから、外にいるのがミーシャだとわかった俺は、椅子の背もたれに寄りかかったまま入室を許可した。

ミーシャは静かに扉を開けて入室すると、俺の顔を見るや否やまっすぐに近寄ってきて、不思議そうに首をかしげた。

「ルーサー様、どうかされましたか？」

「なんで？　何か変かな？」

「だって、いつもでしたら立ち上がって待っているか、本を読んでいらっしゃるじゃないですか。悩み事でもあるんですか？」

「そうだっけ」

「ええ、そうですとも。最近は考え事も増えているようですし、私でよければ聞かせていただけませんか？」

見てわかるぐらいには俺は変な行動をしていたらしい。二十歳《はたち》半ばまで生きた経験があるとはいえ、別に演技の勉強をしてきたわけじゃないから、気を抜いてしまえばそんなものだろう。

俺はルドックス先生のことをめちゃくちゃ尊敬しているけれど、実は信頼度で言えばこのミーシャには僅《わず》かに劣る。ミーシャに関しては、絶対に俺の味方なんだろうという根拠のない安心感を持っていた。

まだまだ短い腕を伸ばして、さっきまで先生の座っていた椅子を動かし、自分と向かい合わせにする。

「座って？」

「はい、じゃあ失礼して」

長いスカートの両脇を手で押さえながらミーシャは椅子に腰かけた。その姿はなんとなく優雅で、お嬢様っぽい仕草に見える。

信頼だなんだと言ったけれど、よく考えてみると、俺はミーシャのことを大して知らない。毎日長い時間一緒にいたはずなのに、彼女について尋ねたことなんてほとんどなかった。

ただ優しくおおらかに接してくれるのが当たり前になっていて、自分の興味ばかりに目を向けていたのだと思う。よくもまあこんな様で姉だとか妹だとか考えたものだ。

「……ミーシャは、なんでこの屋敷でメイドしてるの？」

「ルーサー様はご存じですよね。私の生家はセラーズ伯爵家を寄親とする男爵家です」

寄子の貴族は、より力を持つ貴族の庇護《ひご》を受けるために子供を人質のような形で使用人として差し出すことがある。もしミーシャがそれなのだとしたら……。

「ミーシャは、人質でここに来たようなもの……？」

「……ふふっ、あ、いえ、すみません」

ミーシャが口元を押さえて笑う。

何かおかしなところがあっただろうか。

「失礼かもしれませんが、最近のルーサー様は以前よりも親しみやすいです。ずっとお勉強にしか興味がないように見えましたが、ようやく私のことも気にしてくださったんですね」

「あ、いや、今までもミーシャにお世話してもらってることには感謝してて……」

「いいんです、いいんです。ルーサー様はまだ小さな子供なんですから」

小さな子供と言っても多分ミーシャとは十歳ちょっとしか離れてないと思うんだけど……。

「ええっと、人質のことでしたね。広く捉えればそのようになるかもしれません」

なんの陰りもなく、当たり前のことを話すようにミーシャは笑って肯定する。

「しかし、私はここのメイドになれて幸せです。働く環境はいいですし、こんなに賢くて優しいルーサー様のお世話もさせてもらっています。貧乏貴族の末娘が得られる環境としては一番上等だと思っていますよ？」

「それじゃあ……、ミーシャは父上に無理やり連れてこられたとかではないんだね？」

「ふっ、ふふふ」

我慢できないとでも言うかのように、ミーシャは再び笑って身をよじらせた。

こんなに子供っぽく笑うミーシャを見るのは初めてだ。

「ルーサー様、誰からそんなことを聞いたんですか。もしかして旦那様と喧嘩《けんか》でもなさいましたか？」

「し、してないけど……」

「それじゃあ旦那様にご不満でも？」

「あまりお話しすることがないし、いつも怖い顔をしてるし。最近は母上とも、あまりお話しされてないし……」

「愛されているかご不安ですか？」

（ん？）

何か酷い勘違いをされていることに気づいて、俺は慌てて顔を上げた。

もしかしてルドックス先生にも同じことを思われていたのだろうか。次に顔を合わせるのが恥ずかしくなってきたぞ。

「そうじゃなくて！　ほら、父上はあんな見た目だし、他の貴族から嫌われてるって聞いたことあるし！　だとしたらなんとかできないのかなって……」

「ルーサー様」

いさめるように名前を呼ばれて俺は黙り込む。

「旦那様は立派なお方です。私の生家が困窮しているときに手を差し伸べてくださいました。旦那様がいらっしゃらなければ私は今頃、他領を治める年老いた貴族の七番目の嫁として、暗い塔の中で過

もいる。

それでいて、ミーシャがここにいることを幸せに思っているとわかりホッとしてしまった自分もいる。

なんだか俺の予想とは正反対の言葉が返ってきてしまった。

この世界、俺が思っているよりもずっと過酷なのかもしれない。

「…………そうなんだ」

ごしていたかもしれません」

父上が人から尊敬されていることを聞いて、少し嬉しくなってしまった自分にも気づかされた。

俺が生まれたときの父上の嬉しそうな声や母上を気遣う言葉を思い出す。

小さな俺がやっと目を開けたとき、整った顔を綻《ほころ》ばせて慌てて母上に声をかけていたのを思い出す。

「ルーサー様は旦那様のことがお嫌いですか？」

「……嫌いじゃないです」

「良かったです。それじゃあ夕食までどうしましょうか。書庫へ行きますか？」

手のひらを合わせて尋ねてくるミーシャに俺は首を振る。

転生なんてわけのわからない状況に置かれて、混乱して、浮かれて、自分のことばかり考えて、周りを見ずに過ごしてきたつけが回ってきている気がした。

「ミーシャのことを教えて。好きなこととか、家族のこととか」

「はい！　もちろん構いませんよ。ではまずお茶を入れてきましょうか」

父上のことはひとまず措《お》いておいて、俺はまず手始めに、鼻歌を歌いながらお茶の準備をするミーシャのことを知ることにするのだった。

夕食に呼ばれるまでたっぷりと話してわかったことは、ミーシャが意外と普通の女の子であるということだった。

こちらの世界と元の世界での価値観の相違はあるけれど、ちゃんと恋物語が好きで、メイド仲間の子たちとはかっこいい人の情報交換もしているのだとか。

将来の夢は立派ではなくてもいいから、優しくて安定感のある人と結婚すること。

顔も好みだったらなおいいとのことだ。

まだ細かった頃の父上は、俺の記憶通りたいそうなイケメンだったらしく、メイドたちもお豚様になられてしまった現状を嘆いているらしい。父上にあこがれてメイドになった子もいるそうで、モチベ維持にも関わるので何とかならないだろうか、というニュアンスの相談までされてしまった。

そして今俺は、長いテーブルで母上と向き合って夕食を食べている。

父上は今日も忙しいらしく、まだ屋敷に帰ってきていない。

父上のことを嫌いでないと認識してしまって以来、あの巨体が見られないことがほんの少しだけ寂しく思えてしまうから困る。

いても怖い顔をしてばかりであまり話をするわけでもないのに、気の持ちようというやつなのだろう。

食事をしながらちらりと視線を上げて母上を見ると、ばっちり目が合ってしまう。

偶然だろうか。それとも母上もミーシャと同じように、今日の俺に何か違和感を覚えたのだろうか。

もう一度こっそりと視線を上げると、またもしっかりと目が合った。

母上は俺を見て眉を顰《ひそ》めることが多く、最近ではあまり目を合わせないようにしていた。気づかなかっただけで、もしかしていつもこんなにガン見されていたんだろうか。

普通に食事を口に運んでいるのに、目だけがしっかりこっちを見ているのでちょっと怖い。

母上はどちらかというと小柄で、目が大きく童顔だ。光の加減によって見え方の変わる金色の長い髪と、深い緑色の瞳をしていて、黙っているとまるで人形のようでもある。

最近ではあまり見られなくなってしまったが、俺は母上が優しく微笑《ほほえ》んだときの表情も知っている。

まだ生まれて間もない頃は、いつも穏やかで優しい表情を見せてくれていた。

母上が俺を見るときに悲しそうにしているか、眉間に皺を寄せるようになってしまったのはいつからだっただろうか。

なまじ大人の記憶も持って転生したせいで、他人の感情の変化が表情でわかってしまう俺は、それ以来母上に積極的に関わっていけなくなってしまった。目を逸《そ》らすようになったのもその頃だったと思う。

目を伏せて食事を口に運び、三度視線を上げると、またも母上と目が合ってしまった。

しかも今度は両手に持ったナイフとフォークも置いて、ただ俺の方を見ている。

蛇に睨《にら》まれた蛙《かえる》のように固まっていると、母上が口を開いた。

「ルーサー、今日は調子が悪いのかしら？」

いつものように眉間に皺が寄っている。口調が少し硬く、怒っているようにも聞こえた。

「……いえ、元気です。ご心配をおかけして申し訳ありません」

答えた瞬間、さらにきゅっと表情が険しくなる。

何か気に食わない返事でもしてしまったのかと目を伏せると、母上がため息を漏らす。

「……食事をしっかりと摂《と》って、早く休みなさい。いつも言っていますが、外へ出かけてはいけませんよ」

「……はい」

母上が席を立って歩く音がする。

コツコツという足音が遠ざかり、扉が開く。パタリと静かに閉じられる音を聞いてから、俺は大きなため息をついた。

なぜ食事の度にこんなに緊張しなくてはいけないのだろう。

母上も俺のことが嫌いなら、無理に一緒に食事をしなくてもいいのにと思う。

思考がネガティブなものに侵されそうになった時、先程の父上についての話のなかでミーシャが言った『お嫌いですか？』という言葉が頭をよぎった。

（嫌いじゃないんだよなぁ……）

何かをされたわけでもないし、母上の穏やかな表情はいつまでも頭の中に残っている。

別れ際はいつも、今日みたいに口うるさいくらいに健康の心配をしてくる。その様子を見る限り嫌われているという感じはまったくしないのだ。

（一応、血のつながった息子だから義務感で言っていると解釈すればそれまでなんだけど……）

いくら本を読んで知識を頭に詰め込んでも、所詮俺はまだ四歳児だ。勝手に外へ出てはいけないと言われるのもわかる。

ただ、あまりにも毎回言われるものだから、まるで自分が世間から隠されているような気分になるのが、ちょっとだけ嫌なのだ。

考え事をしながら肉を切り分けていると、気づけば一口大よりもずいぶんと小さくしてしまっていた。

前世では米粒一つに七人の神様が宿っているなんて言われたくらいだ。転生してお金持ちの家に生まれたからといって、食べものを粗末にしていい理由にはならないだろう。

フォークでいくつか肉を束ねて口へ運んだ。


ゆっくりと咀嚼《そしゃく》して食事を全て平らげてから席を立った。

子供の体ということを考えれば無理な節食をするわけにもいかないだろうから、意識できることはこれくらいだ。父上のように真ん丸な体になるわけにはいかない。

父上は一緒に食卓に着いたときも食事をするのが早いからなぁ……。忙しい人だから仕方ないけれど体に悪そうだ。

「ごちそうさま。今日も美味しかったです」

扉のすぐ近くに立っている、食事の準備全般をしてくれるシェフに声をかけると、にっこり笑顔で「ありがとうございます」と返される。

俺の小さな手では押し開くのに一苦労な扉を、シェフが片手で開けて押さえてくれるのもいつものことだ。

そこを通り抜けるときに珍しくシェフから声をかけられる。

「ルーサー様、今日は何やら嫌いなものでもあったのでは？」

「いえ、全て美味しくいただきましたけど……？」

「途中で手が止まっていたからもしやと思ったのですが……私の思い違いでしたら、お呼び止めして申し訳ありません」

この屋敷にいる人たちは、俺の些細《ささい》な行動を本当によく見ている。

監視されているというより、見守られているというのが正しいのだろう。

昼間に続いて温かい気持ちになった俺は、ついシェフに尋ねてしまう。

「あの、僕って母上に嫌われるようなことをしているでしょうか？」

「嫌われる……？　ルーサー様が、アイリス奥様にですか……？」

尋ねたことがまったく理解できないとでもいうのか、シェフはぽかんとした顔で問い返してくる。

まずいことを聞いてしまったのだろうか。

「いえ、何でもないんです。変なことを聞いて……」

「確かに答えづらい質問ではありますが……。しかし私から答えるより、直接奥様と話された方がいいと思いますよ」

そう言って優しくニッコリと微笑んでくれた。

(それが怖いから聞いているんだけどなぁ)

「そうですよね、ごめんなさい」

廊下に出ると扉の横でミーシャが待機している。

廊下の壁には等間隔で光石が設置されているが、足下は少し薄暗い。

同じく光石が入っているランタンを持ったミーシャに先導されて自室へ向かった。


しばらく黙って長い廊下を歩いていたが、ふいにミーシャが口を開いた。

「ルーサー様は奥様のことでも悩んでいるんですね」

「まぁ、うん」

いつもより気安い調子に感じるのは昼間にたくさん話をしたおかげだろう。嫌な気分ではないから構わないけど、悩み疲れで俺の返事が重い。

「ではクロックさんのおっしゃっていた通り、直接お話しされるんですか?」

クロックさんというのは先ほどのシェフの名前だ。あまり呼ぶ機会がないから咄嗟《とっさ》に名前は出てこないけれど、俺だって知らないわけではない。しかしミーシャが名前を知っているということは、使用人同士では連携が密にされているか仲が良いのかもしれない。

「直接話すのは、怖いなぁ」

俺自身もいつもより気を抜いてミーシャの問いに答える。

廊下にはコツコツと靴が床板にぶつかる音が響く。

もし自分が本当の四歳児だったら、母親との会話に怯《おび》えたりせず、光石に照らされ廊下に伸び縮みする影なんかを怖がっただろうに。

「なぜ怖いのでしょう？」

「なぜって、それは……」

当たり前のことを答えようとして、俺はそれなりに長い時間黙り込んでしまった。

咄嗟に母上と直接話すことが怖い理由を言語化できなかったからだ。

そして頭の中で言語化できてからもしばらく黙っていたのは、思いついたその理由を口にするのが恥ずかしかったためである。

俺は心配そうにしているミーシャを見上げ、意を決して理由を告げる。小さな頃のおむつの世話から、毎日の生活全てを見られている相手に今更恥ずかしいもない。

「……母上に、本当に嫌われてたら嫌だから……かな」

俺は大人な精神のまま生活しているつもりだったけれど、いつの間にやらすっかり四歳児という立場に、精神が引きずられてしまっていたらしい。周りが子供として甘やかしてくれるから、それに甘えて幼児退行しているのだろうか。恥ずかしい。

なんとも情けないけれど、今の俺の本音はミーシャに伝えた言葉が全てだ。

父上にも母上にも好かれていたい。

家族で仲良く暮らしたい。嫌われるのは寂しいし、つらい。

「そうですね、でもきっと大丈夫ですよ」

あまりに情けない本音と直面している俺の心に、いつも通りの優しく甘いミーシャの言葉がすっと入り込んでくる。

そこには、恥ずかしいと思いながらも、またも甘やかしを享受している俺がいるのだった。

◆

母上との約束だから外には出られないが、屋敷の中をうろつく分には制限がない。

さすがに父上の執務室の中に入ろうとするとミーシャに止められてしまうけれど、それ以外の場所なら黙ってついてきてくれる。

しかし俺は、ルドックス先生が来ない日は朝早くから書庫にこもることに決めている。

その理由の一つとして、意味もなく屋敷をうろついていると、母上との遭遇率が異様に高いというのがある……。これがまた、出会ってしまうとメンタルがじりじりと削られるのだ。

母上は俺の姿を見ると、遠くからじっと観察してきたり、すれ違う時に外に出ないように注意してきたりする。じつは母上って暇だったりするのだろうか？　いくら屋敷内しかうろつかないとはいえ、そうでもないと説明がつかないくらいよく遭遇する。

ちなみに最近の母上は、書庫の窓から見える中庭でお茶を飲んだり花を愛《め》でたりしていることが多い。幾度か顔を覗かせてみたことがあるのだけれど、二回に一回は目が合うので、途中からちょっと怖くなってやめた。

被害妄想じゃなければ、俺の行動は母上に完全に監視されている。

よくよく思い返してみれば、俺がこの書庫にこもるようになるまでは、母上は別のところでお茶の時間を過ごしていたように思う。つまり、あの中庭でお茶をするのは、俺の行動監視のために違いなかった。

ルーティンとして書庫へと足を運んだ俺は、数冊の本を手元に持ってきてパラパラとめくる。

昨日ルドックス先生に教わったあたりの復習をするつもりだったのだけれど、どうしても文字が頭に入ってこない。

しばらくの間ページをめくっては戻すことを繰り返し、集中できないことを悟った俺は、小さくため息をついて本を閉じた。背中側にある窓を見ようと体をひねると、途中でミーシャと目が合った。

椅子に座って編み物をしていたはずなのに、その手を休めて俺のことを見ていたようだ。

「今日はいい天気ですね」

窓を見ながら、話題がないときに話す典型ネタのフレーズを口にするミーシャ。

ただこれは、気まずさから発せられた言葉ではない。おそらく、俺が窓の外を気にしていることを知って、そちらへ歩み寄っても不思議ではない理由を作ってくれたのだ。

俺は椅子を引いて立ち上がると、ミーシャの前まで歩み寄る。

「ほら、雲一つないですよ」

「……そうだね、ほんとにいい天気だ」

優しく微笑みかけながら言うミーシャの言葉に背中を押され、俺は窓際まで寄ると空を見上げず中庭を見下ろした。すると、案の定そこには母上がいて。飲むわけでもないティーカップを片手にぼんやりと花壇を見つめていた。

母上がいることだけ確認した俺は、近くにあった椅子を少し引きずってミーシャの前に座る。

「母上は……、どんな人なんだろう」

「…………ルーサー様、今日はとてもいい陽気ですね」

「うん、まぁ」

ミーシャはしばらく考えた末に話をはぐらかす。

父上が家にいないことも多いから、実質この屋敷の主《あるじ》は母上みたいなところがある。正直な感想は言いづらいのだろうか。

「暖かで、天気が崩れる様子もありません。外でお茶をするのにはピッタリじゃないでしょうか?」

……違う。これは俺に、直接母上と話した方がいいだろうと言っているのだ。

それもミーシャに提案されてではなくて、自分の意思で行くように勧められているのだろう。

俺って手間がかかる坊ちゃんだなぁ。

「……ミーシャ、中庭は外に入ると思う？」

「いいえ、思いません。もし怒られたとしたら、それは私の判断が悪かったということです」

「やめてよ、僕のすることはちゃんと僕が責任を取るよ。ミーシャ、中庭に案内してくれる？」

「ええ、喜んで！」

ミーシャは待ってましたと言わんばかりの溢《あふ》れるような笑顔で、手に持っていた道具を素早くエプロンのポケットに仕舞い込む。そうしてすぐに立ち上がって中庭まで俺を先導した。


中庭へと近づくにつれて、胸の鼓動が速くなるのが自分でもわかった。

じつの母親の下へ行くだけなのにどうやら俺は酷く緊張しているらしい。

中庭に続く扉を開けると、ほんの少しだけ冷たい風が俺の頬を撫《な》でて、草花の香りが鼻をくすぐってくる。

普段は籠の中の鳥を生業《なりわい》としているので、じつに新鮮な気分だ。

二階にある書庫の窓を見上げていた母上は、扉が開いたことに気が付き振り返る。そして俺の姿を見ると、いつものようにきゅっと眉間に皺を寄せた。

ここに来るまでの間に覚悟を決めていた俺は、機先を制して話しかける。

「母上、お茶をご一緒させていただいてもよろしいですか？」

俺が問いかけると、母上の表情がぽかんとしたものに変わった。

　眉間の皺が取れていつも以上に幼い顔つきになった母上は、何か言おうとして開いた口を閉じて、視線をさまよわせながら両手の指をすり合わせて答えてくれる。

「え、ええ、いいわよ。……でも、もう少し温かい格好をなさい。この時期の風はまだ冷たいことがあるわ。ミーシャ、この子の上着を取ってきてあげて」

「承知いたしました、奥様」

　一礼して屋敷の中へ戻っていくミーシャを見送ってから、母上は空いた椅子のうち、少しだけ背の低い物を示しながら言う。

「ルーサー、あなたはこっちの椅子に座りなさい」

「はい、母上」

　俺にはまだ背が高い椅子だけれど、座れないほどでもない。

　椅子に腰かけると、母上に付いているメイドさんがすかさず俺の足下に足置きを滑り込ませた。何とも準備のいいことである。プラプラとしていた足にぴったり収まりがついてしまった。

「ルーサー、体の調子はどう？　寒くないかしら？」

「今はそれほど。今日は、ほら、天気がいいですから」

　先ほど自分で思った『話題がないときの典型ネタ』の天気の話をしてしまっている。

　だって、何から話したらいいのかわからないのだから仕方がないじゃないか。

　そんなことを考えていると、母上の表情がまたきゅっと険しくなってしまった。

えー……何がいけなかったんだろう？

気まずいから早く戻ってきてくれ、ミーシャ！

俺の上着がある場所までは角を曲がって、長い廊下を抜けて階段を上がってと、とにかくそれなりに遠い。

その上緊急事態というわけでもないから、ミーシャはきっと走って取ってきたりはしないだろう。なにせ今日は上着なんて必要なさそうな、ぽかぽかと暖かい陽気なのだ。

そもそもメイドのミーシャに、俺と母上の会話に割り込めなんて言うのは無茶な話だ。戻ってきたところで俺の気持ちがほんの少し穏やかになる程度で、言葉による援助は期待できない。

(さぁ、どうする)

話題を広げようにも母上のことをあまり知らないから、どこに地雷があるかわからない。

「ルーサー、ルドックス先生との勉強は楽しい？」

「……はい。いつも僕の知らないことを教えてくださるので、会うたびに新たな学びがあります」

普通の親のような質問が飛んできて、俺は戸惑いながらも一拍おいて返答する。

「……良かった。ルーサーは本が好きですものね。心配ないと思うけれど、あまりはしゃいだりしてはダメよ。あなたは体が弱いのだから」

「ええと、はい。わかりました」

（体が弱い？　俺が？）

生まれてこの方熱を出したこともなければ、風邪らしきものに罹《かか》ったこともない。命の危機を感じるような大病なんて一つもしたことがないはずなのに、母上の言葉にはやけに熱がこもっていた。

「あなたくらいの年だと外に出たくなる気持ちはわかるの。私がいるときにこの中庭に来るのは構わないから、一人で屋敷の外に出たりしてはダメよ」

「はい、それは、わかったのですが……」

素直に返事をしていると、突然母上の眉尻がへたりと下がる。

「……ごめんね、丈夫な体に産んであげられなくて」

「いえ、その、母上？」

すっかり俯《うつむ》いて紅茶に視線を落としてしまった母上は、いつもの厳しい表情から一変、庇護欲をそそる可愛《かわい》らしい一面を見せていた。

しかしどうも話がおかしい。

何かを勘違いされている節がある。

「母上、僕は体調を崩したことなんてないと思うのですが……」

「私を気遣ってそんなこと言わなくていいのよ。本当なら友達を作って外ではしゃぎたいでしょうに……」

「いえ母上、そうではなく、僕は本当に健康体だと思うのですけれど……」

しつこく言い募る俺に、母上は顔を上げて少し唇を尖《とが》らせる。

「そんなことを言ってもお出かけは許可できませんからね」

ぷんぷんという効果音が似合いそうな怒り方だった。

無言で眉間に皺を寄せているいつもの表情の方がよほど怖い。

母上付きのメイドさんが「アイリス様、お耳を」と言うと、母上が耳を傾ける。

俺に聞こえないような小声でメイドさんが何事かを告げると、母上は「ああ……」と頷《うなず》いて悲しそうな目をしたまま微笑みをたたえた。

「怒ったりしてごめんなさい、ルーサー。そうよね、あなた自身は気づかないかもしれないものね……」

(俺の気づかないところで、俺の体に異変が起きてる……？)

そんなことを言われるとなんだか途端に体の節々が痛くなってきた気がする。もしかして気づいていないだけで、俺って難病を抱えていたりするんだろうか。

「驚かないで聞いてね。原因不明の意識消失。小さな頃からあなたは、それをずっと繰り返しているの。お医者様も原因がわからないっておっしゃってたわ。最近は昼と夜に一度ずつになったから、成長に伴ってちょっとずつ良くなってきているようなのだけど……」

(……あ、やばい。わかってしまった)

これ、俺が魔法の鍛錬をしすぎて意識消失しているのが、原因不明の病気のせいだと思われている。

どうしよう。これを正直に話すと、俺が赤ん坊の時からしっかりと意識があったことまで、全てつまびらかにしなければいけなくなる。そうなったら、母上と父上はどう思うだろうか。

（どうしたものか）

母上をちらりと見ると、いつの間にかその表情がいつもの眉間に皺を寄せたものになっている。

（まずい、動揺しすぎて怪しまれたか）

しかし母上の厳しい顔は、徐々に緩みだしたかと思うと、今度はその目尻にうっすらと涙を浮かべた。

「そんなに不安そうな顔をして……。本当にごめんなさい、私があなたを健康にさえ産んであげられたら……」

どうやら俺が事実を知ってショックを受けていると思ったようだ。都合のいい勘違いではあるのだけれど、母上の悲しんでいる顔を見たら、心がチクチクと痛みだした。

俺が考えなしに興味本位で毎日気絶してたことが、巡り巡って今、母上の悲しみを作り出しているのだ。つまり俺が泣かせたということになる。罪悪感。

「は、母上！　気にしないでください。だんだん良くなっているということは、いずれ完治するということです。僕はこの家に、母上の息子として生まれてよかったと思っています。そ、そうだ、もし僕が元気になったら、一緒に街へお出かけしましょう！」

励ますつもりでいろいろ言ってみたのだけれど、言い募るほど母上の表情が崩れていく。困った、どうしたらいいんだ。

「わ、私、あなたのことが心配で……。忙しいオルカ様の代わりに外へ出ることも多いし、近づいて病気を移したりしないか心配だったの。何もしてあげられなかった。甘えさせてもあげられなかったのに、こんなに、こんなにいい子に育って……。ルーサー、わ、私も、あなたが息子として生まれてきてくれた時、本当に嬉しかったの……。本当は本を読んであげたり、一緒に花の世話をしたり、お出かけしたりしてあげたいって思ってたの……」

涙をぼろぼろとこぼしながら、母上が途切れ途切れに言葉を紡ぐ。

その涙につられてしまって、俺まで涙が滲《にじ》んでくる。

「私のことが嫌いでなければ、元気になったら一緒にいろいろしましょうね、ルーサー……」

「母上……、嫌いだなんて……、そんなことありません……！」

俺の頬を温かい涙が伝う。

ああ、母上は、優しく微笑んでくれた時の母上のままだったんだ。

俺が無駄に疑って、怖がって避けていたから、今までそれがわからなかったんだ。

じつの息子から恐れをはらんだ視線を向けられていた母上は、いったいどんな気持ちだったのだろう。

いっつも泣きそうな気持ちをこらえて、俺に心配の言葉をかけていたんだろうか。

肩からそっと上着がかけられる。

振り返るとミーシャが澄ました顔をして立っていた。

泣いているところを見られたのは少し恥ずかしい。

ぱちっと一度だけされたウィンクから『良かったですね』というミーシャの声が聞こえた気がした。

俺が普段していることといえば、本を読んで勉強するくらいのものだ。つまりこの世界における雑談の種をほとんど持っていない。

◆

母上と話ができる共通の話題であれば、父上のことか毎日の食事、それから辛うじてルドックス先生のことだろうか。

何か役に立つものはないかと前世で母親と話していた記憶をサルベージしたけれど、まったく役に立ちそうな気配はなかった。電話する度『あんたまだ彼女もできないの⁉　かわいい顔に産んであげたのに……』と言われ、うんざりしていたことだけ思い出した。

そもそも前世の母親はこんなにお上品な美女じゃない。どちらかといえば肝っ玉母ちゃん系だった。でも、いつも息子の心配をしてくれていたって点においては、同じなのかもしれないけど。

「ルーサーは言葉遣いが上手よね？　ミーシャが教えてくれたのかしら？」

「いえ、ルーサー様は本から学ばれたのだと思います。初めて話されたときも、今とあまり変わらぬご様子でした」

「そうなの。私がルーサーくらいの時は、どんな風だったかしら？　もっとたどたどしかったような気がするのだけど……。今度お父様に聞いてみようかしら」

喋《しゃべ》らないでいるうちに、母上の方からまた触れられたくない部分に踏み込まれてしまった。もうちょっと演技力があって羞恥心がなければ、赤ちゃんっぽく喋ったりもしたのだけど……。

後先考えない俺は、最初だけちょろっとそれっぽい演技をして、すぐに恥ずかしくなってやめてしまっていた。

丁寧な言葉で一人称を僕にすることが、辛うじてこの世界に馴染《なじ》もうと努力した俺の成果である。会社に勤めているときは元からそんな感じだったけれど。

現実逃避はやめて、さて話題。と思考を切り替えると、ちょうど良く小鳥が飛んできて花壇の縁に止まった。餌でも探しているのか、花壇の間をぴょんと跳ねている。

母上はよく外に出ているようだから、あの鳥の名前くらい知っているかもしれない。

逆に普段外へ出ない俺が知らないこともまた、自然なことであるといえよう。

「母上……」

あの小鳥の名前は、と尋ねようとして俺はぎょっとする。

母上の顔、怖い。いつもの眉間に皺を寄せた表情になっている。まさか小動物が嫌いなのだろうか。花を愛でるような母上が？

いや、違う。母上はきっと心根の優しい人だ。

そんな前提のもと、母上のことをよく観察して気づいたことがある。

あの仕草、俺は過去に見たことがある。

「……あの、母上」

「なにかしら？」

俺の方を向いた母上は、元の優しい表情に戻っている。

「母上はもしかして……、目が悪いのでしょうか？」

「そうね……。確かにここ数年遠くのものが見え難《にく》くなってきているのだけど……」

「ええと、目を細めると遠くのものが見えやすいですか？」

「ええ、確かにそんな気がするわ」

俺の言葉に従って目を細めたときの母上の表情は、いつも俺が怖い顔と評していたものだった。

……どうしてこんな単純なことに気が付かなかったんだろう。

つまり、母上があの表情を浮かべていたのは俺の顔をよく見たかっただけということになる。これが自意識過剰ということはまずないだろう。

「母上、眼鏡を使ったりはしないのでしょうか？」

「うーん、どうかしら。貴族の間だとあまり使う人はいないの」

「しかし不便でしょう」

「……目が悪くなるのは、苦労をしたから。貴族の間ではそう捉えられるわ。私が眼鏡をかけると、オルカ様が私に苦労をさせていると見られてしまうの」

「なぜ父上が関係してくるのですか？」

「目が悪くなるのは暗い場所で細かい作業をしたせい。つまり妻が内職をしなければいけないような経済状況、と思われてしまうの」

貴族、めんどくさいなぁ。眼鏡くらい自由に使わせろよ！

当然コンタクトレンズなんてものはないだろう。だとしたら残る解決方法は、治癒魔法を使うことくらいだろうか。治癒魔法使いは貴重らしいから金銭はそれなりにかかるだろうけれど、伯爵家にその支払い能力がないとは思えない。

まして父上は財務大臣だ。なぜその手配をしないのだろうか。

まさか……。

「……父上はこのことを知っているのでしょうか？」

「いいえ、お伝えしていないわ」

「なぜです？」

「ルーサー、あなたのお父様は忙しい人なの。私の目のことなんかで煩わせたくないわ」

この優しい母上に『私の目のことなんか』と言わせた父上に、すごく腹を立てている自分がいた。

ついさっきまで自分も母上のことを怖がっていた癖にと、心の中のもう一人の自分が呆《あき》れた顔をしているけれど、それはそれ、これはこれだ。

「母上は……最近父上とお話しされてますか？」

「……ええ、もちろん」

嘘《うそ》だ。あからさまに目を逸らした。

子供だからと侮《あなど》っているからなのか、それとも単に嘘が下手なのか。純粋そうな母上のことだから後者な気もする。

「いつからお話しされてないんです？」

「オルカ様と私は仲良しよ？　子供がそんな心配をしないの」

「しかし……」

「ルーサー、この話は終わり」

ぴしゃりと言われると、それ以上しつこく言うことができない。咎《とが》めるような言葉でも柔らかく聞こえてしまうのは、きっと俺が母上の内心を知ったからなのだろう。

「……そうだ、ルーサーは魔法の勉強が好きだと聞いているわ。もし立派な治癒魔法使いになれたら、私のこの目を治してくれないかしら？」

目を伏せた俺のことを心配したのか、母上が手を軽く叩《たた》いて首をかしげる。可愛らしい仕草に気が抜けてしまった。

魔法の訓練をし続けたせいでずっと心配をかけてきたのだ。それくらいの恩返しはして当然なのかもしれない。

「わかりました。きっと治癒魔法を使えるようになって、母上の目を治してみせます」

「ふふ、頼もしいわね。楽しみにしているわ」

完全に夢を語る子供扱いだ。実際子供だけど。

約束はともかくとして、これはやはり父上のこともよく知る必要がありそうだ。

こちらも俺の勘違いであればいいのだけれど、母上との関係を考えると、なにか隠し事の一つや二つあるんじゃないかと思えてしまう。

そうでなければ、こんなに可愛らしくて優しい母上を放っておく意味がわからない。

今日からマザコンにジョブチェンジした俺は、母上と他愛のない会話を続けながら、どうやって父上を問い詰めるべきか、頭の中で作戦を立てるのであった。

◆

今日は父上が帰ってくる日だ。

セラーズ伯爵領は、王国の南端の海に面した広い領土を持っている。

今でこそ父上は財務大臣を任されているけれども、元々は王国の海を守る軍事的な家系なのだ。大臣に就任してからは、忙しくてそちらまで手が回らないらしく、俺の祖父に当たる、先代セラーズ伯爵ことサラダン＝セラーズが伯爵家の海軍を仕切っているそうだ。

父上とおじい様で分業制。

ちなみに俺はおじい様の顔は、生まれて間もない時に訪ねてきた一度しか見たことがない。いかにも海の男という日に焼けた筋肉質な男性で、年齢はせいぜい四十くらいにしか見えなかった。俺の年齢から逆算してみれば、ちょっと若く見える人だったらそんなものだ。

引退が早すぎなんじゃないかと思わないでもないが、その辺りは複雑な事情があるのかもしれない。

ちなみに当初俺がおじい様なんだろうなと思っていた人は、ひいおじい様らしい。白髪をきれいに撫でつけたひいおじい様は、これまた顔に向こう傷を持った戦人《いくさびと》という顔をしていた。

一族において豚さんは父上ただ一人である。……当時はちゃんとかっこよかったんだけどな。

夜になっていつもなら魔力を使い果たして気絶している時間になると、そっと扉が開いて何者かが部屋を覗く。うっすらと目を開けると、シルエットからしてそれがミーシャであることがわかった。

寝たふりをしているとミーシャは俺のベッドの横で立ち止まってからしばらく動かない。

怖いんだけど。

じっと見つめられている気配に居心地の悪くなった俺が寝返りを打つと、ミーシャがはっと息をのむ音が聞こえた。それから来た時よりもやや急ぎの足音が遠ざかっていく。

さて、今晩遅くに帰ってくるはずの父上を待ち伏せする予定の俺は、廊下に出る機会を窺《うかが》いつつ、ごろごろとベッドの上を転がった。

目を閉じているといつの間にか眠ってしまいそうだ。子供の体というのは多分そういう風にできている。

眠気と戦っている俺の部屋の扉がまた開く音がして、うっすらと光が差し込んでくる。今度は足音が二つ。片方は多分ミーシャで、もう片方は……まさか母上か？

何しに来たの。

二人は先ほどと同じようにしばし俺の横に立ち尽くして、それから今度はそーっと、ゆっくりと部屋から出て行った。

なに、もしかして俺っていつもこんなに人に寝ている姿を見られていたのだろうか。そりゃあ気絶してるのに気が付くし、毎晩それじゃあ心配もするに決まっている。

どうやら俺は金持ちの貴族、あるいは母親の愛情を舐《な》めていたようだ。

外から啜《すす》り泣《な》く声が聞こえてくる。

「ルーサーが、ちゃんと寝てるわ……。いつもこの時間は気絶してるのに……」

「アイリス様、良かったですね……」

この声は母上の専属メイドさん。どうやら扉の外には三人いるらしい。

「ミーシャ、教えてくれてありがとう……」

「あなたも嬉しいのね。ずっとルーサーを見守ってくれてたものね」

「いえ、喜んでもらえて……うっ……」

「お二人とも、そんなに泣かないでください……。私まで……」

お三方とも、そんなに泣かないでください。

俺は今罪悪感で胸がいっぱいです。

最近体内に蓄えられる魔力の量が増えづらくなってきてたし、もう寝るときに気絶するまで魔法を使うのはやめよう。母上とミーシャが泣いてる姿を想像したら、めちゃくちゃ辛くなってきた。

やめてよ、俺が悪かったってば……。

でも見られてることに今日初めて気が付いてよかったかもしれない。

もし事情を知らずに今日以前のどこかで気づいていたら多分、暗殺されるんじゃないかとか疑っていたと思う。危うく疑心暗鬼になって、屋敷内をスパイごっこする羽目になるところだった。


一通り喜びにむせび泣く声を聞かせてくださった後、母上とその一行はようやく俺の部屋の前から立ち去ってくれた。部屋の前で泣いている途中で数人が加わって、その人たちが祝いの言葉を投げたり、一緒に涙を流したりするたび、俺の庶民の心臓がゴメンナサイと悲鳴を上げていた。

正直もうすでに疲れていたけれど、いよいよ作戦決行の時間だ。

俺はそっと布団から抜け出すと、扉まで忍び足で近づいて廊下に顔を覗かせる。

よし、誰もいない。

最初の一歩を踏み出してから俺は一度部屋の中へ戻り、厚手の上着に袖を通した。

……万が一誰かに見られたとき薄着をしていたら、めちゃくちゃ心配されそうな気がしたからだ。

気休めみたいなものである。

屋敷に暮らす多くの人が心優しいと気づいてしまうと、余計に父上への不信感が募ってしまう。

いつも怒ったような顔をしてあまり帰ってこない、丸々太った父上。

できればそこにも俺の誤解があればいいな、と淡い希望を抱きながら、抜き足差し足、父上を待ち伏せするために玄関へ向かうのであった。

当然の話なのだけれど、屋敷の主が帰ってくるとなれば、夜中だろうが何だろうがきっちり出迎えるのが屋敷に仕えるものたちの仕事である。

ダンスパーティができそうな玄関ホールの、ぐにゃりと曲がった階段の上。俺はそのサイドの廊下の隅に静かに伏せて、父上の帰宅を待っていた。

（……こんな夜中にまで働きすぎでしょ）

もしかしてちゃんと出迎えしないと父上が怒ったりするのだろうか。

まだ外から何の音も聞こえないというのに、みんなはぴしっと背筋を伸ばして父上の帰りを待っている。

やがて馬が歩く音が聞こえてきて、さらにしばらくすると秘書であるデアンが扉を開け、父上が屋敷の中へ入ってきた。やや髪が乱れており、歩くたびに頬肉と腹の肉が揺れている。

顔のパーツは整っているけれど肉でつぶれ、背は高いけどそれがただの威圧感にしかなっていない。

（父上、しばらく見ない間にまた太ってる……）

あれじゃあ悪さをしていようがしていまいが、病で絶命まっしぐらだ。

気にして見てみれば、そこはかとなく顔色が悪いような気もしてくる。

屋敷に入った父上は並んで迎え入れた使用人たちを見ると、何か一言二言言葉を発する。ここからじゃ聞こえないけどね。

そのまま手首から先を振って、追い払うようにして使用人たちを解散させた父上は、ゆっくりと階段を上がってきた。使用人とともにデアンも父上のそばから離れる。なんだか嫌な感じの仕草だなと思いながら、俺は起き上がって廊下を走った。

みんなを解散させた今がチャンス！　廊下の角に隠れて父上が執務室に戻るのを待つのだ。

父上にはいろいろと話したいことがある。

……変なことを聞いたからって、まさかじつの息子を手打ちにしたりはしないよね？

廊下の角からそっと様子を窺っていると、父上が一人で執務室までやってきた。

扉の前まで来た父上は、ふいに首をひねって俺の隠れている場所を見る。すぐに顔をひっこめたが、ばれてしまっただろうか。

というか、なぜ俺は隠れているんだろうか。

ガツンと話す気ならば、今すぐ飛び出してやーやー我こそは！　ってしたらいいはずだ。

よし行くぞ、今度こそ行くぞ。と自分に気合を入れていると、ドアノブに手をかけたはずの父上がため息をついてから、つかつかとこちらに向かって歩いてきた。

（やばいやばい！　こっちのタイミングで出たい。ふいに見つかってお説教はされたくない）

慌てて足音が出ないように早足で歩き出してから気づく。

この先、行き止まりだ。

なんで行き止まりになってるの？　行き止まりにするくらいなら部屋をもっと大きくしたらいいじゃん！　という俺の心の叫びは誰にも届かない。そもそも知っていたのにこんなところに隠れた俺が悪い。

思いのほか軽快な父上の足音があっという間に近づいてくる。

俺はせめてもの誤魔化しとばかりに、突き当たりの窓から空を眺めているふりをするが、こんなの本当に子供騙《こどもだま》しの気休めだ。さすがに通用すると思っていない。

「ルーサー」

「え？」

平静を装って振り返ると、縦にも横にも大きな父上が眉を顰めて立っていた。

何が『え？』だ。我ながら大根役者の酷い演技だと思う。

「あ、父上。あの、今日は月がきれいですよ」

決して父上に向けてアイラブユーと囁《ささや》いたわけではない。何も言うことが思いつかなかっただけである。

こうなれば、引き続き三文役者の演技をお楽しみくださいだ。かえって子供が悪さを誤魔化しているように見えるに違いない。

……いや、それが極めて事実に近いわけなんだけど。俺は一体何を誤魔化そうとしているんだ？

「こんなところで何をしている」

「空を、見ようかと……」

「ルーサー」

名前を呼ばれただけで背筋が伸びてしまう。

緩み切った体から発せられたとは思えないほどに力強い声だ。

「……父上と、お話がしたくて待っていました」

父上がゆっくりと頷き、顎肉がタプンと揺れる。

「話なら部屋で聞こう。こちらへ来なさい」

父上、顔も怖いけど、なんだかやたらとプレッシャーがあるんだ。

元の世界の俺の親父《おやじ》は、髪が薄くなったのをうまく隠せているか俺にチェックさせるような、それはもうとてつもなく威厳のある親父だった。ちなみに高校生の頃にめんどくさくなって『もう無理だって』って言ったとき『そうか……』と一言だけ言って涙目になったのをよく覚えている。

ごめんね、親父。俺も大人になって抜け毛が気になり始めた頃、初めてその残酷さに気づいたんだ。

でもね、親父。今世は身内に禿《はげ》が一人もいないんだ。多分俺の髪の毛は安泰だよ。

思わず現実逃避してしまうくらいには、同じ父親とは思えぬほどギャップがえぐい。

父上は俺が横に並ぶのを待ってゆっくりと廊下を歩き始めた。

部屋の前で扉を引いて、俺が中に入るのを待ってから自分も入り、そっと閉める。

「座りなさい」

ソファに腰を下ろすと、父上はそのまま一度執務机の前まで移動してから、はたと立ち止まり俺の向いのソファに戻ってきて腰を下ろす。

ソファがぎしりと鳴いて、父上の体が深く沈んだ。

「いつもは……眠っている時間だが、大丈夫なのか？」

言い淀《よど》んだのは『気絶している』と言いそうになったからだろうか。母上どころかメイドたちもみんな知っているのだから、この屋敷の主である父上が知らないはずはない。

「大丈夫です」

「そうか。しかし無理をするな。少しでも体に異変を感じたなら、ソファに横になって休むように」

「はい、わかりました」

父上はじっと俺のことを見つめる。

何かを間違えたのかという緊張感に耐えながら黙っていると、父上の、脂肪で圧迫されてただでさえ細くなっている目が閉じられた。

……寝たの？　いや、そんなわけないか。

「ルーサー。いつも座っている姿か眠っている姿しか見ていなかったが、ずいぶんと大きくなったな」

父上も随分と大きくなりましたね、なんて冗談を言えるような状況じゃない。

というか、そんなに感慨深く言われると、俺の中にあった敵愾心《てきがいしん》のようなものがしおしおと萎《しお》れていってしまう。もうちょっと芯のある人間になりたい。

父上、ちゃんと俺のこと見てるんだなぁ。

「それで、今日はどうしたんだ」

「あ、その……。父上は、その、母上と仲違《なかたが》いされているんでしょうか？」

固まる父上。

背中に冷や汗が垂れる俺。

長い沈黙。

「それは、どうしてそう思うのだ」

「……その、母上と仲良くお話ししている姿を見ないので」

「…………そうか」

「母上のことが、お嫌いですか？」

よし、頑張った俺。よく聞いたぞ、偉い。

でも嫌いだとか言われたらどうしよう。何も考えてないぞ俺。

「そんなわけなかろう。なんだ、アイリスが何か言って……、あ、いや、やはり言うな、聞きたくない」

「父上？」

見たことのないような情けない表情で大きなため息をついた父上は、額を押さえて首を振る。

「話はそれだけか？」

なんだかちょっと弱っているみたいだし、俺には思ったより優しそうだ。

もう少し踏み込んでみてもいい気がする。

「父上は家を空けることが多いですが、ずっとお仕事をされているのでしょうか？」

「…………ルーサー、こんなことを聞いてわかるとも思えないのだが、わからないならそれで構わない。もしや私は、アイリスに浮気を疑われているのだろうか……？　いや、何を言ってるんだ私は……。ルーサーはまだ四歳児だぞ……」

勝手に百面相をしながら大きな体を揺すったり震わせたりする父上。

これ、なんか思ってたのと違うぞ。母上の時と同じで、俺、もしかするとものすごい勘違いをしているのではないだろうか。

「父上？」

ついには立ち上がって部屋の中をうろうろし始めたので仕方なく声をかける。大きさも相まって冬眠明けに餌を探す熊さながらだ。

「ああ、仕事の話……だったな」

我に返ったのか先ほどのうろたえようは鳴りを潜めて、いつもの威厳たっぷりな父上に戻る。いまさらその怖い顔をされても、前ほど素直に怖がれない俺がいた。

「まぁ、端的に言うと忙しい。王国の重鎮の多くは私の倍以上生きている者ばかりだ。悪知恵が働く輩《やから》も……いや、やめておこう。しかし今日ようやく一つ大きな問題が解決したからな。もう少ししたら二日に一度は帰ってこられるようになるはずだ。仕事がなくなるわけではないから、部屋にこもりがちなのは変わらないが……」

父上の年齢は聞いたことがないけれど、生まれた頃の見た目が、元の俺と同じくらいの年っぽかったから……、今だってせいぜい三十前後ってところか。

週に一度くらいしか家に帰れず、その上家にいる日もずっと仕事をしている。父上の言葉に嘘偽りがないとするならば、王国というのはとてつもないブラック企業だ。

「父上が食事をするのが早いのは、お仕事が忙しいからですか？」

「それ以外に理由はないだろう。本当は食事の時間も仕事にあてるべきなのだろうが、わずかな時間でもいいから妻と子の顔ぐらい見たい。そうでなければ仕事などやっていられない」

これ、単純に過剰労働のストレスや劣悪な生活サイクルが原因で酷い肥満になっている気がしてきた。

食事量とか気にする暇もないくらいにメンタルをやられてる可能性がある。いわゆるセルフネグレクト。人の心配はできるが、自分のことはどうでも良くなるっていうやつ。

使用人たちはきっと父上のこの暴走気味の仕事状況を止めることはできないだろう。気遣うことくらいはできても、きっと父上はそれを受け入れられない。

母上も同様だ。父上がめちゃくちゃ頑張ってることを知っているからこそ止めることができない。

この状態の父上を放置したらどうなるだろうか。

いずれ夫婦のすれ違いが加速し、精神を病んで本当の悪役のようになってしまう？

それとも病気になって早世し、家が没落していく？

心が弱ったすきに、相手勢力に陥れられて葬られてしまう？

もし俺の精神が大人でなかったら、怖い顔ばかりしている父上には近づくことはなかっただろう。

そしてその辺の不和から、俺はやっぱり悪役貴族としてのエリート街道をひた走る可能性があったわけだ。

なら今俺にできることは……子供として父上の心配をして、わがままを言ってやることじゃないだろうか。

もし父上がめちゃくちゃ怖い悪役っぽい性格だったりしたら、俺は逃げ出していたかもしれない。でもこの部屋に来てから見た父上は、生まれたときに喜んでいた父上と変わりない。いや、表情はよくわからないけど、雰囲気的なものがって話で。

だったらきっと、父上は俺のことも母上のことも大事にしてくれている。俺は息子としてそれを信じてあげなければいけないはずだ。手遅れになる前にそれに気づくことができて良かった。

「……父上は、どうしてそんなに大きくなってしまったんですか？」

「ぐ……。私はもともと、体を動かすのが好きなんだが……執務が忙しくて机にかじりついてばかりでな……。それでいて頭を使うから甘い物ばかり食べる。食事を早く食べるのも、間食をし続けるのも良くないとわかっているのだが……」

「僕は前の父上の方が好きです」

試しにキラキラした目で見上げてみると、父上は自分の腹を撫でてため息をつき、はっきりと宣言した。

「……間食を控えることにする」

上目遣い、効いたんじゃないのかこれ。

まぁ、今の俺って相当な美少年だものな。母上によく似た金色の髪なんかまるで物語の王子様だ。元の俺がやれば気持ちが悪いだけのぶりっこも、立派な武器になり得る。

そんなことよりも、実の息子からのお願いって比重がデカそうだけど。

「食事もここで父上の仕事を見ながら食べたいです。それなら父上もゆっくりお食事ができるのでしょう？」

「いや、うーん、しかしそれは行儀が悪い……」

「父上、お願いです。僕、父上がお仕事されてる姿が見てみたいんです。きっと母上だってその方が嬉しいと思います」

「アイリスがか……。それならアイリスと相談してみなさい。ダメと言われたらダメだ」

「ありがとうございます父上！　それから……」

「な、なんだ、まだあるのか」

いくらだってある。

生まれてしばらくしてからずっと交流を持ってこなかった親子なのだ。意外と俺に甘いとわかったら、そりゃあ引く必要なんかない。

俺は元の世界では家族仲のいい家で育った。

だからこそ、この世界に来てから家族関係の希薄さに不安を覚えていたんだと思う。

「父上と一緒に外で遊びたいです」

「……そうだな、体が元気になったら遊ぼう」

若干の沈黙は、きっと俺の体が丈夫でないことへの憂いだろうか。きっとすぐには叶《かな》えられないと考えたのか、簡単に約束をしてくれた。

引っ掛かったね、父上。

俺、今日から魔法の鍛錬は程々にするから、すぐに一緒に外で遊ぶ羽目になるよ。

そうしたら父上のダイエットも兼ねて、今度は体作りでも始めよう。

父上だってもともとは武闘派セラーズ家の嫡男《ちゃくなん》だ。きっと剣術とかもある程度修めているに違いない。

何が起こるかわからないから、早いうちから戦う術《すべ》を教わって強くなっておいた方がいい。

問題がいくつか解決しそうとはいえ、俺が物語上の悪役貴族である可能性までがなくなったわけではないのだ。

今度こそ俺が寿命まで人生を全うするためには、清く正しく、そして因果律をぶち破るくらいの努力はしなければならない。

でないとまた、不意に妙なことに巻き込まれて命を落としかねない。

「約束ですよ、父上」

「ああ、約束だ」

父上のぷにぷにの小指と、俺の短い小指を絡めて男の約束をしたところで、遠くから声が聞こえてくる。

「ルーサー様！　いらっしゃいませんか、ルーサー様!?」

ミーシャが俺を探す声がする。

やばい、なんでこんなに早く探しに来るんだ？　俺、ちゃんと睡眠の確認をかいくぐってから出てきたよな？　まさか数十分に一度の頻度で確認しに来てるのか……？

「……ルーサー、許可を取って私を待っていたのではないのか？」

「……ごめんなさい」

「早く出て行って安心させてあげなさい。悪いことをしたらちゃんと謝るんだ、いいな」

「はい……謝ってきます……」

「よし、頑張れ」

父上の柔らかな手のひらに背中を押されて俺は廊下に出る。

「ここですか、ルーサー様!?」

廊下の途中に設けられた掃除用具入れの中に顔を突っ込んでミーシャが叫んでいる。いるわけないじゃない、そんなところに。

「ミーシャ、ごめん、父上のところにいた」

声をかけると、ミーシャはグリンと首をひねって俺の姿を確認し、本気の早歩きでこちらへ近寄ってきた。

「お怪我《けが》はありませんね！　体調は悪くありませんか!?」

「だ、大丈夫」

ミーシャはぺたぺたと俺の体を上から順に触って無事を確認すると、へたりとその場に座り込んだ。

光石のランタンに照らされたミーシャの目元は少し赤く、腫れぼったくなっている。

……これ、さっき泣いてたせいじゃないよね。今俺が勝手にいなくなったせいで、また新たに泣いたよね？

「……ミーシャ、ごめん、心配かけた」

「心配しました……。何かする時は、ミーシャに相談してくださいと常々お願いしていますでしょう？」

「夜だから声をかけたら悪いと思ったんだ」

ミーシャは俺の肩に手を置いて顔を近づける。

可愛いのに怖い。

「夜でも、朝でも、私が食事をしている時でも体を拭いている時でも、絶対に遠慮なんかしないでください。いいですか？」

「い、いいです」

「はい。それでは他の皆さんにも無事な姿を見せてあげましょう」

「……他の皆さんって？」

「今屋敷にいる人ほとんど全員です。奥様もですね」

「……こっそり部屋に戻ったらダメ？」

「駄目です」

「母上、怒ってないよね？」

「心配されてます。姿を見たら怒るかもしれませんが、それも奥様の愛情です」

「……はい」

母上は怒らなかった。

抱きしめられて、それからたくさん泣かれた。

たくさん謝ったけれど、結局母上は俺の部屋までついてきて、ベッドに入ってからも横に座ってずーっと俺のことを監視している。

しばらく眠ったフリをして、そろそろいなくなったかなと薄く目を開けると、身じろぎもせずに俺の顔を見ている母上がいて、めちゃくちゃ怖かった。

もう二度とみんなに黙って屋敷の中をこっそり出歩くような真似《まね》はすまい。

激しく脈打っている自分の心臓に誓いつつ、俺は寝返りをして今度こそ眠りにつくことにしたのだった。

第2章　自覚と修復

「ふむ、予習をしっかりしてきておるようじゃな。儂《わし》いるのかのぅ？」

「いります。ルドックス先生のお話がわかりやすいからちゃんと理解できてるんです」

「ふむ。本来ならもう少し倫理観が育った年頃にやるべきじゃが……ルーサー様なら大丈夫じゃろう。そろそろ魔法の実践をしてみないかね？」

「いいんですか!?」

思わず立ち上がってルドックス先生を見上げる。

ルドックス先生、座っていても俺より背が高いんだ。

「うむ、いいとも。ルーサー様はどうやら随分と頑張られたようじゃからな」

「頑張った……ですか？」

「そうじゃ。臆病の虫を追い払って、アイリス様やオルカ様と話をしてきたんじゃろう？　まぁ、失敗もあったようじゃが」

失敗というのはきっと母上に泣かれたことだろう。

あれからすでに三日たったというのに、母上は昨日の夜も目をぎらぎらとさせて俺の部屋に居座っていた。今まで接していなかった分を取り戻すかのように、眠るまで本を読んだり頭を撫《な》でたりしてくれる。

問題があるとすればすでに言葉を覚えたので絵本はそれほど楽しめないし、優しく頭を撫でられると気恥ずかしくて仕方ないことだろうか。

可愛《かわい》らしい美女である母上にこれほどまでに健気《けなげ》にお世話をされて、恋心らしきものが欠片《かけら》も浮かばないのは、母上がちゃんと俺の母上だからだろう。

「ありがとうございます！　初めてお会いした日からずっと楽しみにしていたんです！」

「ほっほっほ、魔法を見た日からルーサー様が魔法に憧れていたことは気づいておったよ。お体のこともあるからどうじゃろうかと思っておったが、それも改善されておるんじゃろう？」

「はい！　元気です！」

「よろしい。それでは一つだけ条件があるんじゃがいいかな？」

「なんでしょうか！」

好々爺《こうこうや》の表情を浮かべているルドックス先生は、長く白い顎鬚《あごひげ》をしごきながら頷《うなず》いて言った。

「儂、今朝アイリス様に『ルーサー様に魔法を教えたい』と提案したんじゃよ」

「はい」

「そしたら表情がすっと消え失《き》せ《う》てな、何も言わずじっと目を見られてめちゃくちゃ怖くて返事が聞けなかったんじゃ」

「……はい」

「あれなんじゃろな？　若い頃『絶死《ぜっし》』と呼ばれた魔法使いと対峙したときと似た恐怖を感じたんじゃけど……」

うちの母上がご迷惑をおかけして申し訳ありません。

「だから魔法を習いたければ、まずルーサー様からアイリス様を説得してくれんかの」

「………はい、わかりました」

母上さ、距離が縮まったとたん全力の愛を向けるようになったんだよね。

いや、俺がずっと心配かけていたのが悪いのはわかってるんだよ。でもさ、愛が深すぎてなんというか、その、たまにヤンデレめいたものを感じるんだよね。

説得できるのかな、俺。


うららかな春の日。

草花がそよ風に揺れる中で微笑《ほほえ》む母上の姿は、まるで妖精のように可憐《かれん》だ。

父上は豚さんなのにいい奥さんもらってて羨《うらや》ましいなぁ……。

でもねぇ、目にハイライトがないんだよねぇ。

魔法の実践がしたいって言った途端にこれだもん。

母上付きのメイドさんは、普段は絶対に母上の方を見ているのに、今は塀の上で戯れる蝶々《ちょうちょう》を見ているし、ミーシャが俺の服の背中をこっそりと指でつまんだのがわかった。

ごめんね、怖い思いさせて。

「ルーサー、なんですか？　聞こえませんでした」

負けるな、聞こえなかったふりに負けるな！

ここで押し負けたら一生魔法の訓練に入れない気がする。

「魔法の実践をルドックス先生から習いたいと考えて……」

「駄目です」

食い気味に否定するのやめてください。

「なぜでしょうか？」

「まだ病気が完治したかわからないからです」

「でも、あれから一度も気絶していません」

母上はいつもとは少し違う目の細め方をした。眉間の皺《しわ》の入り方とかが違う。

あ、これ泣きそうだ。ダメだ、母上また泣くぞこれ。

「ルーサー、あなたの病気には名前がないの。私、たくさん本を読んで調べたわ。見逃しがないよう何度も何度も読んだの。それでわかったのは、あなたの症状は魔力を全て使い切ったときに似ているということよ。何もしていないのに突然体の中の魔力が全て消失する恐ろしい病気」

せいぜい気絶するまで二日酔いの時のような頭痛を覚える程度だったから、そこまで深刻じゃないと思うんだけどなぁ……。目が覚めた頃にはすっかり治ってるし。

……というか、母上の目が悪くなったのって、本をめちゃくちゃ見てたせいなのか？　時期を考えるとそうとしか思えない。これも俺のせいじゃん。

「一流の魔法使いでも、魔力を使い切ると熱を出して数日寝込むというわ。人によってはトラウマで二度と魔法が使えなくなるとか。今までは回復が早かったからよかったけれど、これからだってそうとは限らないの。折角治ってきたかもしれないのに、今やる必要があるのかしら……？」

「母上……」

心配してくれてるんだと思うと温かい気持ちになるけれど、それと同時に本気で治癒魔法を覚えたくなってきた。このままじゃ俺は、自分勝手なことばかりして迷惑をかけている疫病神だ。

もし本当に病気なのだとしたらここで引き下がるべきだけれど、俺はそうでないことを知っている。もうすでに迷惑をかけてしまったのならば、それをそのままにせずに前に進むことが大事なんじゃないだろうか。

「僕は早くちゃんとした治癒魔法の使い手になって、母上の目を治したいんです。魔法の実践で一度でも気絶するようなことがあれば、もうわがままは言いません。母上も立ち会っていただいてかまいませんから、今回だけは許可を貰《もら》えませんか？」

母上は手元をしばらくじっと見てから、顔を上げて俺の目を見つめる。真意を探るように見えるのはきっと俺にやましい部分があるからだろう。

でも今回は俺だって譲れない。母上の目を治してあげたいというのは本音だし、魔法を自在に操れるようになることが、結果的に自分の身を守ると信じている。実践中に調子に乗って気絶するつもりもない。

「……お医者様も同席の上で、一度だけ」

「危なげなければ続けさせてくれますか？」

「見てから考えます」

厳しい顔をしてみせる母上だったけれど、お願いに一歩譲ってしまった時点でもう俺の勝ちだ。

ごめんね母上。これからはもう心配をかけないように気を付けるよ。

◆

「ねぇミーシャ」

「はい、なんでしょうルーサー様」

贅沢《ぜいたく》にも湯で髪を洗ってもらいながら俺は尋ねる。

「母上と父上って、お互いに好き合ってるよね」

「ええ、もちろんです」

「じゃあさ、なんであまりお話されないんだろう？」

「……なぜでしょう？　私が来た頃はもっと仲睦《なかむつ》まじかったような気がしましたが……。私より先輩の方々もお二人の関係については心配されています」

「そうだよね、心配だよね」

あー、いい気持ち。

毎日じゃないけれど、時々こうして頭を洗ってもらうのはすごく気持ちがいい。

こんな贅沢をして悪役っぽいと勘違いされたらいやだけど、俺だって別にミーシャをこき使おうと思ってやっているわけではない。ただ、髪を洗いたいと話をしたら自動的にこうなってしまっただけだ。

過保護だ過保護だと思っていたけれど、今ならばわかる。

病弱な坊ちゃんはあまり勝手なことをさせてもらえないのである。つまりこれも俺のせい。でも気持ちよくてやめられない……。


洗い終えて、おそらく高級であろうふかふかのタオルでおとなしく髪を拭かれていると、ミーシャから話しかけられる。

「ルーサー様は、この間の件以来いろんなことを気にされるようになりましたね」

「……うん。みんなに心配かけてたみたいだってわかったし。もっといろんなこと知らないとなって」

「ルーサー様はきっと素晴らしい跡取りになられるんでしょうねぇ」

「やめてよ。今まで勉強ばっかりだったのが良くなかっただけでしょ」

「ルーサー様くらいのお年で自省できる方がどれだけいらっしゃると思いますか。先ほどのお話も、旦那様と奥様の仲を取り持とうとお考えなんでしょう？」

「……そうだけど」

「最近はルーサー様がお元気で、屋敷全体が明るくなっています。無理はしないでいただきたいですが、私のできることでしたらなんでも手をお貸ししますよ」

うら若い乙女がなんでもとか言っちゃダメだと思う。

でもミーシャのことだから本当に何でも手を貸してくれちゃいそう。大事にしてあげないと、もちろん変な意味ではなくて。


夜になると母上が部屋にやってくる。

寝入るまでの間ずっと監視されているのだけれど、朝にはいなくなってるので、多分途中で退室しているんだと思う。

ほかに人がいない今は、母上と内緒の話をするチャンスだ。

「母上は、父上のことが好きですか？」

「ずいぶん気にするわね。……好きよ」

堂々と好きと言える相手がいるっていいなぁ。

俺、告白の返事を待ってる間に死んだんだよね。

返事は明日、って言われたんだけどさ、ちょっとさ、いい雰囲気だったんだ。浮かれてたんだよなぁ、いけるんじゃないかって。

結局その日の夜死んだっぽいんだけど。

あの子が変に気に病んでいないといいなって、この体になってから何回も考えてる。

「……それじゃあ、なんであまりお話しされないんでしょう？」

「それは、オルカ様がお忙しいからで……」

「食事の時も、父上の方を見てないですよね」

「……よく見ているわね」

ベッドに寝転がって母上の顔を見ていないから聞ける。

多分対面していたらなんとなく気が引けて聞けなかったと思う。

「ちょっとだけ喧嘩《けんか》しちゃったの。その間にオルカ様も忙しくなってしまって、どのようにして仲直りしたらいいのかわからなくて……。でも好きよ」

「父上が太っちゃったからやだ、とかじゃないんですよね？」

「そんなわけないじゃない。オルカ様の魅力はお顔だけじゃないの。優しくて真面目で、いつも一生懸命なのよ。口下手なところも可愛らしいわ」

……なんか惚気《のろけ》られちゃった。

別に何もしなくたって勝手に仲直りするんじゃないかって思うくらいの激しい惚気だったけど、事実ここ数年、はためには二人の仲が冷え切っているように見える。

というか、父上って優しくて真面目で口下手なんだ。

悪役貴族から縁遠そうなワードしか出てこないなぁ……。

「父上、もう少しで仕事が落ち着くって言ってました。そうしたら仕事をしている時でも、執務室に遊びに行って一緒にお食事をしたりおやつを食べたりしてもいいと」

「あら、いいわね。でもお行儀悪くしたり、お仕事の邪魔をしたら駄目よ」

「母上も一緒に行きましょう」

「……どうかしら、お邪魔になると思うのだけど」

「本当は父上に、母上と一緒ならいいと言われています。仲直り、しませんか？」

返事がなかなか戻ってこない。

顔は見ていないけれどきっと迷っているんだと思う。

ええい、追撃。

「僕、母上と父上には仲良くしていてほしいです」

「……そうね、そうよね。ごめんねルーサー、心配をかけて」

頭が優しく撫でられる。

これでよし。

仲良しで穏やかな夫婦が悪役に見られることはあまりないはずだ。

あとは父上にしゅっとした姿に戻ってもらって、貴族の味方を増やしてもらうのが大事かな。

二人を会わせるために口がペラペラ回ってしまったけど、これ大丈夫だろうか。隠しステータスの悪役適性とか上昇してないよね？

……まぁいいか、俺のことは。自分で気を付ければいいだけだし。

打算抜きにしたって二人が健全な夫婦関係を営んでくれる方が嬉《うれ》しい。

何せ二人は俺の、血のつながった両親なのだから。


後日俺は、母上に話した条件が違ったことがばれて散々説教をされることになる。

その年齢から嘘《うそ》をついてはとか、人間は誠実であるべきだとか。

二人見事なタッグで穏やかながらも懇々と諭され、途中で泣きそうになってしまったくらいだ。

仲直りできて良かったね！

でもいくら物分かりがいいからって四歳児に難しい説教しちゃダメなんだからね！

◆

今日は待ちに待った魔法の実践の日だ。

見たいと言っていた父上は残念ながら仕事のようだけれど、代わりに母上が来ている。それからミーシャと、医者と医者と医者っぽい奴《やつ》と呪術師っぽい奴と、なんかよくわからない派手な格好をした偉そうな爺《じい》さんがきてる。

母上、心配のあまり詐欺師とかに騙《だま》されてないよね？

まぁしかし、冷静になってよく見ると、あの爺さんはきっと光臨教《こうりんきょう》の偉い人かなんかなんだろう。

なんかこの世界にも一応宗教みたいなのがあるらしくて、勇者の選定とかしてるそうだ。

勇者は俺にとっては天敵になりかねないから、できればこの宗教ごと無くなればいいのになってちょっと思ってる。でも結構でかいらしいので、そんなことを口に出すと天罰とか言って嫌がらせとかされそう。まぁ、さすがに過激な思考すぎるな。

前世のうちは、代々無宗教だったんだよなぁ。

庭によくわからない祠《ほこら》みたいなのがあったから、一応実家にいるときは月に一度くらいはお掃除してたけど。

まあそんなことよりも魔法の実践だ。

あらかじめ座学で詠唱のようなものは教わっているので準備は万端だ。

ちなみに一人で練習している時は、魔力を指の先からぶわーっと外へ捨てるように意識してやっていた。最初は人差し指の先からしか出なかったのが、慣れてくるとどの指からでも出せるようになり、そのうち手のひらから。やがて、体のどこからでも出せるようになった。

一度に出せる量が多いと気絶もしやすいのだ。……そのせいでさんざん心配されたんだけど。

本来魔法というのは指から出すのにも苦労するそうで、魔石をはめ込んだ杖《つえ》や剣などを通して使用するのだそうだ。魔力の操作だけルドックス先生に習ったとき「妙に手際がいいのう……？」と不審な目を向けられたのは記憶に新しい。

手際が良かったお陰で早々に実践をさせてもらえることになったんだけどね。

ルドックス先生は後ろから俺の手を包み込むようにして、一緒に先生愛用の杖を握ってくれる。大きな節くれだった手は皺だらけでガサガサしており、ルドックス先生の年齢を感じさせた。

「よいかルーサー様。これから使うのは小石を飛ばす魔法。難しいことは何もない、儂の後に続いて唱えて、杖を通してほんの僅《わず》かだけ魔力を放出するんじゃ。よいな？」

「わかりました！」

「では後に続くんじゃ」

「はい！」

母上が指を組んで心配そうにしているのが見えた。大丈夫、うまくやるし、気絶もしないよ。

ルドックス先生の、ゆっくりとしゃがれた声の詠唱が始まる。

「押し潰すもの、踏みしめるもの、砕かれるもの、我が前に顕現せよ。第一階梯礫弾《だいいちかいていれきだん》」

先生の詠唱を小さな声で追いかける。

詠唱は大きな声で唱える必要はない。わざわざ戦いの場で、何をするか相手に伝える必要なんてない。

それから、魔法を使用する感覚にさえ慣れてしまえば、詠唱をせずとも自在に使えるようになるんだとか。逆に言えば新しい魔法に慣れるまでは詠唱しないといけないってことなんだけどね。

俺は魔力を杖に流し込む。

ほんの僅かだけと言われても、どれくらいが僅かに当たるかわからないのが難しいところだ。

念のため本当にちょろっとだけ魔力を杖に流し込む。

「顕現せよ。第一階梯轢弾」

杖の先端に突然ルドックス先生の顔ほどもある石、というよりも岩が現れる。

自分がきちんと魔法を使えたのだという事実に思った以上に興奮してしまう。後はこれを的に向けて放つための詠唱があるはずなのだが、ルドックス先生が何も言いだしてくれない。

そして杖に魔力らしきものが流れると、突然その岩がぼとりと地面に落ちた。おそらく俺と岩の間につながっていた魔力が、ルドックス先生の魔力によって分断された形……なのかな？

「ふーむ、大したもんじゃ。今日はここまで！」

「え？」

もともとはこれを的に当てるところまでやる予定だったはずなのに、唐突に終了宣言をされてしまった。

俺の変わりない様子に安心したのか、母上がゆっくりと歩み寄ってきてルドックス先生に頭を下げる。

「ありがとうございます。ルーサーは、その、魔法を使っても大丈夫そうでしょうか？」

「ふむ、もちろんじゃよ、アイリス様。こんなに才能のある子は見たことがない。もしかしたらルーサー様は儂を越えるような大魔法使いになるかもしれぬよ」

「そう……ですか。しかし、無理はさせないでください」

「ふむ、しばらくはゆっくりやるつもりじゃ。ほれ、今日じゃってもうこれで終わり、あとは座学の時間にするつもりじゃし」

「そうですか……。心配なので私も同席してもよろしいですか？」

母上の提案に、ルドックス先生は顎鬚を撫でながらしばし考えた後、首を横に振った。

「何かあれば儂から声をかけよう。初めての魔法を使った後じゃし、少々静かに様子を見させていただきたい。なに、これもルーサー様のためじゃ」

「……わかりました、ではよろしくお願いいたします。ルーサー、調子が悪かったらすぐに先生に言うのよ」

「……はい、母上」

頭を下げて母上が去っていく。ぞろぞろとそのあとについていく医者とその他諸々《もろもろ》はなんだか面白かったが、今はそんなことを笑っている場合ではない気がする。

普通の状態のルドックス先生は、予定を変えることなんてめったにないし、母上の参観を断るようなこともないだろう。つまり、今は普通ではない状態、ということになる。

先ほどまでと位置関係は変わらず後ろに立っていたルドックス先生は、ポンと俺の肩に手を置いて言った。

「ルーサー様、儂に隠し事があるじゃろう」

確信が込められた問いかけだった。

とても誤魔化せなさそうな状況に、俺は諦めて一言「……はい」と言うことしかできなかった。

幸いなことにルドックス先生は気づいたことを公にするつもりはないらしく、そのまま俺の自室まで一緒に歩いてきてくれた。誰とすれ違うかわからない廊下では、今日の魔法の話や一般的な魔法の雑学を話すくらいで、先ほど囁《ささや》いた隠し事には一切触れない。

部屋に着いてしっかりドアを閉め、中をぐるりと見まわしてからルドックス先生は大きく息を吐いた。

「まぁ、座って話すとするかのう」

促されて対面に腰かけてみたが、ルドックス先生は鬚を撫でるばかりで話を切り出そうとしない。なまじここに来るまでに話しかけられたせいで、俺も考える時間が足りなかった。

何がばれたのか、どこまで隠せるのか。

まず自分が生まれた頃から記憶があるとか、前世の知識があるとかの話はNGだ。それがばれれば、ルーサーという人間の根幹が揺らいでしまう。

言ってしまえば俺は化け物みたいなものだ。

まっさらなキャンパスから我が子を育ててきたつもりの両親。そして今まで関わってきた人々が、それを知って気持ち悪がらないという保証はない。率直に言ってしまえば怖い。

生まれてしばらくの間は、悪役として断罪されるよりも先に、これがばれることで人生が終わることの方が可能性としてはずっと高いと思っていたくらいだ。

俺は長生きがしたい。人生を半ばで終えるのは一度でうんざりだ。

血と共に体温と命が流れ出ていく感覚。

激痛がやがて寒さに変わり、朦朧《もうろう》としていく意識。

誰一人として知っている人のいない路上で命を終えようとしていると気づいたときの虚《むな》しさをどう表していいのか俺にはわからない。

まだやっていないことが山ほどあった。

近しい人に伝えたい言葉もあった。

それでも俺は死ぬんだなってわかったときの絶望感。

再び生を受けたとわかったとき、多分俺はめちゃくちゃ泣いたと思う。

意識を失って戻ってきた瞬間のわけのわからない状況や、自分が別のものに変わっていることに気づいた混乱。それからはっきりと、以前の俺は死んだんだという喪失感に、めちゃくちゃに泣きじゃくった。

この世界に来て声を出して泣いたのは多分その時だけだと思う。

俺は今度こそ年を取るまで生きたい。

皺だらけになって、畳の上、は無理でも、寝転がって親しい人たちに囲まれて眠るように死にたい。

この家の人たちは俺にすごく良くしてくれる。

わざわざ得体の知れない化け物にならなくたっていいじゃないか。

可愛くて賢いルーサー様のままでいる方がみんな幸せじゃないか。

何も正直に話すことだけが正しいこととは限らない。

秘密の共有が重荷を背負わせることだってある、と俺は思う。

結局はわが身可愛さなんだけどね。

「そんなに思いつめた顔をしなくてもいいんじゃがなぁ」

ルドックス先生が困ったような顔をして笑う。

いくら『賢者』と呼ばれる先生だからって、何から何までわかるほどのヒントを出してしまったとは思わない。だったら自分から白状した方がいい。

「申し訳ありません、以前から一人で魔力の鍛錬をし続けていました」

「そうじゃろうな。あれほどスムーズに魔法を発動できるのじゃから。正直なところ、ルーサー様ほど賢い子なら、そんなこともあるんじゃないかと思っておった」

よかった、何か追及されるような雰囲気はない。

もしかしたら母上にばれないように現状を確認するために、こうして時間を設けてくれただけなのかもしれない。

「そんなことよりも、じゃ。ルーサー様はつい先日までよく気絶をされていたと聞く。症状が魔力の枯渇によるものと酷《ひど》く似通っているが、原因がわからないとされておった。……あれはもしやその鍛錬によるものかのう？」

「……はい」

確信をもって尋ねられた時に誤魔化せるような材料はない。頷くしかなかった。

「体は大丈夫なのか？　魔力枯渇による苦痛を経験すると、大人ですら魔法を使うことをためらうことになるほどじゃ。なかには魔力が枯渇することによる衰弱で、命を落とすものもいる」

「それは、大げさではないですか？　確かに意識を失う前には酷い頭痛を伴いましたが……。気絶したとしても数時間で元の状態に戻りますよ」

目が覚めたときに苦痛や体のだるさを感じたことはない。

そんなに酷い症状だったら、さすがの俺だってもうちょっと鍛錬を控えていたはずだ。

「……本来は数日寝込むような症状じゃぞ。それからもう一つ、こちらの方が大事なことなんじゃが」

「はい……、なんでしょうか」

気絶までたどり着いた時点でここまで質問されるかもしれないことはわかっていた。

覚悟を決めるしかない。

「ルーサー様は生後間もなくから、謎の意識消失の病にかかっていたそうじゃな。今までの話からすると、随分と幼い時期から魔力の鍛錬をされていたことになる。これはどういうことじゃろうか？

納得のいく説明が欲しいところなんじゃが……」

ルドックス先生はいつもと変わらなかった。

化け物と疑って俺に杖を突き付けるでもなく、厳しい追及をするでもなく、あくまで対話を試みる。

その穏やかな瞳にじっと見つめられると、何でも話して頼ってみたくなってしまう。今まで知らなかったけど、良くしてくれる人に嘘をつき続けるのって結構辛《つら》いんだな。

「……お話しできないと言ったら？」

それでも我慢しなきゃいけない。

俺が今話したいのは、ただ楽になりたいからだ。

ルドックス先生に寄りかかって、甘えようとしているからだ。

「そうじゃなぁ……。まぁ、これからも変わらぬ関係が続くだけじゃ」

「え？」

我ながら気の抜けた声が出てしまった。

少しは粘《ねば》るなり、もうちょっと追及するなりがあると思っていた。

「なんじゃ、無理やり聞き出されたかったような顔をしておるのう」

あ、図星。

仕方ないから話した、みたいな感じになって、ルドックス先生のせいにして全部うまくいったらいいなぁって、心のどこかで思っていた気がする。

「我慢できるなら我慢したら良い。しかし抱え込みすぎるのは辛いもんじゃ。老い先短い爺《じじい》相手なら秘密の一つくらい口を滑らせてもいいんじゃないかと思ったんじゃがなぁ」

「先生……」

「ルーサー様が人と何か違うことには気づいておった。じゃがルーサー様は従者に優しく、誤解を受けやすい父母を案ずる優しい心を持っておる。向上心があり、魔法に興味があり、努力ができる。たまに調子に乗る癖はあるようじゃが、それを補って余りあるだけの可能性を持っておる」

めちゃくちゃに褒められてる。

思わず顔面が紅潮してくるが、これだけ褒めるということはきっと、こっから先は落ちるだけなんじゃないかな。

あと、俺って調子に乗りやすいのか？　知らなかった。

「そして何より、儂の弟子じゃ。ルーサー様は儂のことが信じられぬか？」

少しだけ寂しそうな顔。

やめてよ、俺、そういうのに弱いんだ。

話しなさい、を断るより、話してもらえないのかって言われる方が心にくる。

罠《わな》、これ罠じゃない？　話したら引っ掛かったな、アホめぇ、とか言って討伐されないよね？

……まぁ、なんていうか、こんなやり取りを続けられて、結局俺は全部白状《ゲロっ》したわけなんだけど。


「ふーむ……」

「やはり、気味が悪いでしょうか？」

ルドックス先生が目を閉じて考えている。

うまく乗せられた俺は、先生に二つのことを伝えた。

別の世界で生きた記憶があること。それから、魔法を知ったその時から魔力を空っぽにし続けてきたことをだ。

「いやいや、不安がらせて悪かったのう。考えていたのはそのことではないんじゃ」

「そうですか？　しかしその、やはり他の人には話さないほうがいいですよね」

「それは……、残念だがそうじゃろうな」

「……やはり、父上や母上からしたら気持ち悪いですものね」

「……身内に関してはルーサー様が自身で判断するべきじゃろうな。儂が言いたいのは世間的な話じゃ。前例のないことを公表することでペテン師と言われたり、監視をされたりするのは嫌じゃろう？」

「嫌です」

「じゃったら慎重に事を運ぶべきじゃ。今まで黙っておったのは賢明な判断じゃ」

深刻な話をしているところだけど、ルドックス先生に褒められると妙に嬉しくなってしまう。賢明だってさ！

でもやっぱり人に言うべきじゃないよなぁ……。

嘘をついたならともかく、本当のこと言ってペテン師扱いは結構傷つくと思う。

「ありがとうございます。それから、考えの邪魔をしてすみません」

「いやいや、結局は本人に尋ねることじゃからな。ルーサー様は魔力を毎日枯渇させていたんじゃろ？何か魔法が使えるのかの？」

「いえ、ただこう、全身から魔力を垂れ流していただけです」

「……現象に変えずに魔力を垂れ流す、か。ではもう一つ。先ほどの魔法を使ったとき、体の中のどれくらいの魔力を消費したかのう？」

感覚的に言えば指の先にあるのがちょろっと漏れ出した、くらいのつもりだった。体の中に満ちている魔力全体からすると、１％にも満たない量であったように思う。

「ほんの少しです」

「具体的にはあとどれくらい使えそうじゃ？」

「一〇〇くらいは続けられるかと」

「それで魔力が枯渇するぐらいじゃろうか？」

「いえ、どれくらいになるかわかりませんが、間違いなく枯渇まではいかないと思います」

俺の魔力は空になって二時間も寝れば全回復する。これ、じつは効率がいいからやってただけで、起きてたって六時間もすれば全回復するのだ。

それも考慮すると、『轢弾』を何度使用できるかを正確に想定するのが難しい。時間を空けながら放っていけば、俺の眠気が来るまでは続けられるから、いくらでもと答えても間違いではない。

「魔力量はすでに破格じゃな。それならば訓練にも支障あるまい。これからは積極的に実践をしていくことにしようかのう」

ありがたい提案だ。

俺の正体を知ってもまだ、ルドックス先生は俺の先生でいてくれるつもりらしい。

もしかしたら化け物として攻撃されるかもしれないと覚悟していた俺としては、望外の喜びだった。

「ありがとうございます、ルドックス先生」

「何がじゃ？　予定がちょっと変わっただけじゃぞ」

「いえ、その」

何をどう伝えたらいいか迷っている俺に、ルドックス先生はお茶目に笑う。

「多くのことを知ったつもりでも、世の中不思議なことがまだまだあるもんじゃ。これだから人と関わることは止《や》められぬ。よき出会いをくれたことに、儂の方から礼を言おう。ありがとう、ルーサー様。これからも儂の良き弟子でいてくれることを期待しておるよ」

「先生……俺……頑張ります！　悪役とか言われないように、精一杯真面目に生きていきます！」

「……ん？　なんじゃ、あくやくって」

「はい！　こっちの話です！」

「そうかそうか。それじゃあのう、詠唱をいくつか教えておこうかのう。ただし、勝手に使ってはいかんぞ」

「はい、先生！」

「返事がいいとなぜか逆に心配になるんじゃが」

約束は守ります！　本当は使ってみたいけど！

ルドックス先生は、尊敬すべき立派な魔法使いであり俺の先生だ。

秘密を知っても、どっしりとそれを受け止めてくれるだけの広い度量を持っている。

期待に応えてみせるとも。

いつか誰かに「あなたの先生は？」と聞かれたときに「ルドックス先生です！」と胸を張って言えるくらいの立派な魔法使いになろう。


その日ルドックス先生は俺のやる気に押されたのか、教えられる限りの魔法の詠唱を書き出してくれた。驚いたことにその中には、本で見たことのないような、先生が考案したものも混じっているようだった。

先生は「本当に危険なものはまだ教えられんのう」と言っていたけれど、オリジナルの魔法なんて秘伝みたいなものだ。これは宝物だな。

ルドックス先生を玄関まで送り届けてから、走って部屋に帰る。

部屋へ飛び込んで扉を勢いよく閉めると、参考にするように渡された分厚い本を開き、先生の達筆な文字で書かれた詠唱の言葉とにらみ合った。

横合いからそっと灯《あか》りを差し出されて、いつの間にか日がとっぷりとくれていたことに気が付いた。顔を上げて横を見ると、ミーシャが片手に光石のランタンを持って立っていた。

「ルーサー様、そろそろお食事にしましょう。旦那様と奥様がお待ちですよ」

「……もうそんな時間なんだ。気づかなかった」

「私がノックしても声をかけても反応がありませんでしたからね。よほど今日の魔法の実践が楽しかったんでしょうか?」

「……うん、そうなんだ」

「そうですか。しかし根を詰めるのも程々にしてくださいね。あまり暗いところで本を読むと目に毒ですよ」

「うん、気を付ける」

立ち上がりながら返事をすると、ミーシャが先導するように僕の前を歩きだす。

「ルーサー様、なんだかすっきりした顔をされていますね」

「そうかな」

「ええ、なんとなくそんな気がします」

「じゃあそうかも」

とりとめのない会話をしながら思う。

俺という存在がルドックス先生に認知されたことが、思いのほか気持ちに変化を与えているようだ。

今までルーサーとして愛されてきた自覚はあった。しかし俺は、それはあくまで俺ではないという認識を持っていたらしい。

それが初めて、ルーサー＝《イコール》俺として認めてもらえたのだ。

今までよりほんの少しだけ、この世界に馴染《なじ》んだような気分だ。

足取りが軽い。

薄ぼんやりとしか照らされていない廊下も、気のせいか今日はずいぶんと明るく見える気がした。

◆

張り切って魔法の実践練習を始めた俺だったのだが、これがなんと思ったよりもずっと難しい。

正直なところ、第一階梯と言われる魔法は割と簡単だった。しかもこれらは込めた魔力量によって威力が変わるので、俺にとっては非常に使い勝手のいい魔法だ。

ルドックス先生に言わせれば「ルーサー様は第一階梯を極めるだけでも強いんじゃがのう」らしいけれど、どうせならば使える魔法は増やしておきたい。

ただ第二階梯から上の魔法は、魔力を込める量を綿密に決めなければいけない分難しいのだ。魔力を込めすぎると、別の効果が出てしまったり、思うように動かせなかったりする。

力業で第一階梯をぶっ放すより、ルドックス先生のように巧みに魔法を使いわけられる魔法使いになりたい。誰が見てもわかるような素晴らしい魔法使いというのは、そういうものだと思う。

そんなわけで一月ほど頑張って鍛錬しているのだけど、うまく使えるようになった第二階梯の魔法は二つだけ。尖《とが》った礫に回転を付けて飛ばす旋礫《せんれき》と、飛ばした火球を着弾点で爆発させられる破炎《はえん》だけだ。

なぜうまくできるかというと、多少魔力を込めすぎてしまっても威力がちょっと変わるだけだからだ。つまりじつのところ、進捗度としては他と大して変わらない。

それでも十分成長が早い方だとルドックス先生は褒めてくれたし、地道にやることにするよ。ルーサーとしての体がどうかはともかくとして、俺は天才型ではないし。

前世を併せても過去最高に頑張ってるお陰か、毎日充実感も半端じゃない。

充実、と言えばだけれど、喜ばしいことに、最近の父上と母上はなんだかすごく仲がいい。

父上のお出かけ時には頬にチュッとするほどのラブラブ具合を見せつけられている。

ビジュアルは美女と野獣なんだけどね。

もし元の世界の親父《おやじ》と母ちゃんにこれを見せられたら、恥ずかしいからやめろよって言ってたかもしれないけど、母上が美女だからか、あるいは俺が大らかになったからなのか、なんとなく許せてしまう。

ぎすぎすしているよりはずっといいよ、うん。

なんか父上も心なしかちょっとだけ細くなってきた。とはいえ、まだ人よりもボール寄りな体形をしてるけど。

隣にいる母上の可愛らしいかんばせの眉間に皺が寄り始めたのは、単純に父上の姿をぎりぎりまで見送っているからであって、ご機嫌が斜めなわけではない。なんとなく桃色のオーラを感じるのでそれは確かだ。

実際毎日話をしていると、父上や母上を悪い人だと疑うことがなんと馬鹿なことだったんだろうと思ってしまう。

これが家族だからなのか、外でもそんな姿なのかわからないのが怖いところだけど。

身内には優しい悪役だってよくいるもんね。

甘やかされまくって性格がわがままプーなうえ、ボディまで真ん丸わがままな悪役令息だっているはずだ。

そんな創作物を山ほど読んできた俺に油断はない。

父上を見送ると外の空気が暖まるまで自室でお勉強。

昼前頃になると母上と一緒に中庭へ出ることになっている。

ルドックス先生が来ない時の最近の日課だ。

中庭では母上も俺も好きなことをしている。

のんびりお茶を飲んだり、土いじりしたり、刺繍《ししゅう》をしているのが母上。

本を読んだり、字を書いたり、魔力放出の量を調整したりしてるのが俺。

最後に関しては周りからするとただ難しい顔をしてボーっとしているようにしか見えないらしく、初めのうちは心配された。

魔法の鍛錬をしていると言っても、体調不良を我慢しているんじゃないかと疑われるものだから、仕方なくルドックス先生に口利きしてもらってようやく納得してもらった。

なんで俺の言葉は信じてくれないのかとミーシャに愚痴ったところ、曖昧《あいまい》な笑顔でスルーされた。解《げ》せない。

昼食を食べ終わって一息つくと、少しだけ眠たくなってくる。

多分子供だから体が睡眠を欲しているのだと思う。

眠ってしまうと、いつの間にか室内に戻ってお昼寝タイムになってしまうので少しばかりもったいない。

眠気を覚ましたいなと思った俺は何気なく母上に質問を投げかけた。

「母上は、どうしてこの間まで父上とぎくしゃくしていたんですか？」

「え？」

唐突な質問に動揺したのか、母上はティーカップとソーサーでかちゃりと音を立てた。普段はそれこそ魔法のように静かに食器を扱う人なんだけどね。

「それは……、秘密よ」

赤面した母上は、そっと目を逸《そ》らしながら答える。

うん、まだその言葉遣いが可愛らしく見えることは認めるけどさ。

無言でその顔を見つめていると、母上はちらっちらっと俺の様子を窺《うかが》って、諦めてなさそうなことを察知すると小さな声で答える。

「その……、オルカ様に聞いてほしいわ」

「父上なら答えてくれるんですか？」

「できれば聞かないでほしいのだけれど。ルーサーがどーしても、どーーーしても聞きたいって言うならよ？」

「わかりました、父上に聞いてみます」

「聞くのね……」

だって気になるもん。

なんだろうなぁ……。なんかすれ違いがあったらしい雰囲気はわかってるんだけど、誰も教えてくれないんだよね。

「はい、聞きます。父上と母上のことはなんでも知っておきたいので」

「あら、ルーサーったら、可愛いわね」

ちょっとご機嫌取りをしたら、母上はすぐに笑顔を見せてくれた。可愛いのは母上です。

大きく嘘を言ってるわけでもないので罪悪感もない。

さて、じゃあ今日の夜は父上の執務室に潜り込んで質問してみよう。

もちろんミーシャには断りを入れた上でだけど。

◆

右にある書類の山が未処理のもの。

左にある書類の山が処理済みのもの。

その比重がかなり左に偏《かたよ》ったところで、父上がとうに冷め切った茶の入ったカップを手に取った。

珍しくまだ明るい時間に帰ってきた父上と二人きりの執務室。

夕食後二時間は黙ってお勉強していた俺は、今ここだろうと話を切り出した。

「父上、この間まで母上とあまりお話ししていなかったのはなぜですか？」

ちなみに今日は母上は来ていない。

この質問をするつもりであることを、あらかじめ伝えていたらなぜか来なかった。

理由は父上の返答を聞いたらわかるんじゃないかと思っている。

父上は一度動きを止めてから、冷静にカップをソーサーの上に下ろす。

そして咳払《せきばら》いをして、背筋を伸ばし、厳《いか》めしい顔をした。

「ルーサー、今日はそろそろ寝たほうがいいんじゃないのか。またアイリスやミーシャが心配するぞ」

「母上には了承を得ていますし、ミーシャは部屋の外で待機しています」

答えづらいことだというのはわかったのだが、うまく誤魔化して教えてもらえないものだろうか。

普通、四歳の子供なんて大した理解力もないから、どうせ大きくなった頃には忘れてるぞ。警戒しすぎじゃなかろうか。

まぁ、面白い話だったら俺は憶《おぼ》えてるけど。

「あー……。そういうのはアイリスに聞きなさい。私が忙しく仕事をしているのはわかるだろう？」

「わかりました。父上がそうおっしゃるのなら母上に聞きます。母上は父上に聞くように言ってましたけれど、仕事がお忙しいのなら……」

「私が話す」

「はい」

うん、父上は母上のこと大好きだもんね。

最近なんとなくわかってきたよ。あの可憐な母上の好感度下げたくないもんね。

「……いや、しかしな」

「母上に聞いたほうがいいですか？」

「あれはお前が数度気絶を繰り返したときだった」

母上カードが強すぎて、父上の操作が簡単。

大丈夫かな、他の貴族とかに利用されないように気を付けてほしい。

「原因は魔力の枯渇によるものとわかったのだが、肝心の理由がわからない。まさか赤子が苦痛を伴う魔法の鍛錬をするわけもないからな。だとすれば考えられるのは病だ。それを治すために手を尽くしてみたけれど、病の原因を知っている者はいなかった。お前が気絶している間に信用のある医者や魔法使いに見せたこともあったんだぞ」

「……知りませんでした」

マジで知らなかった。そんなに大ごとになっていると知ったら、俺だってもっと早く事態に気が付いていたはずだ。どうして起きている間に会わせなかったんだ。それで全てが解決していた可能性があるぞ。

「結果は芳《かんば》しくなかった。……私は悩み考えた。お前をセラーズ家の後継者として育てるのはあまりに酷ではないかとな。そして、お前にそんな重荷を背負わせるくらいならば、早いうちにもう一人子をなしておいた方がいいのではないかとアイリスに提案したのだ」

俺も子供じゃないから、言っていることは理解できる。だから自分が愛されてないとも思わないけれど、本当の四歳児だったら悩むんじゃねぇのかな。

だってこれ廃嫡《はいちゃく》の話でしょ？

もうちょっと言葉はオブラートに包もうね、父上。

もしかしてそういうところで、他の貴族から反感買ってるんじゃないかって俺は心配だよ。

「そうしたら、アイリスが頬を膨らませて怒ってな。何も言わずに寝室から出て行ってしまった」

寝室からとか言わないでもらえませんか。

俺は四歳児だからわからないことになってるけど、生々しいからさ。

っていうか母上、怒ってくれたんだ。

まあ俺、別に廃嫡でも良かったけど。というかむしろ早めにそうなれるのならその方が良かったかもだけど。そうなったら多分悪役ルートは回避されるような気がするし……。

でも母上がそんなに一生懸命になって守ろうとしてくれた地位なら、真面目に後継者としての勉強でもしようかな……。期待裏切りたくないし……。

「自分が何とかするから待ってほしいとわざわざ使用人づてに伝えられた。どうにか話し合いの機会を設けようとしたのだが、お前がいる前でするような話でもなし。私の仕事は忙しくなる一方なうえ、アイリスからは二人での話し合いを避けられていた」

父上もしかしてちょっとへたれなのか？

ずるずる数年は長すぎるよ。母上がちゃんと父上のこと好きじゃなかったら離婚してるところです。

貴族にそんな制度があるのか知らないけど、俺の知ってる物語では婚約破棄とか流行《はや》ってたよ。

今思うと婚約破棄が流行る世界って嫌だな。

俺は純愛が好きです。

「関係の修復をする機会がないままずるずると数年もたってしまってな。その間に体はどんどん醜《みにく》くなっていくし、アイリスは鋭い目つきで私のことを睨《にら》むようになった。どうにも切り出せずにいたところを、先日お前が何とかしてくれたというわけだ」

父上と母上はこの間から何度も話を重ねているようで、今はもう互いの事情をちゃんと理解している。だから今では母上が、ただ俺や父上のことをよく見るために目を細めていたこともわかっているはずだ。

そう思うと目つきの悪さもちょっと可愛く見えてくるから不思議だ。

多分父上もそう思っている。

目の話を知ったとき、父上は迷うことなく治癒魔法使いを呼ぶと言い放ち、それを母上に止められた。

母上は、俺が治してくれるのを待つと決めたんだそうだ。

母上の目が悪いのは、俺の病の症状を調べるため、日夜それらしい文献を読《よ》み漁《あさ》りまくったせいだ。

それでも病の原因は見つからなかった。調べれば調べるほど、魔力枯渇の症状でしかなく、突然そうなってしまう病などどこにも前例がなかったそうだ。

当たり前だ、病ではなかったのだから。

父上に啖呵《たんか》を切った手前、何の成果も得られなかった母上は苦しかっただろう。この二年間、どんな思いで過ごしてきたのかを想像すると胸が苦しくなる。

愛する夫と分かり合えず、愛する息子の病の状態は優れず、目には少しずつ霞《かすみ》がかかっていく。

俺、ちょっと泣きそうになったよ。いろんな意味で。

だって全ての元凶は俺だもの。

後悔でベッドをのたうち回りたくなったのはこれが生まれて初めてだった。

だから俺としては、父上と母上には存分にラブラブしてもらいたいという願望がある。

二人で寝室にいた話とかされるとちょっと恥ずかしいけれど、俺のせいで過ごせなかった蜜月の期間を取り戻してほしいという気持ちはある。二人が望むのならば弟でも妹でもたくさん作ってくれたらいい。

そして健康に長生きして、老後まで二人で幸せに過ごしてもらうためにも、父上にはきちんとダイエットをしてもらう必要がある。

「なるほど、父上。では今度から僕と一緒にいっぱい運動をしましょう」

「……子供には難しい話だったか」

天井を仰いで呟《つぶや》く父上。

いいえ、全部ちゃんと理解してますよ。

俺の両親が不器用で愛すべき人たちだということもね。

「そうだな。では日が出ているうちに家にいられる日には、ルーサーと運動をすることにするか。

……アイリスが許可を出したらな」

「はい！　わかりました！」

父上、母上のこと好きだねぇ。

◆

おかしい。

チラリと横を見ると、父上の体形は明らかに丸い。

丸くてお肉がバウンドしている。

だというのに、息が上がっているのが俺だけというのが解せない。

確かに俺はまだ手足の小さい四歳児だけれど、それを差し置いたとしても、この丸い父上が普通に軽々と走っているのは意味がわからない。

じつは転がっているんじゃないかと疑って観察してみたけれど、得たものは変な姿勢で走ったことによる疲労感だけだった。

やっぱり外に出たことがなかったのが祟《たた》ったのだろうか。

太陽の下で運動しない子供は風の子になれないんだろうか。

いやでも前世の俺なら間違いなく勝ててた。

多分勝ててた。………勝ててたよね？

屋敷の裏門にたどり着いた辺りで母上の姿が見えてくる。

俺の病弱な体を心配していた母上のことだから、きっとこの地獄のランニングを止めてくれることだろう。

自分から言うのはさすがに嫌だったんだ。

よし、止めてくれ。

今止めてくれ。

通り過ぎちゃうよ？

母上？

ニコニコしながら手を振ってないで止めて？

「やっぱり体が鈍《なま》っているな。ルーサーは……、まだいけるな！」

どこをどう見たらそうなるんだ？

肺が悲鳴上げてるんだが。もはや喋《しゃべ》る余裕もない。

汗だくなのに余裕のある父上を見て俺は悟る。

さては父上、体育会系だな……？

そうだよな。だって祖父も曽祖父もめっちゃ筋骨隆々の海の男っぽいもの。

父上だって俺が出生した当時は、背が高くて爽やかな細マッチョ系だった。

しばらくの間、丸い父上しか見ていなかったせいですっかり忘れてしまっていた。

一周して力尽きた俺をおいて、父上は更なるペースアップを見せる。もはや転がってるとかふざけた思考をする余裕もない。呼吸を整えている間に一周。足を揉《も》んでいる間にさらにもう一周してきた父上は、俺の前にピタリと止まる。

「よし、準備は終わりだ。ルーサーが楽しみにしていた剣術の稽古に入るぞ！」

「……はい」

もう無理ですとは言えなかった。

軽く運動をした後、剣術の稽古をつけてくださいと言ったのは俺だ。

つまりこの地獄のようなランニングは、父上にとっては軽い運動にあたるわけだ。

将来のことを考えれば、魔法だけではなく剣術も修めていた方がいいに決まっている。仮に悪役貴族となってしまったら、勘違いからチート持ちの主人公とかと争うこともあるかもしれないんだ。

そんなとき、接近されたら何もできませんじゃ命を落としかねない。

棒にぐるぐると布を巻きまくっただけの物を受け取りながら、俺は死んだ魚のような目で、丸いのになぜか爽やかに見える父上を見上げたのであった。


「……ルーサー様、お疲れですね」

「……うん」

「お外は楽しかったですか？」

「楽しかったと思う？」

いいえとは答えられない質問だろう。なんせ主人である父上と、その妻である母上と共に外へ出ていたのだ。雇われているミーシャが滅多なことを言えるわけがない。

「ごめん、意地悪だった」

「いいえ、私も悪い質問をしました」

「ううん、外出たときはわくわくしたよ。途中からそれどこじゃなかったけどさ」

ごろんとベッドの上を転がって、うつ伏せから仰向《あおむ》けになる。数歩離れた場所にミーシャが楚々《そそ》として立っている。

「剣術の稽古はお嫌になられましたか？」

「ならないよ。僕は父上に鍛えてもらってちゃんと強くなる」

好きに打ち込んでいいと言われ、やけくそになって棒を振り回したというのに、一撃を入れるどころか、かすることすらしなかった。

だから剣術なんか嫌いになった、とはならなかった。

この経験が意味することは、剣術をしっかりと修めると、素人が無茶苦茶に振り回す武器で傷つくことがなくなるということに他ならない。

包丁で刺されて死んだ俺としては、その事実はかなり魅力的だった。

人生の危機はいつだって唐突に、道を歩いているだけで襲い掛かってきたりするのだ。

そういえば、俺が刺された後、痴話げんかしてたイケメンの方も刺されてたけど大丈夫かな。巻き込まれて死んだ俺が心配する義理もないけどさ。

「ルーサー様は素晴らしいですね。まだこんなに小さいのに、勉強にも剣術にも全力で取り組んでいらっしゃいます。どんな立派な御当主様になられるんでしょうね」

柔らかく微笑んでくれるミーシャを見ると、頑張ろうという気持ちになる。

それと同時に不安もあるのだけれど。

今でこそ前世で大人だったことが幸いして立派にあれこれやっているように見えるけれど、十歳、二十歳と成長していった時もそうであるとは限らない。

父上や母上、それにミーシャのように俺に良くしてくれる人たちをがっかりさせるような事態は避けたい。

そのためには、頑張るしかないんだろうなぁ。

ま、どっちにしても能力を上げ続けなければいけないのは決まっていた話だ。それに理由がいくつか加わっただけである。
○歳から魔法を鍛えて、四歳から剣の稽古をするんだから、そこらの子供よりはよっぽどアドバンテージは稼げるはず。
いくら中身の俺が凡才だったとしても、きっと取り繕うくらいはできるはずさ。

「頑張るよ、頑張るけど……。今日はちょっと休ませてね……」

寝転がっているうちに、自然と瞼《まぶた》が閉じてきてしまった。

思考がゆるりとまとまらなくなってきて、今日母上や父上が楽しそうにしてた顔が浮かんでくる。

「お休みなさいませ、ルーサー様」

ミーシャの抑えた声が聞こえ、ほんの一瞬だけ浮上した意識は、すぐに眠気の濁流の中に飲み込まれていった。

第3章　イレインお嬢様

俺がすっかり気絶しなくなってから一年。

父上と訓練するとき以外は相変わらずあまり外へ出ることがないのは、単純に母上がまだ許可してくれないからに他ならない。

狭量《きょうりょう》だと言うなかれ。要人の息子である五歳児を街に出すとなると、それなりの準備が必要だ。

「もう少し大きくなってからにしましょう？」と言われると、俺としても頷《うなず》くしかないわけである。

早いうちに世間を知っておきたい気持ちもあったんだけど、そこで焦る必要もないかなって。

結構本気で二人に申し訳ないことをしたって思ってるから、これ以上心配かけたくないし。

あと母上は最近お腹《なか》が大きくなってきたから余計に。

父上みたいに丸くなったんじゃないよ。単純に弟か妹ができるってだけ。

父上は球体からかなり人形《ひとがた》に戻ってきていて、表情が見えるようになってきたし、いいことずくめだ。

ちなみに俺の棒はいまだに一度も父上の体をかすったことすらないし、走り込みで父上より長く走れたこともない。俺の体力がついて上達するほど、父上が痩せて元の力を取り戻していくので、差は縮まるどころか開く一方である。

結構頻繁に才能がないんじゃないかって自分を疑いたくなるんだけれど、その都度ミーシャに励ましてもらって頑張ってる。ほんとにいい子なんだよ、ミーシャ。

余計なお世話かもしれないけど、俺が自由に動けるようになった頃にまだ相手がいなかったらちゃんといい人探してあげたい。

そんな感じで平和な毎日を過ごしているのだけれど、今日はちょっと母上が変な感じだ。妙にそわそわしていて、何か俺に言いたげな顔をしている。

せかすのも悪いかと思って様子をしばらく見ていたのだけれど、母上付きのメイドさんから幾度か目配せをされて、これは尋ねたほうがいいのだなとようやく気づいた。

「母上、何か気になることでもありますか？」

「あら、わかってしまうかしら……。恥ずかしいわ」

わかります。

去年のことがあってから、母上と父上のことはよく観察させてもらったので。

「じつはね、今度うちに女の子がやってくることになってるの。ルーサーと同い年の子なんだけれど、仲良くしてあげてもらえるかしら？」

「ええ、構いませんけれど……。どちらの方なんですか？」

「セラーズ家と長い付き合いがある、ウォーレン伯爵家のご令嬢よ。私の妊娠のお祝いに、家族全員で来てくださるの」

伯爵家同士の家族全体での交流って、結構大事なんじゃないのか？

互いに気軽に行き来していい身分ではないだろうし、派閥とかいろいろあるだろうし。

それに父上は財務大臣だ。気軽にその辺りと交流して妙な難癖付けられたりしないのだろうか。

「それは……パーティとかを開くということでしょうか？」

「いいえ、そうではないの。ウォーレン家のご夫婦とは、私たちが学生時代の頃からの友人なの。だから公のことではなくて、個人間の交流に過ぎないわ。ルーサーはご令嬢のイレインさんと仲良くしてくれたらそれでいいの」

あー、友達。

もしかして俺の体調とか、父上と母上の仲違《なかたが》いの状況とか、父上の仕事の忙しさで長いこと交流できてなかった、みたいな話かな。

俺が知らないだけで本当に仲がいいのかもしれない。

まぁそういうことなら俺も一肌脱ごう。

幼い子供の相手をするって考えるとちょっと憂鬱だけど、せいぜい数日のことだろう。折角だから昔読んだ絵本でも引っ張り出してきて読み聞かせてやったら喜ぶかもしれない。

俺が五歳の頃って、どんなことしてたかな。

田んぼの周りを走り回って虫とか捕まえてた気がする。ちなみに女子にはめっちゃ嫌がられてた覚えがある。嫌がられるのが楽しくて、追いかけまわしてた記憶がある。

しっかり糞《くそ》ガキだったな、俺。

気を付けよう。

折角王子様っぽい見た目してるし、それらしい言動をするように心がければいい。相手も身分あるお嬢様だし、嫌われたら後々絶対めんどくさいことになる。

あー、でも、だからと言ってあまり好かれすぎるのもなぁ……。

さて、どうしたもんかな。


「ミーシャ、僕くらいの年の女の子ってどんなことが好き？」

勉強系や剣術以外の知識を手に入れたいとき、俺はたいていとりあえずミーシャに聞いてみる。ミーシャは幼い頃から街を出歩いたり、偉いお貴族様に会ってちゃんといい子にしていたりと、意外と経験が豊からしい。

学問的なことを学ぶ機会はなかったけれど、その分貴族社会で生きていくための知識や、ちょっとした雑学なんかの知識は豊富だ。

「イレインお嬢様のことですか？」

「うん、まぁ、そう」

「どうでしょう？　普通はお人形遊びをしたり、ごっこ遊びをしたりするものですが……。ルーサー様を見ていると、本当にそうだったかなと疑いたくなるんですよね」

俺を基準に考えるのはやめてほしい。

一応前世を足すと、ミーシャよりかなり年上だからね。

「聞いた話によると、イレインお嬢様もかなり聡明な方だそうですよ？　巷《ちまた》ではルーサー様と同じように『神童』と呼ばれているとか」

「……そうなんだ」

中身が大人だし、自分の未熟さばかりを痛感する毎日で、そう呼ばれるのが恥ずかしい今日この頃だ。

「あ、いえ、今のは忘れてください」

ミーシャが慌てて口もとに手をやって、目を伏せて頭を下げる。

もしかして隠してたの？　俺結構耳をそばだててるから、そういうの知ってるよ？

「聞かなかったことにしてもいいんだけど、その『神童』って噂《うわさ》になってるの？」

俺は外に出ることがないから、噂の元となるのは屋敷のだれかしかいない。貴族の子供だからいい噂を流すくらいするのかもしれないけれど、噂ばかり先行して後でがっかりされてもちょっと嫌かもな。

「あの、秘密なんですが……。奥様と旦那様が、お外で会った方にいろいろとご自慢されているそうで……」

「あー……」

「あまり褒めすぎるのも教育に悪いから、と言われていたのですが……。ルーサー様なら大丈夫ですよね？」

「うん、まぁ、頑張るよ」

天狗《てんぐ》になりたい気持ちはあるんだけど、魔法ではルドックス先生の繊細さにはまだまだかなわないし、剣術は知っての通り父上にかすりもしない程度の実力だ。

鼻が伸びる暇なんてあるわけがない。

「……楽しみですね、イレインお嬢様がいらっしゃるのが」

「そうだね。楽しみ、かな？」

神童ねぇ。

そうは言っても相手も五歳児だし、多分大したことはないだろう。

あまりハードルを上げすぎてがっかりした顔を見せたくもないし、できるだけフラットに、偏見無しでイレインお嬢様を迎え入れてあげることにしようかな。

◆

当日。タイまで締めた正装に着替えさせられた俺は、両親と一緒に玄関ホールでウォーレン家の皆さんの到着を待っていた。

どうやら顔見知りといっても割としっかりめにお出迎えするようだ。

一際豪華な馬車の中からぬっとあらわれた男性は、一目で武闘派とわかるような容姿をしていた。

グレーの髪をぴったりと撫《な》でつけオールバック。鋭い目つきをして、笑っているつもりらしい唇の形をしているが、左側しか持ち上がっていないせいで酷薄そうに見える。

極めつけに左目には眼帯だ。

悪そうな軍人さん描いてーって言ったら、特徴の七割くらいは一致しそうな御仁だった。

父上とどっちが悪そうかって聞かれたら、今はあちらに軍配が上がりそうだ。この間までの球体だったらいい勝負だったけどね。

「久しいな、オルカ」

「元気そうでなによりだ、ブラック」

二人は歩み寄って男らしいハグを交わした。BとかLとかっぽさはまるでない。互いに背中を叩《たた》いて再会を喜んでいるように見える。

「この、随分と丸くなりやがって」

「これでも最近は少し痩せたんだぞ」

「ははは、何の冗談だ？　それ以上太ったら人じゃなくて球だぞ！　転がった方が早く動けるようになっちまう」

冗談じゃありません。この間まで球でした。

本当に仲がいいんだろう。父上の言葉も少し崩れていて、いつもより若々しく見えた。

お付きの人々がうちの使用人たちとせわしく情報をやり取りする中、家族同士の心温まる交流は続く。

いつの間にか母上に手を取られた俺は、そのままあちらの奥様の前へと連れていかれた。

めちゃくちゃグラマラスな美女だ。歩くたびにおっぱいが揺れている。

夫人の厚めの唇が開き、これまた何か企《たくら》んでそうな微笑をたたえて言った。

「あら、元気そうじゃない」

「ええ、元気よ。ローナ、見て！　この子がルーサーよ」

「挨拶の前に息子の紹介？　相変わらずね、あなた」

「お目にかかれて光栄です、ウォーレン夫人。いらっしゃるのを楽しみにしておりました」

上流階級の挨拶なんてさっぱりわからないけど、こうしたらいいと言われたことをとりあえずそのままやっておいた。

五歳児なら許されるでしょ。でもそろそろ礼儀作法の勉強もしないといけないのかなぁ、めんどくさいなぁ。

「聞いていた通り聡明そうね。イレイン、挨拶なさい」

夫人に促されてすぐ横で澄まし顔で目を伏せていた少女が、初めて俺と目を合わせた。

あー、美少女だね。お人形さんみたい。

父親譲りのグレー、というよりも銀色に近い髪はやんわりとウェーブがかかっている。目つきの鋭さは父親譲り、バッシバシのまつげと紫色の瞳は母親譲りかな。

それぞれのパーツがどことなく両親に似ていて、将来迫力のある美人になること間違いなしだ。

ウォーレン夫人に挨拶を促された少女——イレイン嬢は、ふんわりとしたスカートを指でつまみ、それらしい所作で頭を下げる。

「イレイン＝ウォーレンですわ。お会いできるのを楽しみにしておりました」

……五歳児のスマートさじゃねぇな。

いや、俺が覚えてないだけで、普通の五歳児ってこんなもんなのかな？

だとしたら俺、神童としてやっていける自信ないよ？

「イレインさんもしっかりしてるわね」

母上の言葉から『でもうちのルーサーの方が』という副音声が聞こえてくる。

やめて母上恥ずかしい。ウォーレン夫人笑ってるからね、さっきから。多分その副音声、あの人にも聞こえてるよ。


ほどなくして広間へと移動した両家。そのまま大人同士の話が始まると、子供は蚊帳の外に置かれることになる。神童だなんだとか言われてようと、やはり子供には変わりないのだ。政治の話やお金の話などに混ざる権利はさすがにない。

部屋の端でソファに座ってもそれは同じだった。

黙って座っているのも仕事のうちと思ってニコニコしていたが、いい加減表情筋が疲れてきた。

一時間もした頃。ようやく世間話に一区切りついたのか、ウォーレン伯爵が俺に視線を向けた。

「おっと、随分と静かにしているから君がいるのを忘れていた。大人の話は退屈だろう？」

「いえ、大人になったみたいで楽しいです」

本当は退屈です。昔話を聞くのはちょっと面白かったけど。

「ははは、なるほど。しかしうちのイレインはそうではないようだ。悪いのだが屋敷の中を案内して、一緒に遊んでやってもらえないだろうか？」

「はい、わかりました」

イレイン嬢、ずっと虚空を見つめて静かにしてるから、退屈してるのかしてないのかわかんないんだよな。しょっちゅう座り直したり、きょろきょろしたりしてる俺の方がよっぽど子供っぽい。

「うん、いい返事だ。ルーサー君は魔法も剣術も得意なんだろう？　イレインは女の子だから、何かあったら君が守ってやってくれよ？」

「はい！」

屋敷の中で危険はないけれど、偉い人の言うことはとりあえず元気よく返事をするものだ。

『子供は子供で遊んできなさい』は、直訳すると『大人にしか聞かせられない話があるから出てけ』である。というわけでミーシャを引き連れて俺は退散しますよ。

立ち上がってイレイン嬢の下へ向かい、手を差し伸べる。

事前に、『エスコートするときはそうするんですよ』とミーシャに口を酸っぱくして言われていたからだ。

「屋敷を案内します、お手をどうぞ」

イレイン嬢は無言で俺の手の上に小さな手をそっと重ねる。

ぎりぎり触れるかふれないかくらいの重ね方だったけれど、俺はそっとその手を包んで一緒に廊下に出ることにした。

手を握ったとき、一瞬不満そうな顔したの。俺、見逃してないからな。

ちょっとショック。

廊下に出るとミーシャだけが俺たちの後についてくる。

多分イレインの側付《そばつ》きメイドさんもいるはずなんだけど、今回は招待しているセラーズ家に任せるってことなのかな？

とりあえず親の目がなくなったところで、俺は握っていた手をそっと放した。嫌がっている幼女の手を握り続ける趣味はない。

イレインは意外そうな顔で俺を見る。

なんでその顔？　判断があっていたのか、間違っていたのかわからないぞ。女心はわからないけれど、幼女心はもっとわからない。

ただ、今までほぼ無表情だったイレインの表情が明らかに変わったから、めちゃくちゃバッドなコミュニケーションではなかったのかもしれない。

「イレイン嬢は普段は何をして過ごされていますか？」

「……本を読んでいます」

「奇遇ですね。僕も本を読むのが好きです。同じ年頃の子と遊んだことがないのでどうしようかと思っていましたが、まずは書庫にご案内しますね」

「わかりました」

反応薄いなぁ。

俺、知らない人の家の書庫見せてもらえるってなったら結構喜んじゃうけどなぁ。魔法のあるこの世界なら、見たことのない秘術書とか混ざってそうだし。

いや、さすがにそういうのは隠してあるか。うちの書庫にもないもんな。

話が弾まないまま長い廊下をただただ歩く。

ミーシャはこういう場をつなぐのが多分上手だけれど、他家のお嬢様がいる場で気軽に発言したりできないのだろう。粛々と俺たちの後をついてきている。

そういえばいつもは先導してくれるのに、今日は後ろにいるな。俺が主導してるんだぞーってイレインに示してくれているのかもしれない。細かな気遣いだなぁ。

……それにしてもさー、五歳児ってもっと騒がしくて馬鹿なものじゃないのか？　やっぱり貴族の子だから躾《しつけ》とかしっかりされてるのかなぁ。俺はまだそういう教育はあまり受けてないけど、ウォーレン家はもしかしたら厳しいのかもしれない。

そうして通り過ぎていく部屋の説明をしながら、大した雑談もせぬまま書庫にたどり着いてしまった。

書庫の扉を開けると、薄暗い部屋が俺たちを迎え入れる。

本を日焼けから守るために、大きな窓には光を遮る分厚いカーテンがかかっている。

毎日利用しているし、使用人たちのおかげで埃《ほこり》っぽさはなく、代わりに古い本の匂いが際立っている。入ってふと思ったが、この匂い俺は好きだけど嫌だって人もいるのかな。

先に入ってカーテンを引き、窓を少しだけ開ける。ミーシャも手伝ってくれた。

今日は外も乾燥しているし、湿気の心配はないだろう。

爽やかな風が吹き込んできて、書庫内の空気を攪拌《かくはん》し扉から抜けていく。

扉は開けたままでもいいかな、気持ちいいし。

「気になる本とかありますか？」

「いえ、別に」

なんだよぉ、さっき普段本を読んで過ごしてるって言ったじゃんかよぉ。

もしかして俺と話したくないだけか、この幼女。

何が悪かったんだ？　ルーサーの顔は悪くないと思うんだけど。

やっぱいきなり手を触ったから？　いやでも、あれはそうやってエスコートするんですよってミーシャに言われたからやったんだよ？　母上もそれでいいって言ってたし。

（わかんないなぁ、この子……）

とりあえず童話と、騎士の物語。それから魔法に関する本と、国の歴史が書かれたものを取り出してテーブルの上に並べる。比較的背の低い、いつも俺が座っている椅子を引いて、イレインに声をかける。

「どうぞ、座ってください」

イレインはもう一つの背の高い椅子をちらりと見てしばし考えてから、書庫の隅を指さした。

「私あそこでいいです」

俺がいつも昼寝をしているスペースだ。マットとクッションが敷いてあり、そこで本を読むこともある。――でもいいのかなぁ。スカートとか皺《しわ》になりそうだけど……。

体に合う椅子が一脚しかないことを気にしてのことなのだとしたら、本当に大したものだ。多分俺は勧められたら普通に座っちゃうぞ。

俺はテーブルに重ねた本を持ってマットの上まで行くと、靴を脱いで座り、クッションを整える。

「ではこれを使ってください」

イレインはもう一度背の低い椅子を見てから、諦めたように小さくため息をついてクッションへ腰を下ろした。

マジで何が不満なのかまったくわからん。態度悪いぞこの幼女。

俺がお子様だったらすっごい嫌な気分になってるぞ！

「これは昔話、これは騎士とお嬢様の恋愛物語ですね。それからこっちが歴史の本で、これが魔法の理論が書かれた本です。気になるのはありますか？」

「魔法……？」

きょとんとしたイレインは年相応に可愛《かわい》らしく見える。やっと興味持ってくれたか。

にしても意外だな、魔法のこと知らないのか？

「はい、魔法です、読んでみますか？」

コクリと頷いたイレインに、あまり近づきすぎないように気を付けながら魔法理論の本を押しやる。

（あー、よかった。一冊興味あるやつがあって）

最初の三冊は、説明をするたびに目が据わっていくから……正直どうなることかと思った。気難しいなぁ。

本を開いたイレインは、じっとその文字を目で追いかけ始める。その動きは酷《ひど》くゆっくりではあったけれど、興味があるのか顔を上げる様子はない。

かなり難しい言い回しをされているのに、普通に読み進めているのを見ると、普段から本を読んでいるというのは嘘《うそ》ではないようだ。

（まあいいか、俺も歴史の本読もう）

この世界、魔法もあるけどダンジョンとか魔物とかもいて結構物騒なんだよなぁ。

その割に周りの国と戦争したりしてるし、ちゃんと歴史とか各国との関係把握してないと後で痛い目見そうで怖い。

しかし、ダンジョンは光石を始めとする便利グッズとかも手に入ったりするから、一概に悪いことばかりじゃないんだけどね。

さらに探索者《シーカー》とか呼ばれる職業もあるらしく、もし貴族から追放されたらそれになろうかなぁとか考えていた時期もあった。男の子としてはさぁ、どうしても憧れちゃうよなぁ、そういう職業。

探索者、めっちゃかっこいい。

今となっては貴族の嫡子《ちゃくし》として、ある程度両親の期待に応えたいから、そんなふざけたこと言ってらんないけどね。

魔法の理論とは言っても、イレインに渡した本は魔力の動かし方や系統が説明されてるくらいの初歩的なものだ。

赤子の頃に本を読まずに魔法を知った俺は、気合で魔力を操作していたから、後々この本を見た時も「へーそうなんだ」くらいにしか思わなかった。

具体的な内容としては、臍《へそ》の下あたりで魔力を練って、みたいなことが書いてある。

お互いに何を話すこともなく文字を追いかけていると、一緒にいるという感覚もだんだんとなくなってくる。

きりのいいところまで読み進めてふと顔を上げると、イレインが両手で腹を押さえて難しい顔をしていた。床に広げられた本は魔力を練るためのページが開かれている。

あー、やっぱ魔法って見たら使いたくなるよなぁ。

俺も最初に魔力っぽいものを放出できた時は感動したもん。

つんつんと肩をつつかれてそちらを見ると、ミーシャが腰をかがめて顔を寄せてきた。

「なに？」

「イレインお嬢様、魔力を練っていらっしゃいませんか？」

「うん。魔法って知ったらやっぱり使ってみたくなるよね」

「万が一うまくいってしまい、魔力枯渇されてはまずいのではないかと……」

（……やべ）

それで気絶でもして後遺症が残ろうものなら大問題になるぞ。

ありがとうミーシャ、さすがミーシャ。

「イレイン嬢、魔法が気になりますか？」

（とりあえず集中力を乱してやれ）

魔力を感じて動かすことは、最初のうちしばらくはめっちゃ集中力を使う。会話しながらできるようなことではない。

邪魔されたせいで若干むすっとした表情になったイレイン嬢は、開いていたページを閉じて俺の方を向いた。感情を爆発させて怒り出さないあたりかなり偉い。

俺、前世で小さいときに母親にゲーム邪魔されて怒鳴った記憶あるからね。

……その後コンセント抜かれてぶっ叩かれたけど。

いま思えばあれは、ご飯に呼ばれたのに生返事を繰り返していた俺が悪い。

「……ルーサー様は魔法を使えますか？」

「はい、先生に習っています」

初めて名前呼ばれたな。

野生の動物が警戒しながらも近寄ってきてくれたみたいでちょっと嬉《うれ》しい。

「私も魔法を使ってみたいので、魔力の練り方を教えてください」

「……すみません。魔力は使いすぎると枯渇して意識を失うことがあります。何かあってはウォーレン伯爵閣下に顔向けできません」

せっかく頼ってくれたところ悪いけど、これは断るしかないや。

俺と同じように魔力枯渇して、親に迷惑をかけるような状況にはなってほしくない。

というか、魔法の存在を教えるのまずかったんじゃないだろうか。

貴族だし、当たり前に使われているものだから、イレインだって知っていると思ってたんだけど……。

この様子だと魔法の存在自体よく知らなかった可能性がある。

これ、戻ったらウォーレン伯爵に伝えておいた方が良さそうだな……。

イレインは難しい顔をして本の表紙をじっと見てから、その表情のままもう一度俺の方を見てため息をついた。

「……無理を言ってごめんなさい。それならいいです」

「いえ、こちらこそ」

またも沈黙。

えぇ……気まずいって。というか、理性的すぎるだろこの子。

自分の要望が通らないのに文句言うどころか、こっちの事情を察して謝ってきたぞ。

仲良くなれるかは別として、マジで頭いいな。

……これ、もしかして俺と同じ転生者だったりしないか？

しかも、妙に俺と距離をおこうとする感じ、まさかこの世界をあらかじめ知ってる系の転生者って可能性もあるんじゃないか？

（どうすっかなー……）

俺、すでに原作と違う動きしてたりしそうだけど……。もし俺が元からその作品に出てくるキャラクターだったとしたら、想像している通り悪役である可能性が高い。

魔法が使えるかって質問は、まさか探りを入れられていたのか？

また本を開いておとなしく文字を追いかけているけれど。これ、すでに何かしくじってるんじゃないのか。

「……なんですか」

ずっと自分の方を見ているのに気づいたのか、イレインがいぶかしげな表情でこちらを見てくる。

「いえ、なんでも。気に入った本があって良かったなと」

笑顔、笑顔。何にも気づいていないふり。

目つきをさらに険しくするのやめてくれない？　普通に傷つくのだけれど。

まあいいや。どうせわからないのなら、俺は貴族の嫡男らしく振る舞うことしかできないんだ。

もしイレインがこの世界の未来を知っているのだとしたら、いつか変な行動をしている俺に向けてアクションを起こしてくる可能性もあるだろう。

でも、警戒だけはしておかないとな。

もし俺が悪役ムーブしないことで彼女に不利益がある場合、陥れるべく動き始める可能性だってある。

女性って怖いんだぜ。

俺たくさんお腹刺されて死んだから知ってるんだ。

お陰様でメイクばっちり系の女性にちょっと恐怖心あるからね。

イレインのお母さまは美人でばっちりお化粧してるから、正直ちょっと怖い。

あーあ、俺もともとそういう人タイプだったのになぁ……。

それはともかくとして、イレインにこれ以上俺の情報を与えるのは良くないかもしれないな。魔力を練り始めないようにだけ気を付けながら、俺も読書に集中することにしよう。

あー、でも待てよ。だとしたら魔法の使い方を知らないのって変じゃないか？　知っていたなら俺みたいにとっくに試していたはずだ。

次から次へと懸念が浮かび上がってくるせいで、全然読書に集中できない……。

結局西日が斜めに差し込んでくるまで、俺たちの間には会話らしい会話はなかった。

イレインが他の本を探しに行くことの許可を求めてきて、俺が笑顔で承認したくらいか。

ミーシャが途中で心配になったのか肩を何度かつついてきたけれど、俺は小声で「大丈夫だから」と答えるだけにとどめておいた。何が大丈夫かは俺も知らない。


そこから少しして、我が家のメイドが会食の準備が整ったとの伝言を届けてくれたことで、俺はようやくこの息の詰まるような空間から離脱することができた。

書庫を出るときも笑顔で手を差し出したつもりだが、イレイン嬢はちらりとそれを見て「大丈夫です」と言って先を進む。

何が大丈夫かはやっぱり俺にはわからなかった。

わかるのは俺の笑顔が若干ひきつったことくらいだろうか。

あのなぁ、男の子って結構繊細なんだからな？

俺が本当に五歳児だったら、これトラウマになってるからな？


前世では箸の持ち方もあいまいだった俺だけれど、今世ではテーブルマナーは割とちゃんとしてる。人間教われば煩雑《はんざつ》なルールも案外守れるものらしい。

前世でも三秒ルールならちゃんと守ってたんだけどね。

なんと、床に食べ物が落ちても三秒までなら雑菌がつかないという素晴らしいルールなのだけれど、普通に嘘なので気を付けたほうがいい。

多分この世界でそれをすると、母上が仰天してしまうので自主的に封印したルールだ。そもそもテーブルマナーがちゃんとしてると、食べ物をこぼすこと自体が稀《まれ》なんだけどね。

大人たちのなかに紛れると、子供が口を開く機会はあまりない。他家の怖い顔した当主とか、ちょっとトラウマ系の見た目の夫人とかがいるけど、さっきイレインと二人きりでいたときよりは心安らいだ。

「そういえばイレイン、ルーサー君には良くしてもらったか？」

「書庫で魔法に関する本を見せていただきました」

「ふむ……、そうか。ルーサー君はあの『賢者』を師として魔法を学んでいるのだったな」

「もう第二階梯《だいにかいてい》まで使えるそうだ。最近は私と一緒に剣の稽古にも励んでいるし、将来が楽しみだ」

お、父上が俺のこと自慢してる。

あんまりアピールしなくていいからね、と思うのと同時に、ちょっとだけ誇らしい気持ちになる。

頑張りが認められるというのは嬉しいものだ。

うんうん、もっと褒めてくれてもいいよ。

「ふふっ、文武を兼ね備えた立派な後継ぎですわね」

そうでしょう、ウォーレン伯爵夫人。夫人も唇の端のほくろがセクシーですよ！

「なるほど、この年ながら素晴らしいな。例の病気も癒えたと聞くし、イレインの嫁ぎ先として憂いなしだな」

でしょうでしょう、ウォーレン伯爵閣下！　イレインの嫁ぎ先としてもね、俺はかなり良物件でね、
うん。……………うん？

「昔からの約束だものな。生まれた子が異性だったら許婚《いいなずけ》にすると」

Ｈｅｙパパ上、何言ってるんですか？　俺そんなこと何も聞いていませんけども？

なんなら当人と今日一日めちゃくちゃ気まずかったですけど？

「ははは！　これでめでたく私たちも親戚になるというわけだ。もしイレインが男だったら、サフサールを廃嫡して当主にしたいくらい優秀なんだがなぁ」

待て待て。めちゃくちゃノンデリなこと言ってんな、この眼帯悪役顔おじさん。

サフサールって誰だよ。イレインのお兄ちゃん？　弟？　いないからってちょっと酷いこと言うね。

そういうのって知らないうちに本人に伝わるから控えたほうがいいと俺は思うよ？

って、そんなことを気にしている場合じゃない。何？　イレインって俺の許婚なの？

雰囲気的に知らなかったの俺だけ？　まじかよ。イレイン、お前は知ってたの？

視線を向けるとイレインの眉間に深い皺ができている。

あー、はいはい、なるほど。親に勝手に決められた婚約相手だったから、俺にあんな態度だったわけだ。俺が相手じゃご不満ってことね。

まぁ気持ちはわからないでもないよ。

俺もできたら自由恋愛したいもの。

「一週間は滞在するんだろう？　ルーサー、その間イレインさんと仲良くするんだぞ」

「はい。……父上、僕は許婚のことを知らされていなかったんですが」

「うん？　そうだったか。でもイレインさんは綺麗《きれい》で賢い子だ、嬉しいだろう？」

「はい、嬉しいです……」

これ貴族社会だと多分当たり前のことなんだな。

父上、ほんの僅《わず》かも悪いと思っている様子がないぞ。

ここで『嫌です』とか『どうしてですか』とか言おうものなら、めちゃくちゃ無礼者として家同士の関係に不和が生じそうだ。俺にはそんな勇気はない。

所詮、元は田舎の一般人だから、なかなか人に強く出ることなんかできないのだ。

ましてや何が起こっているやらよくわからず混乱中である。

まずは一度持ち帰って検討させてくださいモードである。しがない営業マンはそうしてお上にお伺いを立てる癖がある。


俺の気持ちなど誰も汲《く》むことなく食後の歓談は続く。

ここの主役は俺ではないのだからこの対応は当然のことだ。

半ば呆然《ぼうぜん》としながら視線をさまよわせていると、またもイレインと目が合ってしまった。

イレインは僅かに首を傾けながら、俺の方を見ている。ご機嫌斜めの表情ではなかったのが意外だった。

すると、口パクで何かを俺に伝えてきた。

何？　そんなの読み取る技能ないんだけど。俺に期待しすぎじゃない？

とりあえず神妙な顔をして頷いたのは、仮にも許婚らしいイレインにこれ以上嫌われないようにするためでしかない。

そっとミーシャに目配せすると、小さく頷いてバチッとウィンクしてくれた。

さすがミーシャ！　略してさすミー。俺にできないことを平然とやってのける。

後で何言っていたか教えてね。頼りにしてるからね。

「それで、さっきのイレイン嬢って何を伝えようとしてたの？」

「はい？　さっきのとはなんのことでしょうか？」

待て待て、なんだそのすっとぼけは。

だってウィンクしてくれたじゃん。俺が助けを求めたときに頷いたじゃん。

俺たち以心伝心の無敵のコンビじゃないの？

「ほら、食事の途中でウィンクしてくれたでしょう？」

「ああ！　あれですか。突然許婚がいることを知らされたのに、イレイン様に嫌な思いをさせない素晴らしい対応でした、さすがルーサー様！」

違うんだよなぁ。

褒めてほしかったわけじゃないんだよ。確かに俺、何かがうまくいったときにミーシャに褒めてほしそうな視線を送ることがあるのは認めるよ？

でも、あれはそうじゃなかったんだよなぁ。

頼りにしてるとか、内心でめっちゃ褒めちゃったよ。

「……うん、ありがとう」

まぁ、勝手に期待しただけだし。怒ったりはしないけどさ。

「ところでルーサー様、イレイン様とは何か約束をされてましたっけ？『あしたはなしましょう』と声を発さずにおっしゃってましたけれど」

「え？」

「ですからイレイン様と何かお約束をされていたんですか？」

「待ってね、さっきの口パクパクしてたのって『あしたはなしましょう』って言ってきてたの？」

「ええ、そうですけど……」

やっぱすごいじゃんミーシャ！　さすミー。

なんで読唇術とかできるの？

「メイド間で声を発してはいけない時のやり取りに便利なんですよ」

「僕、何も言ってないけど」

「なんで読唇術ができるのか不思議そうにしていらっしゃったので」

「あ、そうなんだ……」

ちょっと怖いかもミーシャ。

◆

女の子と約束って言葉はなかなかいい響きだと思う。

彼女いない歴＝年齢である俺としては、胸がドキドキワクワクしてしまう……はずだった。

でもねー、前世の最後で腹をザクザクされた身からすると、じつは女の人ってちょっと怖いんだよね。たとえそれが幼女だとしても、何を考えているかわからない以上不気味さは残る。

特に中身が大人の女性の場合、普通の幼女より取ってくる手段が多彩になるはずだ。

お前は悪役だから今のうちに殺しておく！　とかなったらどうしよう。

普通に考えたら保身もしないといけないだろうから、出会って二日でぶすっとはこないだろうけれど、頭ぶっ飛んでる系だったらそういう理性は利かないからなぁ。

イレインの場合、終始冷静だったし、わざわざ場所を選んで秘密の話をしようって言うんだから、そこまで変なことはしてこないと思うけど。

俺はチキンだから、当然ミーシャには同行してもらう。

あ、抑止力として連れて行くのであって、物理的に守ってもらおうってわけではない。

女の子を盾にして逃げるような外道にはなりたくない。いざとなったら体を張ってでもミーシャは逃がしてあげるからね！　ただ、大人が一人いるだけでも違うから！

「ルーサー様、先ほどからため息が多いですね。ご不安ですか？」

「ん、ごめん」

「イレイン様の前では控えてくださいね」

「そうだね、感じ悪いもんね」

「……これは秘密にしていただきたいのですが」

そんな切り出し方にミーシャを見て立ち止まる。続きを促すために黙って頷くと、ミーシャはちょっと不満そうな表情を作って続けた。

「イレイン様があの態度をとる理由がわかりません。ルーサー様は将来有望でお顔立ちも整ってますし、ずっと優しく真摯《しんし》に接しておりました。なのに、一体何がご不満だったのでしょう。私は悔しいです」

何か不味《まず》い話なのかと思えば、イレインの僕に対する態度が不満だったようだ。

ぷりぷりと遺憾の意を表明するミーシャにちょっと気持ちが和んでしまった。

でも親馬鹿みたいになってるから、イレインの前では抑えてね。嬉しいけど。

「うん、そうだね。ありがとう、ミーシャにそう言ってもらえるだけで僕も嬉しいよ」

「しかしですね……」

そのあとも俺のいいところを挙げ連ねてくれるミーシャ。

そろそろ恥ずかしいからやめようか。

二度制止をかけた頃にはいい感じに気が抜けてしまった。

父上と母上の件では妙な先入観を持っていたせいで随分と長いこと仲違いさせてしまった。あまり構えないで行った方がいいんだろうな。

もともと俺はそんなに頭のいい方じゃないし、楽天的な性格だ。妙な死に方をして、妙な環境に放り出されたせいで神経質になっているけど、本質的には人を疑うのがあまり好きじゃないんだと思う。

父上と母上の問題を解決したのだって、半分くらいは俺が疑心暗鬼に耐え切れなくなってきていたという理由もある。

疑うよりは信じる方が気が楽だ。

でもなー……。俺、今世じゃ貴族だしなー。

しかも悪役かもしれないしなー……、警戒心全部捨てるわけにはいかないよなぁ。

せめてどんな不意打ちにも対応できるくらい強ければ話は別なんだけど。

なんて、ぐるぐると考えているうちに書庫に着いてしまった。

外でイレイン付きのメイドさんが待機している。

これもしかして、ミーシャも外に置いていかないとダメ？

見上げてみると、申し訳なさそうな顔をするミーシャと目が合った。

あ、はい、一人で行きます。

一応ノックをしてから中へ声をかける。

「ルーサーです。入ってもいいでしょうか？」

「……どうぞ」

少し間があってから、扉が中から開けられてイレインが顔を覗《のぞ》かせた。相変わらず澄ました顔をしていて何を考えているか読み取れない。

「ありがとうございます」

外から扉を押さえてやると、イレインが引っ込んでいく。

そのまま体を滑り込ませるように書庫へ入ると、昨日のマットの上には既に本が数冊積まれていた。

魔法関係の簡単な本ばかりがおいてあるので、興味は間違いなくあるのだろう。

「どうぞ」

イレインは自分が座っていたであろうクッションを小さな手で整えて、ぽんとそれを叩《たた》いて俺に言った。

「いえ、イレイン嬢がお使いください。俺はこちらで」

押し問答になっても嫌なので、答えて勝手にマットの上に座る。一応さぁ、人の目がないとはいえ、女の子にいい場所を譲るくらいの常識はあるよ。

まだお貴族様の作法は完璧じゃないけど、紳士っぽい態度を取ろうって努力だけはしてるんだ。

はい、今日最初のご不満顔をいただきました。

ごめんなさい。素直にクッションに座ればよかったですか、そうですか。

イレインは俺の横にクッションを持ってくると、そこに重ねてあった本を載せ、マットの上に座った。

クッションをはさんで隣同士と思えば昨日よりは良い距離感だ。

ちょっと本でも読みながら距離感測ってみようかな、なんて考えてクッションに載っている本に手を伸ばすと、ちょうどイレインも反対側から同じことをしていた。

指先が当たる前に気づいてひっこめた俺は偉い。触ってしまった日にはまた不機嫌顔を貰《もら》うところだった。

「……ルーサー様は、私との婚約についてどう思われますか?」

君、インファイト上手だね。

こっちが準備運動しようかなって思ってるときに、渾身《こんしん》のフック打ってくるのやめてよ。もろに貰っちゃったじゃん。

なにこれ。正解がわからないんだけど。

とりあえず肯定的に答えておけばいい感じ？　ええい、適当に誤魔化しておけ。

「父上たちの決めたことですし､両家の結びつきがより強固になると考えれば歓迎するべきことかと」

よし、いい感じだろ。

どれどれ、イレインの反応は……。

……めっちゃこっち見てる。しかも瞬《まばた》きもせずにじっと見てる。

怖いよミーシャ、助けて。

今のはイレインが可愛いからすごく嬉しいよとか言っとけばよかったの？

でも俺的には、イレインは俺との許婚関係が嫌だと勝手に思ってたんだけど。それに同意する形で、君の意見は尊重するよ。ってスタンスでいくつもりだったんだけど。

頼むから目の前に三択を出してくれ。それでも結構な確率で間違う自信はあるけどさ！

恋愛初心者に自由課題を出されても及第点とれるわけないじゃんか！

どちらかと言えば切れ長のお目目を丸くして、たっぷり十秒はこちらを見つめるイレイン。

早くなんか言ってよ。

待ち時間でプレッシャーかけるとかいう高度な技を披露するのやめて。

「……ルーサー様は、私との結婚は納得されてませんか？」

あー、次々と選択肢を押し付けるのやめてほしい。会話の主導権が欲しい。もっと望んでいいのなら、ずっと沈黙をしていたい。

「……納得していないというか、昨日の食事の場で初めて聞いたから飲み込めていないというのが正しいでしょうか」

そろそろ笑顔がひきつっているのが隠せなくなってきてる気がする。

なんだ、この拷問のような時間。

「ご自分が好きになった方と結婚したい、と思いませんか？」

なんだこの幼女。難しいこと言うな。

わかんないよ！　付き合ったことすらないんだから！

でもそうだな……。現代日本人的な価値観から贅沢《ぜいたく》を言わせてもらうと、できれば恋愛結婚したいよね。甘酸っぱい青春とか味わいたいよね。

『友達としか思えないの』ってセリフはできればもう聞きたくない。

あ、わかったぞ。この子いっぱい本読んでるから、きっと恋愛系の本とかも読んだんでしょ。それで恋愛結婚とかロマンチックな告白とかに憧れてたのに、突然許婚とかいう存在が現れたからこんなに不満そうなんだ。

だとしたら転生者じゃなくて、マジでめちゃくちゃ賢いだけの子の可能性がある。

そう考えれば子供っぽくて可愛らしく見えてこないでもない。もちろん恋愛的な意味ではなく。

よし、話を合わせてやろう。

「そうですね。できれば自分がこの人だと思えるような人と出会いたいです」

「そうでしょう。では私たちは協力できるかもしれません」

「どういうことでしょうか？」

イレインが不敵にニヤッと笑顔を作った。

こらこら子供がそんな笑みを浮かべるものじゃありませんよ。普段からそんな笑い方をしていると、そのうち悪役令嬢とか言われて、ありもしないいじめで取り上げられて断頭台送りにされちゃいますよ。

「私もルーサー様も、自分で相手を探したい。しかし、ここで仲違いをすると他の相手をあてがわれてしまう可能性があります」

「なるほど……？」

「で、あれば。この関係を維持して、運命の相手が見つかるまで互いに協力し合うんです」

「……いいですよ。僕も父上と母上を悲しませたいわけではないですから、両家の仲違いは避けたいですし」

……俺さぁ、五歳児の知能とかよくわかんないけど、これやっぱ異様に賢いよなぁ。というか、恋愛に対する価値観がなんとなく一緒なんだよなぁ。

イレインが思ってるより、多分貴族の家と家の関係って大事だと思うんだよ。

俺は自由恋愛したいけど、多分この世界だとそれよりも家を優先するのが普通だ。俺、結構勉強してるからそのへんはわかってたんだよね。

勉強を怠っている異世界からの転生者、って考えるとちょっとしっくりきちゃうんだよなぁ。

「それでは約束です。お父様とお母様には絶対秘密ですからね」

「ええ、わかってます」

「ルーサー様が物分かりが良い方で助かりました。もし、突然抱き着いてくるような獣だったらどうしようかと思ってました」

いや、五歳児の発想じゃないんだよねそれ。襲い掛かってどうしろっていうの？

俺、今のところそういう欲望一切ないからね。

っていうか、最初あれだけ警戒してたのって、俺のこと性欲魔人のお子様じゃないかって疑ってたからってこと？　めちゃくちゃ失礼だなこの幼女。

「安心したら気が抜けました。そういえばルーサー様はすでに魔法を使えるんでしたよね。私は魔法の存在を知らなかったのですが、ルーサー様はいつ知ったのです？」

生まれてすぐの頃、父上と母上がイチャイチャしてる時のトークで知りましたけど。

でもおかしいな。絵本とかの読み聞かせをしてもらっているのなら、その中にも魔法はいくらでも出てくるはずだ。素直に聞いていれば、この世界に魔法があるなんてことはわかりそうなものだ。

子供だったら憧れるだろうし、両親に魔法ってどうやって使うの？　くらいのことは聞きそうなものじゃないか？

「絵本とかに書いてありませんでしたか？」

「ええ、ありましたけれど……。まさか本当にあるなんて思わないじゃないですか」

まるで魔法のない世界を知っているような言い草だ。

気を抜いたら突然ぼろぼろ怪しいところが見えてきたけど大丈夫か、この子。ご両親にもすぐぽろっと俺たちの関係ばらしそうだけど。

「僕は絵本に出てくる凄腕《すごうで》の魔法使いに憧れていつも魔法の本を読んでいたんです。それを僕付きのメイドが母上に伝えてくれたみたいで、ルドックス先生を招致《しょうち》してくださいました」

「そのルドックス先生が『賢者』って人ですか？」

「ええ、そうです。魔法の達人で、王都付近のダンジョン氾濫《はんらん》をいくつも鎮圧されているすごい方なんです」

「私も一緒に教えてもらえないかしら」

「イレイン嬢のご両親に許可さえとっていただければ問題ないかと思います」

「ありがとうございます。話しておきますのでよろしくお願いします」

俺のルドックス先生を人に紹介するのはちょっと嫌だけど。まぁ、まぁ、魔法好きの同志としてイレインは受け入れてやろうかな。一応変な方向で将来の約束をした仲だし。

それはそれとして、同志に嘘はいけないよなぁ。

念のためこいつが転生者じゃないか、かまかけとこ。

「ところでイレイン嬢は最近米を召し上がりましたか？」

「……米、があるんですか？」

ないよ。

パンとかもろこしとか芋とかはあるけど、米っぽいのはよくわからない雑穀しかないよ。

「ええ、セラーズ家で細々と育てているんです。珍しい食べ物なので、良かったら父上に頼んで召し上がってもらおうかなと」

「食べたいです！　あの……、セラーズ家は海に面していますよね。今のところ焼いたり蒸したりした魚しか食べたことがないのですが、新鮮な海の魚を生で食べるということとかは……」

ないよ。

このプロネウス王国では、そんなことしたら野蛮人だと思われるよ。あと醬油《しょうゆ》も味噌《みそ》もないよ。

突然大豆の香りを漂わせてきたな、イレイン嬢。俺、少し心配だよ。でもちょっと面白くもある。

「……寿司《すし》」

「寿司があるんですか⁉」

立ち上がって大きな声出さないで、びっくりするから。多分外にいるミーシャたちにも聞こえたよ、今の。

「……落ち着いてくださいイレイン嬢」

「す、すみません。その……寿司が、あるんですか？」

ごくりと喉を鳴らしたイレインは俺の方に顔を寄せて小声で尋ねる。

昨日までの警戒心どこに投げ捨てたの？

なんかこれ以上騙《だま》すのかわいそうになってきた。心がチクチク痛む。

「……ないよ」

「はい……？」

「寿司はないし米もないし、醬油も味噌もないよ。イレイン嬢、元日本人でしょ」

俺もそうなんだよー、って言おうとした時には胸ぐらをガッと摑《つか》まれていた。

やばい、油断した。同じ日本人がこんなに喧嘩《けんか》っ早《ぱや》いと思わなかった。

その日本人にぶっ刺されて死んだ経験が全然活《い》かされてないんだけど！

「ついていい嘘と悪い嘘があるじゃん……」

イレインは本邦初公開の悲しい顔をたたえ、今にも消え入りそうな声で呟いた。

「……ごめん、調子に乗りました」

大事なのは米も寿司もないことではなく、素性がばれたことだと思う。

でもあまりにも悲愴《ひそう》な表情を浮かべたイレインを見て、俺は思わず謝罪の言葉を口にしていた。

ところでぐいぐい襟で首絞められてるんだけど。これ、もしかして殺意が混じってますか？

間近でイレインの顔を見て安心してしまったのは、多分前世で最後に見た女性のように目がぶっ飛んでいなかったからだと思う。感情の振れ幅が常識に納まる範囲というのがなんとなくわかった。

跡が残らない程度に首を締め付けてくれたイレインは急に手を放すと、「あー、もう」と投げやりに言ってクッションの上にある本をよけた。そうして体をクッションの上に仰向《あおむ》けで投げ出し、腕で目元を覆う。

イラついているだろうに本を放り投げたりしないあたりお上品だ。

「……寿司とか言ってる時点で、ルーサー様も元日本人ですよね」

「ええ、まあ、そうですけど」

「なんで急にそんなこと打ち明けたんですか。もうちょっと確認の仕様があったでしょ」

「……なんか、同じような境遇の人がいるんだってわかって、つい」

「そうですか、はい。すごい悪人っぽくない言葉で安心しました」

イレインは上半身を起こし、じっとりと俺の方を見る。

確かにわざわざ自分の正体を明かすような探り方をする必要はなかった。途中まではその方向も考えていたんだけど、米の話を聞いて前のめりになったイレインを見ていたら、妙な仲間意識が芽生えてしまって止められなかった。

さっきイレインに言ったことが俺の本音だったんだと思う。

誰も知らない故郷の記憶を共有できる仲間ができるんじゃないか、って期待を抑えられなかった。

自分だけが異質であるというのは結構きつい。

たまに、ただ俺の頭がおかしいだけなんじゃないかって考えるのだけど、あまりにはっきりとした前世の記憶がそんなわけないと訴えてくる。

ルドックス先生には自分の事情をぽろっと話してしまったが、こんな悩みまで相談はしていない。というか、できない。

わかってもらえなかったときに傷つくだろう自分の姿を、ありありと想像して恐れてしまったからだ。

「……お互いに秘密を抱えて協力関係を強固に、ってことでいいですか？」

「ええ、そうですね」

「わかりました、ではそうします。先ほどの酷い嘘も、許しませんけど忘れるよう努めます」

「本当に申し訳ありません」

俺まで米が恋しくなってしまったのでもうこの手は使いません。

「ルーサー様は……うまくやっているようですね。魔法、ですか？　それも使いこなしているようですし、ご家族との仲も良好なんでしょう？」

「いえ、僕の方もつい一年ほど前までは家庭崩壊の危機でしたけど……」

「家庭崩壊……？　よく立て直しましたね」

「いろいろ誤解が重なった結果だったようで、一つ問題が解決したら次々と」

そもそもの始まりが俺の気絶癖のせいだったので、皆までは言うまい。わざわざ自らの恥ずべき点を赤裸々に語る必要はないのだ。

「羨《うらや》ましい。私の家は家長であるお父様の言うことは絶対。それからお母様、使用人からは常に監視をされているようにも思えます。……私は、私の役割を果たさなかったときにどんな扱いを受けることやら」

「役割というのは……」

「当然。ルーサー様、あなたとの結婚です。与えられたことだけを学び、期待に応えることが私に求められていることです。随分と自由にされているルーサー様が羨ましいです」

思った以上に窮屈な環境なのだろうか。

俺が勘違いしていたのと同じように、イレインも家族との関係を深読みしすぎているという可能性もありそうだけど。

でもまぁ、怖いもんな、ウォーレン伯爵。言葉も強いし、実際強そうだし。

俺にはミーシャやルドックス先生っていう背中を押してくれる人がいたけれど、イレインは使用人のことも信用できていないようだ。俺のカマかけにガッツリ引っかかったのも、精神的な余裕がなかったせいかもなぁ。

「でも、イレイン嬢は私との結婚をする気がないのですよね？」

「……今更したいとか言わないでくださいね？」

「言いませんけど」

警戒するのやめてよ。俺、ロリコンじゃないってば。

「十三歳から十八歳まで学校へ行くでしょう？　その間に何か国のためになる成果を残して、意見を通せるようにしておくつもりです。前世の知識があれば何かしらできるんじゃないかと思うのですが……」

「今のところ何か思いついていますか？」

「……ないです。正直に言いますと、私あまり勉強が好きじゃないんです」

「知らないことがたくさんあって面白いですよ？　物語に出てくるような異世界ファンタジーの世界ですし……。と、そういえばイレイン嬢は、この世界が何の世界か知っていたりしませんか？　これから先の未来とか……」

俺の知識によれば、女性主人公が異世界転生転移する場合はその世界のストーリーとかをあらかじめ知っているパターンが多い。もしそうであれば、とちょっと期待したけれど、返答の代わりに向けられたのはいぶかしげな視線だった。

「言っている意味がよくわからないんですけど……。どういうことですか？」

「えーっと、こうして異世界に記憶をもって生まれることを、転生っていうんですけど……」

丁寧に順を追って知識を披露したので、俺が何を考えて尋ねたかというのは伝わったような気がする。しかしイレインから返ってきたのは淡白な言葉だった。

「前世ではあまり本とか読まなかったので知りませんでした。そういえば、オタクっぽい女の子がそんな話してたような気もしますけど……」

あ、この子さては前世リア充だな。

知識ゼロでスタートしたと考えたら、この世界に生まれたときの混乱って俺の比じゃなかっただろうな……。多分今回俺に会うことだって、相当な覚悟をしてきたはずだ。ピリピリしていた原因はこのあたりか。

さっきにも増して調子に乗ったのが申し訳なくなってきた……。

「あの……」

「なんですか？」

「さっきは調子に乗ってすみませんでした」

「さっきって、どれのことですか」

……俺、寿司の件以外でふざけた記憶ないんだけど。もしかして、一生懸命異世界ファンタジーについて説明したこともふざけてたと思われてる？

真っ先に寿司の件が出てきそうなものだけど、思ったより気にしてないのかな？

それならいいけどさ。

「あー、いや、なんでも。ところでイレイン嬢はなんでそんなに結婚をしたくないんですか？　さっきの話からすると『自分で選んだ相手と恋愛して結婚したい』というのは方便ですよね？」

「……まあ、そうですね」

「一応協力する手前、そんなに結婚したくない理由があるのなら聞いておきたいんですが」

「………話してもいいですが、それで協力関係解消。みたいなことは絶対にしないでくださいね」

「ここまできたら一蓮托生《いちれんたくしょう》でしょう」

これまでで一番真剣な顔をしてイレインが俺の目を覗き込む。

逸《そ》らしちゃいけない場面なんだろうということはわかる。

裏切らないことを納得したのか、イレイン嬢は突然腕を組んでクッションの上で胡坐《あぐら》をかいた。

「だって、男と結婚とかしたくねぇもん」

ん？　んんんん!?

「なんて言いました？」

「だから、俺、元々男だし、男なんかと結婚したくねぇの。あとお前、もうちょっと普通にしゃべれば？」

「あー……そういうパターンかぁ……」

全然想定してなかったよ。

完全に女の子だと思ってた。

多分イレイン嬢、もといイレイン君は知らないと思うけど。大きいお友達の中にはそういうのが好きな人もいるらしいから、気を付けたほうがいいよ。

俺がそうじゃない人で良かったね。

「もうさ、死んだと思ったら急に赤ん坊になってるし、性別変わってるし、言葉わかんねぇし、貴族とか知らねぇし米はねぇし、勉強したくないのに淑女教育とかいうわけわかんねぇことさせられるしさ。父親も母親もなんか怖いし、使用人からの二十四時間監視付きで、挙げ句の果てに顔も知らねぇ男が許婚だぞ。どうなってんだよ、糞だろマジで。終わってんだよ。お前なんか知ってるならなんとかしてくれよ、俺マジで頭おかしくなりそうなんだよ、頼むよマジでこの通りだから」

マシンガンのごとく言葉が羅列される。

ちょっと澄ましていた顔もくしゃりと歪《ゆが》んで、本気で追い詰められているのがありありとわかった。

さっきも驚いたり怒ったりしていたけどここまでではなかった。

一番奥にあった、どうにもならない部分を吐き出したら止まらなくなっちゃったんだろうなぁ。

しかし頭を下げられたところで俺にできることなんかない。

できることは、くるかもしれない未来におびえて備えておくことくらいだ。

この世界に生を受ける前に神様と出会わなかった以上、これから先に神託みたいなことがあるのを期待するのも良くないだろう。後出しで、頭の中に直接語り掛けてくるような奴《やつ》は物語の黒幕であることの方が多い。

そんな奴には「ファ◯チキください」と唱えてお帰りいただくのが賢明だろう。

物語でしかないけれど、たくさんの前例を知っていたおかげで俺はイレインよりはずっと冷静に過ごしてこれたのだと思う。

イレインが『神童』と呼ばれるようになるまでに、あの厳しそうな父親と癖の強そうな母親の下、どんな苦労をしてきたのだろう。

それを思うと安易にどうにもなりませんと切り捨てる気にもなれなかった。

どうにもならないけど――――答えは沈黙。

「……お前もこの世界に来ちゃっただけだもんな。知らねぇよな、こんなこと言われても。やってらんねぇよな、ホント」

多分だけど君よりはイージーモードだと思います。

俺も性別変わって政略結婚させられる予定だったら、今より結構焦ってるかも。

「……できるだけ力は貸すけどさー」

「ありがとな。事情知ってる奴がいるだけでも気分ちげぇわ」

なんかしんみりした空気になっちゃった。

俺、こういうシリアスな空気あまり得意じゃないかも。でもなー、傷心の人の相手とかも得意じゃないからなぁ。

とりあえず、仲良くなったようなふりをして、家にできるだけ招いてあげるとかすればちょっとは気楽に過ごせるんだろうか。それとも嫁入り前の娘にそんなこと、みたいになるのかな。

父上たちの仲を見る限り、いけそうな気もするけど。

「何がいけなかったんだろうな」

先のことを考えながらぼんやりとしているとイレインが嘆く。

まだまだシリアスモードは続いているらしい。

「何がって？」

「だから、何か悪いことしたから罰的なことなんかなーって思うじゃんか。つーか、俺死ぬ時も刺されて死んでんだぞ。マジで俺が何したってんだよ……」

んー、死因に親近感湧くけどまさかね。

「イレイン嬢はさー」

「おい、イレインでいい。他の奴が聞いてない時までその呼び方しないでくれ」

「はいはい。んで、イレインはさ、なんで刺されたの？」

「俺が聞きてぇよ……。客の女が道端で待ち構えててさ、わけわかんないこと言って襲ってきたんだよな。そういや巻き込んじまった奴いたんだけど、あいつ生きてっかな……」

多分だけど巻き込まれた奴死んでるね。超能力に目覚めたかもしれないってくらい、はっきりとそんな予感がする。

「……もしあいつが死んでたとしたら、俺悪いことしてるか。助かっててっといいけどなー、めちゃくちゃ刺されてたし無理だよなぁ……」

ビンゴかよ。しかも結構後悔してるのを聞いちゃうと言い出し難《にく》い。

わざわざ「それ俺です」とか言って嫌な思いさせる必要もないか。

正直、よくもやってくれたな。みたいな気持ちがないわけじゃないけれど、イレインはもうそれ相応の酷い目に遭っている。

「ホストでもしてたの？」

「よくわかるな」

「女性で、客に刺されたって言ったら想像つくでしょ。モテてたみたいで羨ましい」

「男女問わず仲良くなるのだけは得意だったからな。でもこの世界の奴ら、なんかお堅くて怖《こえ》えんだよ……」

お貴族様だからね。

相手も一歩引いてるし、立場とかもあるから仕方ないんじゃないか。日本のウェーイ式交渉術はあまり役に立たなそう。

とか考えていると、扉がノックされる。

「ルーサー様、イレイン様。そろそろ入ってもよろしいでしょうか？」

ずいぶんと長く二人きりで話していたから、ミーシャが心配して声をかけてくれたのだろう。あまり長くなるようだったら助けてねと言っておいたのは俺だ。

いつもありがとうね、ミーシャ。

イレインが慌ててクッションから降りて装いを正し、二人の間に本を広げる。

そして体を乗り出して俺の耳元に口を寄せた。

「お前だけが頼りだ、これから頼むぞ」

そして離れ際にバチッとウィンク。これだからモテ男は嫌だ。人の心のくすぐり方を知っている。ちょっとやる気になっちゃうじゃん。

多分君、成長したら普通に男にもモテるから気を付けたほうがいいよ。

俺は中身知ってるからそういうのないけどさ。

「大丈夫、入ってきて」

返答を聞いたミーシャがゆっくり扉を開けて書庫へ入ってくる。

マットの上で本をはさんで仲良さげにしている俺たちを見てにこりと微笑。そのまま静かに俺たちのことを見守れる位置へ移動した。

「魔法、面白いですね。ルーサー様、魔法が習えるよう一緒に私のお父様にお願いしていただけませんか？」

すっかり淑女モードに移行したイレインが、澄ました顔で改めてお願いしてくる。

演技派だなぁ。そうじゃないとやっていけない環境だったのかもしれないけど。

「はい。ここにいる間だけでも、一緒にルドックス先生に習えるよう父上にも頼んでみますね」

「ありがとうございます」

おそらくミーシャの前では初めての笑顔を見せてイレインは本に目を落とした。

ミーシャは俺と目が合うと、パチッと一度ウィンクを飛ばしてくる。『さすがルーサー様！』という声が聞こえてくるような気がした。

うん、やっぱりウィンクされるのなら、イレインからよりミーシャからの方が嬉しいなぁ……。

閑話　胡乱《うろん》な日々

血は繁華街のネオンを反射しないのだなと思った。

でもステンレスはちゃんと光を跳ね返す。ぬめって落ちた血液の隙間で怪しい色がぎらぎらと跳ね返されていく。

ようやく焼けつくような痛みが治まってきて、顔のすぐ横に落ちている包丁を見ながらそんなことを思っていた。

人ってやばい時ほど変な思考が冴《さ》えてしまうらしい。

あのピンク色の可愛《かわい》いカバンに詰め込まれた包丁は何本だったんだろう。

腕は二本しかないのにさ。

水音の混じった荒い息がすぐ近くで聞こえて気持ち悪い。

うずくまって腹を押さえていたけれど、これ以上やられる前に逃げなければいけない。

手を動かして体をささえようとして、そのまま地面にへばりついた。

すっかり髪が薄くなった親父《おやじ》と、以前ほどパワフルじゃなくなった母さん。それから「明日ね」と言って別れたあの娘《こ》の顔が脳裏に浮かぶ。
寒い、体が震える。
誰かが冷房をガンガンにつけている。
節電節電、とうるさい時期なのに。
誰かが俺を見下ろしているせいで、周りが暗くなった。
誰だ。影しか見えない。
そんなことより寒い。
体が震える。
寒い、暗い、どけよ、俺、逃げるんだよ。
今夏だったっけ。
いや、寒いから冬だ。
家に帰ったらこたつ出さないとな。
ああ、さっきから気持ちの悪い音がずっとする。
猫がさ、祠《ほこら》から出てこないんだ。
扉なんかないのにな。
だから俺、家に帰ったんだ。
寒いからね。
それなのにいつの間にか外にいたんだよな。

意味わかんない。
俺、なんだっけ、俺……。
暗いなぁ。
……ああ、やっと音が静かになってきた。
かひゅ、だってさ、はは。
まるで、死ぬみたいじゃん。

病院で目が覚めるんだと思った。
目が覚めたら多分人がたくさんいた。
ぼやけている。
体が動かない。怖い。わからない。
手が小さい。人がいっぱいいる。怖い。
多分笑っている。何がおかしいかわからない。
何を言っているかわからない。怖い。
体が浮き上がる。怖い。
顔が近くなる。大きい、怖い。
わけがわからない。

知らない。わからない。怖い。

怖い、怖い、怖い。

喉に何か詰まってる。息苦しい。吐き出さなきゃ。

知らない赤ん坊の泣き声が聞こえる。

知らない泣き声。

俺だ。俺の声だ。俺の喉が震えている。

なんなんだ、怖い。わからない。

泣くことしかできない。

怖い、ただ怖い。


薄ぼんやりとした視界がクリアになるまで随分と時間がかかった。

今の俺は赤ん坊。

多分死んで転生して、美男美女の貴族っぽい夫婦の元に生まれた。

まるで物語の中の話だ。

相変わらずみんなが何を言っているかはさっぱりわからないけれど、今のところ俺のことを大事にしてくれているのはわかる。

ああ、もう二度と親父にも母さんにも会えないんだろうな。

俺、死んだんだな。死んだんだよな、多分。

そっか、死んだんだ。


ある日、この世界で俺を産んだ女性が、俺のことを庭に連れ出した。

おそらく彼女の夫が外で体を動かしているのを見せにきたのだろう。彼女はその夫を見て嬉《うれ》しそうにしている。

多分、彼女の名前はアイリス。夫の方がオルカ。そして俺の名前はルーサー。

わかるのはそれくらい。早く言葉を覚えないと頭がおかしくなりそうだ。

男が剣の稽古をしているようだ。

できれば剣を振り回すのはやめてほしい。

俺はまだ、先が尖《とが》ってるものを見るのは怖いんだ。

あれがまた俺に向けられるんじゃないかって思うと、それだけで吐き気がこみあげてくる。

男――オルカが置いてある大きな石に向かって剣の先を向ける。

その先からまるでドリルみたいなものが飛んで行って石を弾《はじ》き飛《と》ばした。

魔法……？

ああ、そうか。ここは剣と魔法の世界なんだ。最初に思ってた通りだ。

きっと、俺がよく読んでいた小説の世界のどれかにでも飛ばされたに違いない。

そうでもなければ、こんなわけのわからない状況に納得がいかない。許せない。

俺に与えられた役割は何だろう。

もしかして本当は死んでいなくて、役割をこなしたら生き返れたりするんだろうか。

ああ、でも。途中であっさり死んでしまう端役とかだったら嫌だなぁ。

死ぬ時の自分が自分じゃなくなっていく感覚がめちゃくちゃ気持ち悪かったから、もう二度とあんな目には遭いたくない。

そうだ、長生きしよう。

今度は長生きしてさ、布団の中で眠るように死にたいよな。そうしたらさ、またちょっと違う死に方するかもしれないし。

物語の中の世界なら、今のうちから魔法の練習でもしようかな。強ければさ、そんな簡単に死なないかもしれないじゃん。

そうだよ、それがいい。次はさ、殺されたくないもんな。

なにより夢中になれることがないと、考えることが多すぎて、今にもどうにかなってしまいそうだ。


父上が最近家にあまり帰ってこない。

帰ってきても疲れた表情で怖い顔をして書類を睨《にら》んでいることが多い。

母上が眉間に皺《しわ》を寄せている。

最近では父上と仲良く話している姿を見なくなった。

俺が実の子供じゃないって気づかれたんだろうか。それとも、子供らしく振る舞えなかったからだろうか。あんなに仲が良さそうだったのに。俺が俺であるばっかりに、駄目にしてしまったんだろうか。

言葉がわかってきて、結構大事にされてるんだなっていうのもわかってきた矢先だった。他人のように思えていた今世の両親を、ちゃんと両親として大事にしなきゃなって思ってたのに。

父上も母上もどんどん変わっていく。

二人とも疲れた険しい顔をしている。

父上と同じ年頃の男性が家に来た。

多分偉い人なのだと思う。

その人が父上に「お前随分嫌われてるぞ」というニュアンスのことを言っていた。

父上は「あんたのせいでしょう」とため息をついて、それでも悪そうな顔で笑っていた。

母上は辛《つら》そうな顔をしていたけど口を挟まなかった。

もしかして、父上は悪いことをしているんだろうか。

父上が財務大臣に就任していたことがわかった。

そっか、父上は嫌われているのか。

俺にミーシャというメイドさんがつくようになった。

可愛いけど、まだまだ十代半ばくらいの少女だ。別に若い女の子がめちゃくちゃ好きなわけじゃないけど、一人でずっと考え事をしているよりは気がまぎれる。

魔力の鍛錬をして気を失って寝ている間に毛布を掛けてくれてた時は、正直ちょっときゅんとした。


メンタルが少し回復してきて思う。

一人で鬱々としていないで、新たなことに挑戦するとしよう。

この世界のことをもっと知りたい。

ミーシャに本を読んでもらった。昔話に出てくる魔法使いがかっこよかった。ダンジョンに潜る探索者の英雄譚《えいゆうたん》も心躍る。

文字を追いかけるのにも慣れてくると、段々と自分でも本を読み進められるようになった。ミーシャのちょっとたどたどしい読み聞かせも温かい気持ちになれるが、勉強効率としてはあまりよくない。

しかし、知れば知るほど、この世界はどこかで読んだことがあるような世界だ。

父上のこともあるし、この調子だと俺に割り振られたのは悪役かな。

主人公の当て馬にされたりしてさ。

敵陣営の悪い奴《やつ》に言葉巧みに誘惑されて、使い捨ての中ボスとかにされるんだ。

嫌だなぁ……、そんな死に方は。

でも父上は最近すっかり肥えてきて、ますます悪役っぽさに磨きがかかってるしなぁ……。

忙しくて構ってもらえなかったお金持ちの家の子が、性格悪い悪役になるって、学園物じゃよくある話だよな。

俺、どうしたらベッドの上で大往生できるんだろう。

書庫にこもって知識を蓄えながら、俺は毎日うんうんと唸《うな》って考える。

答えが出ない悩み事を抱えながら俺ができるのは、もうルーティンのようになっている魔力の鍛錬をすることと、書庫にある本を読《よ》み漁《あさ》るくらいのことだった。

第4章　きっかけ

イレインが額から一筋の汗をたらしている。ただでさえ白い肌をしているのに、さらに顔色を失《な》くしてふらりと体を揺らした。

「ふむ、これが普通じゃ」

ルドックス先生がイレインの体を支え、イレイン付きのメイドさんが整えたマットに彼女を横たわらせる。

さきほどルドックス先生が手順を踏んで、イレインの魔力の動きを誘導し、小さな石ころがその場に転がった。発動したのはたったそれだけの魔法だった。

ルドックス先生に許可を取ってからイレインは両親に魔法を学ぶことを申し入れた。

『賢者』として名を馳《は》せているルドックス先生の名声は大したものらしく、ウォーレン伯爵はさほど悩まずに許可を出したらしい。そしてウォーレン伯爵はイレインに、「成果を出せ」と伝え、ルドックス先生には「厳しく指導をしてほしい」とわざわざお願いしてきたとか。

うちの過保護な父上と母上が絶対言わなそうなセリフだ。

いや、父上は剣術の時は爽やか（汗だく）な笑顔で厳しいけどさ！

それとは違った、突き放すような雰囲気を感じたのは気のせいじゃないと思う。

ルドックス先生はその過酷さをきちんと説明したそうだけれど、それでもウォーレン伯爵の意見は変わらなかった。

その結果がこれだ。

「少し休んで耳だけ傾けているんじゃよ」

腰をとんとんと片手で叩《たた》きながら伸ばしたルドックス先生は、俺の方を向いて説明を始める。

「一般的には、魔力の六割程度を使うと体のだるさを感じるようになる。八割を超えるとイレイン様のように頭痛が走り冷や汗が出て、立っていることも難しくなる。使い切った場合は問答無用で気絶じゃな。であるから、一般的な魔法使いは自分の魔力量をきちんと把握し、五割程度までの消費で全てをこなすのが基本となるんじゃよ」

「一人前の魔法使いはどのくらいの魔法をどれだけ使えるのでしょうか？」

ルドックス先生は顎鬚《あごひげ》を撫《な》でながら、横になっているイレインの方を見た。まだ絶対にだるいだろうに、お付きのメイドさんに手伝わせてイレインは上半身を起こしていた。

休んでればいいのになー。と思う反面、もしイレインの言う通り、この澄ました瀟洒《しょうしゃ》なメイドさんが見張り役だとしたら、おちおち休んでもいられないもんなー。

それに比べてうちのミーシャは自慢のメイドさんだけどね！

いや、まだイレインのメイドさんが変な子とは限らないけど。

「軍ならば基本的には第三階梯《だいさんかいてい》以上の魔法が使えて初めて魔法兵じゃな。最低五発程度は撃てるべきじゃ。対して探索者ならば質よりも量、それから素早い運用が必要じゃ。ルーサー様の場合魔力量に心配がないから、まずは第三階梯魔法の習得と詠唱の省略が目標じゃ」

「私も……」

ふらつきながらも立ち上がろうとするイレインをルドックス先生が手で制した。

「次は気絶じゃぞ。魔法は一朝一夕にどうにかなるものじゃないんじゃ」

「はい……」

厳しい表情を作ってみせた先生だったが、すぐに顔に皺《しわ》を寄せて優しく笑う。

「子供が無理をするもんじゃない。ちゃんと教えろと言われた以上、途中で投げ出したりせんよ」

うおおお、ルドックス先生好き！　かっこいい！　俺もこんなおじいちゃんになりたい！　イレインじゃなくて俺の方見てほしい！

「先生は第何階梯まで魔法を使えるんですか！」

「ふむ、儂《わし》は第五階梯までの一通りじゃな。第五階梯よりも上の魔法は、秘伝であったり本人しか知らぬものが多いんじゃが、それらを総称して第六階梯としておる」

「ルドックス先生は第六階梯の魔法も使えるんですね！」

「そうじゃな。ルーサー様もいつか使えるようになると期待しておる」

「頑張ります！」

多分、俺の目は今輝いている。

イレインがなんか変な目で俺のこと見てるけど、そんなの知らないもんね！

俺は立派な魔法使いになるんだ。ついでに父上と母上をがっかりさせない程度に貴族も頑張る。

そのためにはイレインとの関係も結構ちゃんとしないといけないんだよなぁ。

貴族の関係ってよくわかんないから、その辺も勉強していかないと。

俺の知識って、本になっているような話から得たものだけだから。実際は、最近の事情には疎《うと》いんだよね。

新聞とかがあるといいんだけどさー。あってもお貴族様の事情までは市井《しせい》に流れないか。

インターネットとかがないから、広い意見を集めるのって難しいんだよなぁ。


その日のイレインは午前中に一回魔法を使い、午後は体内の魔力をゆっくりと放出する訓練をしていた。俺は一気に全部放出した方が効率がいいと思うけど、まぁ、確かに気絶したら困るからね、うん。

ルドックス先生と明日の約束をして、まだ日が落ちる前だったからそのまま書庫へ向かう。イレインはあと数日滞在するみたいだけど、次に会うのがいつになるかわからない。話せるうちに話しておかなければいけないことがまだまだありそうだ。

「あー……、くっそ、魔法使うのって思ったよりしんどいな……。お前いつから使ってんだっけ……？」

「生まれて数カ月の頃からだけど？」

「だるくなかったのか？　今日のだって二日酔いじゃきかないくらい頭痛かったぜ？」

「だるかったけど魔法が使えるし。何があるかわからないんだから強くなっておかないと怖いじゃん。あー、ルーサー先輩がいいこと教えてあげよう。魔法は一気に放出することで頭痛を感じるターンを短くして気絶することができる。……あ、気絶すると心配されるからやっぱやったらダメね」

「やらねぇよ……。気絶って死ぬ直前みたいな状態だぞ。んなことばっかりしてたら、何かある前に死ぬかもしれねぇじゃん。お前ちょっと変だぞ」

変じゃないと思うけどなぁ。

魔法ってロマンだし、その上身を守れるかもしれないし。そもそも俺の読んだ小説たちによれば、幼少期から魔力を鍛えるのってセオリーだったしなぁ……。

「……でも真面目にやらねぇと」

「ふーん。魔法で身を立てる気なの？」

「いや、親にできねぇ奴《やつ》って思われたくない。俺んち、四個上の兄がいるんだけどあんまり出来が良くねぇんだよ。いや……、普通だと思うんだけど。親は普通じゃ物足りないんだろうな。俺の心配とかもしてくれるいい奴っぽいんだけど……めっちゃ冷遇されてんだ」

あー、なんだっけ。名前忘れたけど、イレインが男だったら廃嫡《はいちゃく》してたとか、堂々と言ってたもんな。俺、それを聞いたときに、ウォーレン伯爵やばそうな奴だなぁって思ったんだっけ。

「イレインの父親ってなんか冷たい感じするよな」

「見たままだぜ」

「母親は？」

「あれも見たままだぜ。淑女教育とかいうのたまに見学しに来ると、先生がめっちゃ緊張してる。もう二人クビになった」

「……俺、セラーズ家に生まれてよかったなぁ」

「交換してくれよ」

「嫌だね」

「あーあ、なんとかあの家から抜け出せねぇかな。貴族とかじゃなくたっていいからさぁ。……そういや爺《じじ》先生が言ってた探索者って何？」

「知らないの？　ダンジョンに潜って探索する人たちだよ」

「あー、そのダンジョンってのがよくわかんねぇんだよな」

「イレインってゲームしたことないの？」

「あんまねぇなぁ……。友達と遊びまわってることの方が多かったし」

「あー、それっぽかったもんなぁ」

いつの間にかただの雑談になってしまったけれど、久々に同年代の男と喋《しゃべ》っているような感覚が楽しかった。俺たちはミーシャに声をかけられるまで喋り続け、その場で別れるわけでもないのに「また明日な」と言って、この世界の住人としての仮面をかぶった。

◆

「随分と仲良くなられましたね」

イレインと一緒に魔法の訓練を続けて三日目。それぞれの部屋に分かれて休む準備をしているときにミーシャが嬉《うれ》しそうに言った。

「うん。年が同じだし」

「最初はどうなることかと思いましたが、さすがはルーサー様です」

それはどうかな。普段褒められるときは結構頑張ったあとだったりするから嬉しいけれど、今回はそんな気がしない。

流れでこうなっただけだしなー。結局俺はあたふたしてただけだ。

聞けば聞くほどイレインがいるウォーレン家は、俺のいるセラーズ家よりハードモードっぽくて、最近では家族や優しい使用人たち、それからルドックス先生に感謝する毎日だ。俺って実は恵まれてたんだなぁ。

「ねぇミーシャ、ウォーレン伯爵ってどんな人？」

ミーシャは、俺の脱いだ服をたたんでいた手を一度止めたけれど、すぐに再開しながら答えてくれる。

「旦那様のご学友だそうです。国王陛下と旦那様、それにウォーレン様で学園の首席を競い合うライバルでもあったと聞きます」

「ウォーレン家の国での立ち位置は？」

「北方の騎馬民族をけん制している軍事に優れた伯爵家です。南方のけん制と交易をしているセラーズ家と同じく、国としては重要な家の一つになるでしょう。侯爵でないのは、実質的な力を持ちすぎているので爵位だけでもという計らいと言われています」

国の爵位は侯爵を一番上として、伯爵、子爵、男爵。

妬まれないようにとか、特権を与えすぎないようにとかの理由があるようだ。

だとすると、財務大臣についている父上は伯爵で重要ポジションにいるわけだから、当然侯爵家とかから疎まれてるんだろうなぁ……。

ああ、嫌われてるってそれか。

……父上は悪い人じゃないと思うけど、陥れられる可能性とかは普通にありそうだな、これ。

悪い人じゃなくても、悪役にされかねない雰囲気がある。

やっぱ悪役貴族の可能性あるじゃん、セラーズ家！

「……ルーサー様。今お話ししたことはいち使用人でしかない私が、聞きかじった話を勝手につなぎ合わせたものです。ご参考にはなさいませんよう」

俺が考え込んでるのを見て、しくじったと思ったのかミーシャが言葉を付け足した。

怒ってないし参考になったよ。

でも身分を考えたら、俺がもし「ミーシャがこんなこと言ってたー」とか外で言ったらやばいのかも。

「ううん、役に立った。でもミーシャに迷惑はかけないから」

「いえ、かけてくださって構いません。それよりも、私があやふやなことを言ったせいでルーサー様が嫌な思いをされませんようにと……」

ミーシャはいつでも俺を優先するなぁ。メイドさんの鑑《かがみ》だと思う。

俺、こんな風に献身的に誰かのために働けるようになる気がしないよ。

「話す相手もいないけどなぁ」

「イレイン様がいらっしゃるじゃないですか。興味を持たれているようで何よりです」

優しく微笑《ほほえ》まないでほしい。

別に幼気《いたいけ》な恋心とかでは全然ないから。

ミーシャから見たら仲の良い許婚《いいなずけ》に見えるかもしれないけど、実際はそうではない。

都会の飲み屋でたまたま知り合った、出会った、なかなか帰れない同郷の他人——くらいの感覚だと思う。貴重すぎるせいでお互いに距離が縮まっちゃってるのは確かだけどさ。

でもまぁ、どんなに関係が進んでも友人どまりだと思う。

お互いメンタル的に男同士だから、恋だなんだの話にはなったりしない。

大変だよなぁ、イレイン。

美人に育ちそうだし、そのうち男に告白されてたりしそう。いや、俺と婚約してるうちはそんなこともないのかな？

なんにしても俺、男に生まれ変わって良かったよ。

「うーん……、でもイレイン嬢って明日帰るんでしょ？」

「ええ、寂しいですか？」

「いや、別に。母上もいるし、最近は父上もよく家にいるし」

ベッドに体を投げ出して、枕に顔をうずめる。

「あと、ミーシャもいるし」

「ルーサー様……」

目を閉じてじっとしていると、すぐに眠気が襲ってきた。

運動はしているけれど、俺の小さな体はまだまだ体力が足りない。昼寝をしないで一日活動すると、体が眠気に逆らえなくなる。

おやすみ、ミーシャ。

明日からもまたよろしく。


翌朝、大人たちが挨拶を交わしている横で、俺たち子供組も軽い別れの言葉を交わす。当たり障りのない言葉のやり取りなんて、きっと明日には忘れていることだろう。

イレインはなんとかして家から離れたかったのか、ルドックス先生に魔法を教わりたいと言って粘っていたらしいけど、こうして作り笑いをしているところを見ると失敗したらしい。

名残惜しそうに馬車の窓から顔を出していたイレインに手を振って見送り、さて、いつもの日常に戻ろうかというときに父上と母上から手招きをされた。

「随分とイレイン嬢と仲良くなったようだな」

「ええ、話が合ったので」

「昨晩、ルーサーと離れたくないから残る、って言ってたらしいわよ。モテるわね、ふふ」

母上は頭の上にお花を飛ばしながら嬉しそうに笑っている。

俺からはノーコメントです、母上。二人のなんだか生温かな視線はそのせいか。あいつ必死すぎるだろ、変なこと言うなよ。

「……父上とウォーレン様はご学友だったんですか？」

「イレイン嬢から聞いたのか？　そうだな。かれこれ十数年の付き合いになる。今回は急な話で悪かったが、うまくやってくれたようで良かった」

「イレイン嬢との婚約の件ですか？」

「ああ、そうだ。結婚をした頃まではよく顔を合わせていてな。そうして互いに親戚になれたら面白いな、程度の話のつもりだったのだが……。ブラックの奴は本気だったようだ。まだ五歳だし、あれほど性急に事を進めることもないと思うのだがな」

「しかし、二人とも五歳とは思えないくらい落ち着いていますから」

「本当だな。ルーサーも元気になったし、そろそろ他家の子たちとの交流の機会も増やしていきたいところだが、さて……」

二人の間に挟まれて話をしながらのんびりと屋敷の中へ戻っていく。

去年勇気を出していろいろ話してみて良かったなと思う瞬間だ。

（……他の家の子との交流かぁ）

正直ちょっとめんどくさいけれど、そんなことばかりは言っていられないんだろうなぁ。

◆

ウォーレン家が帰って数日後。

剣術の訓練の後、庭でひっくり返って休憩しているときだった。

「ルーサー、話がある」

父上が改まって声をかけてきたので仕方なく息を整えるのを諦めて立ち上がる。

もうちょっとだけ休ませてよ……。

「なんで、しょうか？」

「アイリスの出産に併せて居を王都へ移そうと思っている」

「すでにお腹《なか》が大きくなっていますけれど、長距離の移動は大丈夫でしょうか？」

「今ならまだ問題ないだろう。セラーズ領の運営は基本的に父上に任せて、私は王城での仕事に集中するつもりだ」

あー、あの海の男風の人ね。

あの人爺《じい》ちゃんっていってもまだ五十代だし、バリバリに元気だからなぁ。そういえば長いこと顔を見ていないけれど、もしかするとそれも俺が病弱と思われていたせいかもしれない。

外部の人と触れ合わないようにしてた、みたいな。

「今まで以上に家にいられる時間も増えるだろう。……お前や生まれてくる子の成長をちゃんと見守ってやりたいし、またアイリスを心配させるようなこともしたくない」

「父上との時間が増えるのなら嬉しいです」

「そうか……。長く暮らしてきた場所を離れるのは不安じゃないか？」

「いいえ、父上と母上が一緒なんでしょう？　ミーシャや使用人たちも来てくれるんでしょうか？」

「一部はこちらに残るが、特に近くで世話をする使用人は連れて行く。当然ミーシャもだ」

ほっと一安心。ミーシャがいるといないとでは環境結構変わっちゃうからなぁ。

知らない人がミーシャと同じくらい毎日くっついてきたら、俺ちょっと気を遣っちゃうよ？　反抗期始まっちゃうかもしれないよ？

というか……、そもそも財務大臣なんて基本的に王都にいてしかるべきなんじゃないのか？

まさか俺が病弱だったから、父上がわざわざ王都まで出向いて仕事片づけて帰ってきてた。ってわけじゃないよな？　……ありえるか。

勘弁してくれよ。新たな事実が出てくるたび心が痛む。全面的に俺が悪いんだけど！

愛されてんだよなー、愛されてるってわかったからこそしんどいんだよなー……。

イレインのことを思うとめちゃくちゃ贅沢《ぜいたく》な悩みだけどさ。

それにしても、自領の街も出歩いたことがないのにいきなり王都かー。

ちょっと楽しみだなぁ。

あ、大事なことを一つ忘れていた。

「あの、父上、ルドックス先生はどうされるんでしょうか……？　まだまだ教えていただきたいことがたくさんあるのですが」

「ああ、ルドックス先生は元々王都にお住まいなんだ。お前の事情を話してお願いしたら、わざわざセラーズ家までいらしてくださってな。あちらとしてもご自分の家で過ごされる方が良いだろうし、王都でも引き続き講義を続けてくださるだろう」

「ああ、よかった……」

「ルーサーは本当にミーシャとルドックス先生が好きだな」

「ええ……、まぁ……」

直接言われると照れちゃうからやめてほしいかもです、父上。


それから一月もたたずに、俺たちは王都のセラーズ邸へと居を移すことになった。

馬車を連ねての大移動だ。ちょっとだけワクワクしてしまった。

移動中、暇だろうと思って本を数冊見繕ってきたのだが、残念ながら移動中はとても優雅に本を読んでいられる状態じゃなかった。街を出てすぐにがったんと体が跳ねたことから始まって、常にバイブレーション機能のように体が揺れ続ける車内。

父上母上は余裕そうなのに、俺は一人車酔い状態を維持していた。

せめて窓を開けたかったのだけれど、危ないからやめるようにと父上に注意されてしまった。

山賊がいて、追い剝ぎするために矢を射かけられたりすることもあるそうだ。

それ、頻度どれくらい？　そんなに治安悪いの？

そう尋ねたかったけれど、あまり五歳児が現実的なことばかり言ってても変だし。なにより気持ち悪くてそれどころじゃなかったので、素直に背もたれに頭を預けて脱力することにした。

ああ、だれかサスペンションを、サスペンションを開発してください。

俺はサスペンションという言葉は知ってるけど、その仕組みは知らないんだ。世の中にはびこっていたネット小説の主人公たちは、スーパー知識を持っていて次々と便利なものを発明していたけれど、適当に過ごしてきた俺にそんな能力はない。

なんかあの、バネみたいなのつけると衝撃を吸収してくれるんでしょ。

ところでさ、バネってどうやって作るの？

もうそっからしてわからないのだから、横文字のスーパーアイテムなど作れようはずもないのだ。

そんな俺に今できることは一つだけ。

本を開いて文字を追いかけたりせずに、ただ時間が過ぎていくのに耐えるだけである。

「……ルーサー、大丈夫？　具合が悪いの？　やっぱり戻った方がいいかしら？」

俺が虚空を見つめていると、母上が心配して声をかけてくる。

うん……、お腹の子に悪いから不安を与えないほうがいいね。っていうか、ただの車酔いだからね。もしかしてこの世界にはこの程度の揺れで車酔いするような軟弱者はいないの？

「だだっ大丈夫です、母上」

ふざけてるわけじゃない。たまたま振動が重なってラップみたいになっちゃっただけだ。

はいはい、ちゃんと母上を心配させないように笑顔を作りますよ。

今日一日我慢すれば、明日にはちょっとくらい慣れてるだろう。……慣れるよね？　片道四日の行程ずっとこれは耐えられそうにないからね？

結論から言うと慣れなかった。

三日目から、俺はミーシャと同じ馬車に乗ることにした。

父上と母上を二人きりにさせてあげたいという名目で、窓を開けない約束まできっちりした。そうして座席に無理やり寝転がって、ミーシャに「辛《つら》い、辛い」と弱音をこぼしながら旅をすることになったのである。

◆

セラーズ邸は領地の館よりは狭いけれど、それは比較したときの話でしかない。

周りの貴族の家と比べてもがっしりとした作りをしており、敷地も相応に広い。

近所の人を呼んでお茶会ができそうな気配がすごくある。

母上の出産が済んで落ち着いたら、人がいっぱい来て賑《にぎ》やかになったりするのかなぁ。

ちょっと残念なのは、この館の書庫には本があまりないことだ。

理由は学園に行けば図書館があるからだ。読みたければそちらで読めばいいという判断もあり館には買い込まないようにしたらしい。

しかし、俺はまだ学園に行けないわけで。つまり他の時間つぶしを探さないといけなくなったということだ。

ああ、ちなみに王都の名前と王国の名前は一緒。プロネウス王国のプロネウス。

覚えやすくていいね！　王様の名前はジーナス。見たことないけど、渋そうなイメージのお名前だ。

確か父上が同い年だって言ってたから、結構若いはずだけどね。

母上のお腹はだいぶ大きくなってきていて、最近では外でお茶を飲むのも控えているようだ。代わりに俺が、暇な時間は門の近くの庭に置かれたテーブルセットに腰かけて足をプラプラさせている。

何をしているかというと、セラーズ邸の外を歩く人や馬車を眺めているのである。

意外と子供が歩いてたりするんだよね。

学生服っぽいのを着て同年代の人とお喋りしてるから、多分噂《うわさ》の学園とやらの生徒なんだと思う。

まあつまり、子供といっても彼らは俺よりは年上にあたる。

俺と同年代の子が一人で外を歩いていたら、速やかにしかるべき場所に通報してあげたほうがいい。

越してきて初めのうちはセラーズ邸に人がいるのが珍しいのか、ちらりと門の格子から中を窺《うかが》う学生もいた。しかし、庭師のおじさん、お出かけするメイドさんからの無言の視線で逃げていってしまった。

俺には優しいけど、ちゃんと外の人には厳しいんだな、みんな。

セラーズ家は全体的に使用人たちのグレードが高く、一致団結しているような気がする。多分歴代のセラーズ家の人たちとか、父上とか母上とかがしっかりしてるからなんだろうなぁ。

一見冷たそうに見えるけど心はホット、みたいな人が多くて、外部の人から勘違いされやすいのが玉に瑕《きず》。これもまたセラーズ家の当主夫妻に似ている。悪いところまで似なくてもいいんだよ。

(俺はちゃんと笑顔で外の人に接するようにしないとね)

そんなことを考えていると、門の外を変わった格好の人が通り過ぎた。

レザーの手袋をはめて、マントをなびかせている。全体的に動きやすそうで、使い込まれた装飾具は高価には見えない。一言で表現するなら、場違いな人物だ。

貴族の人の一・五倍速くらいで歩くその人は、あっという間に俺の視界から消えて行ってしまった。

「さっき通り過ぎた人、何してる人だろう?」

ミーシャに尋ねると、こてんと首をかしげられる。

可愛《かわい》いね。

「そうですね……、貴族ではないことは確かだと思いますが……」

「だよね……」

「もしかしたら探索者かもしれませんね。優秀な方だと、貴族の後ろ盾がついていることもあるそうですよ」

「ああ、探索者かぁ……。一度話を聞いてみたいよね。でも、武器とか持ってなかったみたいだけど、なんでだろう」

「貴族ではないものが貴族街へ入る時は、よほどのことがない限り武装解除されますから」

「へぇ、そうだったんだ……」

ミーシャはなんでも知ってるね、さすミー。

「ミーシャって十七歳だったよね？　十三歳くらいからうちに来てるのに、いろんなこと知ってるよね」

「ええ、正しくは十二歳の頃に雇っていただいて、一年間はルーサー様に付くためにしっかりお勉強させていただきました」

ふーん……。あれ？　ってことはミーシャって十二歳で嫁に出されようとしてたの？　この国の貴族って結構な化け物が潜んでそうだな……。どこのどいつか聞き出しておきたいけど、ミーシャに聞くのはちょっとなー。

「ミーシャも魔法とかって使えたりするの？」

「使えませんね。習う機会もなかったので」

「……学園とか、通いたかった？」

あまり聞かないほうがいいのかと思いながらも尋ねてみると、ミーシャはふふっと笑った。

「気にしないでください。兄が一人学園へ通っていましたが、弱小貴族の子は立場が弱いらしく、あまり楽しいという話も聞きませんでした。嫡男に生まれなくてよかったなと思っていましたよ」

「結構大変なんだね」

「ええ、王宮の縮図みたいな場所ですからね。互いにつながりを作ることに一生懸命なんだそうです」

「えぇ……。僕、普通に勉強したいけどなぁ」

まぁ、特権を持つような人たちの子供が集まったらそうなるかー。

毎日親の自慢とかばっかりしてるのかな。笑顔で外の人に接するって決めてたけど、無理かもしれない。

毎日図書館にこもることになるかも。

ああ、でもそんなことしててマジで悪役扱いされても困るし。適度に交流する必要はあるんだろうな。父上が幼いうちに同年代の子供と交流させようとしてるのも、その辺に関係するのかもしれない。

子供のうちに上下関係叩き込んでおくか……？

いや、それはそれで最終的に悪い奴扱いされそう。

うまいことグループ作っておいても、外部から来たイレギュラーな存在にぶっ壊されるのがセオリーだもんなぁ。

（うーん、めんどくさい）

一人で淡々と努力し続ける方が、まだ気楽かもしれない。

そんなことを考えながら、ふと門の方へ視線を戻すと、こっちを指さして何やら喋っている二人組がいた。

無精髭《ぶしょうひげ》を生やした男性と、えらく童顔な性別不明の人（指さしてるのは後者ね）。前者はそれを見てニヒルに笑っている。笑ってないで止めなよ。

おそらく探索者なんだろうなぁ。

俺は全然気にしないけどさ、無礼を絵に描いたような態度だ。話に聞いてる限り、普通に貴族の家にそんなことしたら多分大変なことになると思うよ？

「……注意してきますね」

にっこりと微笑んで歩き出したミーシャだったが、俺の横を通り過ぎる頃には殺し屋みたいな目つきになってた。

……これこれ、俺はいつもの可愛らしいミーシャちゃんが好きですよ。

トラブルになっても嫌だし、後ろからついていこうかな。


背筋をピンと伸ばし、一定の歩幅でつかつかと歩いてこられると結構威圧感があると思う。それがまだ若く背の低い女の子だったとしてもだ。堂々としてるっていうのが大事なんだろうなー。

門から少し離れたところでピタッと止まったミーシャは、くいっと顎を上げて二人を見上げる。見方によっては見下ろしているともいえるかもしれない。

相手がどこの誰だかわからないので、最低限礼儀は保っている……と思う。

「本邸はセラーズ伯爵邸です。ご用件がありましたらお伺いいたしますが」

意訳すると『用もないのにじろじろ見てんじゃねぇよ、ここがどこだかわかってんのか？』かな。せめてミーシャの邪魔にならないように澄ました顔をしておこう。子供の俺が口をはさむ。というより、ちゃんとした身分がある俺が喋るとややこしくなる気がする。

法律に関する詳しい部分は知らないけれど、不敬罪とかそういうのが適応されてしまったら彼らだって困るだろう。俺だって困る。だってめんどくさいもん。

「へぇ、ずっと誰もいないからてっきりお飾りの屋敷かと思ってた。せっかく可愛いのにそんなに怖い顔しないでよ」

男だか女だかわからないほうの唇が弧を描く。

細く先が垂れた眉と切れ長の吊《つ》り上がった瞳にギャップがあって、愛嬌と色気が同居してる感じだ。ちょっと怪しすぎて俺的には得体のしれない怖さが勝るかも。

危険なにおいがする人が好きな人はガッツリはまりそう。

ミーシャはどうかなと思って横顔を見ると、初めと変わらない表情のままなんの反応も示していなかった。プロだなぁ。

「やめとけクループ。すいやせんね、俺たち学も礼儀もない探索者なもんで……。今後は無暗《むやみ》に覗《のぞ》かないように気を付けますよって……」

「邪魔すんなよスバリ。折角可愛いお嬢さんに粉かけてんだからさ。あ、こら」

「特にこいつはほんと馬鹿なんすよ。連れて帰るんで俺たちのことは忘れてくだせぇ」

スバリと呼ばれた男は遠くからはひょろっと背が高いように見えたけど、近づいてみると体全体が引き締まっていて、さらに猫背であることがわかった。筋張ったやたらと大きな手のひらがクルーブの襟を摑《つか》み、そのまま猫のように持ち上げて連れ去っていく。

スバリは抵抗するクルーブをものともせずに、曲がった背中をさらに曲げ、何度か謝罪をしながら去っていった。

癖の強いコンビだなぁ。

「……ルーサー様、あまり近づいてはいけませんよ」

「それは探索者に、ってこと？」

俺は探索者についてそれほど詳しくないけれど、ミーシャが差別めいたことを言い出すのが意外だった。仮にもミーシャも貴族の家の子だし、探索者に思うところがあるのかな？

実際探索者になるのって食い詰めの人だったり、農地を親から引き継げないような末子だったりするらしいからなぁ。貴族とは対極にいる人たちなのかもしれない。

「はい。成功している探索者というのは、きちんと鍛えた騎士や貴族と同じかそれ以上の力を持っていると聞きます。お話ししているときにあまり近くへ来られると、何かあったときにこの身を盾にしても守れないかもしれません」

「……ごめん」

あー……、そうか。

あまり外の人と触れあってこなかったから気づかなかったけど、ああいうのがいきなり攻撃してきたりする可能性もあるのか。

人間って怖いもんね。

飲み屋街で歩いてたら、いきなり巻き込まれて刺されたりするしね。

とはいえここは貴族街だから、彼らもある程度身分が保証されているレベルの探索者なんだろう。いきなり攻撃してくる可能性は低いと思う。それでも俺は守られるものであることはある程度自覚しないといけない。

暇つぶし程度の軽い気持ちで、ミーシャに余計な心労をかけてしまった。

……今の俺って、ミーシャに守られるのかぁ。せめてもうちょっと強くなって、守らなくても大丈夫って思ってもらえるくらいにはなりたいなぁ。

自信満々だし、もしかしてミーシャも強かったりするのかな。

メイド戦士、ちょっとかっこいい。

「ミーシャってじつは戦えたりするの？」

「いいえ？　全然戦えませんけれど」

「じゃあもしかして盾って、そのままの意味……？」

「はい。ですから外を歩くときは必ず護衛を連れていってください。外で万が一襲われた場合、私がお側《そば》にいてもお役に立てませんから」

「うん、そうする……。危ないことに巻き込みたくないし……」

結構本気で話しているところを見ると、案外王都って治安が悪いのか……？　外に出て遊んでみたいって気持ちが結構あったんだけど、だんだん怖くなってきた。

護衛ねぇ。うちの使用人にそれっぽい人いたかな？　剣術や魔法の訓練はしてるけど、こいつやるな、みたいな気配で察知できる能力はまだ身についていない。

というか、そんなもん鍛えたくらいで身につくのか？

通りすがる人全員をめちゃくちゃ警戒していない限り、察知することなんてできない気がする。

まぁでも、身分がある貴族なんていうのは、それが普通なのかもしれないなぁ。そう思うと特権はあっても生活自体は窮屈なものだ。

守られるのが当たり前ー、みたいなメンタルでないとやってられなそう。

俺、大往生希望だけどさ、人を犠牲にして生きていくのはちょっと嫌だなぁ。

◆

王都に移ってから、父上の仕事時間がちょっと忙しいサラリーマンくらいになった。正確には外へ仕事に出ない日も、俺や母上の相手をしているとき以外は働き続けているのだけれど、とにかく家にいるというのが重要だ。

それだけで母上は花の咲いたような笑顔を見せるし、使用人たちもいい感じにびしっとして、仕事に精を出している。

あと最近の父上は小太り程度まで痩せてきた。

嬉しいのだけれど、一つ問題がある。

それは俺が成長する速度よりも、父上の体が引き締まって動きに切れが出てくる速度の方が圧倒的に速い点だ。

なんで最初の頃よりも余裕で俺の相手してるの？　所詮子供だとしても、俺ちょっとは剣術使えるようになってきてるよね？

狭くなった屋敷の敷地だけど、剣術の前には家の外周をぐるぐると走る。

初めのうちは何度も追い抜かれることが悔しくて対抗心を燃やしていたけれど、今は半分くらい諦めの気持ちで自分のペースを守るようにしている。

大人と子供だもん、仕方ないし。

五歳児が文句を言わずにぶっ倒れるまで走ってることをまず評価してほしい。

そんなわけで充実した毎日を過ごしていたある日、ついに母上が産気づいた。

珍しく仕事に一切手を付けない父上が部屋の前でそわそわ。

珍しく魔法の勉強を放り出した俺も部屋の前でそわそわ。

「母上、大丈夫でしょうか」

「大丈夫だ。ベテランの助産師も呼んだ。王都で一番の治癒魔法使いも医者も呼んだ。私たちができることは、ここでアイリスの無事を祈って静かに待つことくらいだ」

「そうですよね、大丈夫ですよね」

そわそわそわそわ。

うろうろうろうろ。

「うむ、大丈夫、大丈夫だ」

「そうですね」

「ルーサーの時も大丈夫だったもんな」

「……そうですね」

「いやしかし、アイリスは体が小さいから心配だな」

「…………そうですね」

「中へ入って手を握ってやった方がいいだろうか。どうだろう……なぁ、ルーサー。どうだ？」

「…………父上」

「やはりそうだな、中へ入ろう。勇気づけてやるべきだ」

「座って静かに待ちましょう」

自分よりそわそわしている人がいるとだんだんと落ち着いてくる。

痩せても前と同じで、動揺している時は無暗にうろつくらしい父上を見て、俺は椅子に腰を下ろして父上に声をかけた。

あのね、手指消毒もしていない父上は中に入らないほうがいいと思うよ。ベテランの助産師さん、めっちゃ怖い顔したおばあちゃんだったし。多分、中に入ったらけり出されると思う。「絶対に入ったらダメですよ」って言われたからね。

いるんだろうなぁ、勝手に中に入ってくる人。

……っていうか、俺の出産のとき、父上中にいたよな？

さては当時も勝手に入ったな。

「父上、待ちましょう。邪魔になります」

「いやしかし……」

「……そうだな」

ようやく俺の隣に腰を下ろした父上は、それでも少し体を揺すっている。ただ、不思議と嫌な感じは受けなかった。俺のせいですれ違っちゃった時期もあったけど、ちゃんと母上のことが好きなんだとわかるからなんだろうなぁ。

日本にいた頃の俺には兄が一人いたけれど、下の兄弟はいなかった。

年が近かったら喧嘩《けんか》とかもするのかもしれないけど、五歳も離れたら可愛いよなぁ。実際の年齢差は親子くらいあるわけだしさぁ、俺も結構楽しみなんだよね。

「ルーサー、体が揺れてるぞ」

「父上もですよ」

「……心配だな」

「……はい」

落ち着いているようなふりをしていたけれど、やっぱり俺もダメだったらしい。

そりゃあさぁ、心配だよなぁ。

医術的には日本の方が発達していたけど、それでも出産時の死亡事故ってあったし。

こっちには治癒魔法使いがいるから、本当に滅多なことはないと思うんだけどね。

出産時に男にできることなんて本当にないらしく、結局産声を聞くまで俺たちはただ体を揺するだけの存在になっていた。

声が聞こえた瞬間に扉を開け放った父上は、助産師のおばあちゃんに「いいと言うまで開けないよう言ったでしょう!!」としゃがれた声でどやされていた。けどまぁ、理性が利かないくらいに母上のことが好きなんだと思うと、やっぱり俺はちょっとほっこりしちゃうわけで。仕方ないなーって思いながらも、父上に対する好感度が上がってしまった。

(多分これ、母上も同じなんだろうなぁ)

俺が生まれたときのこと思い出すとさ、視界はぼやけてるしわけがわからないしで結構怖かったんだよな。何を言っていたのか思い出せないけど、多分あの時の父上も、今日みたいに母上の心配をして、それから俺の誕生を喜んでくれていたんだと思う。

怒られながらも中に入れてもらった父上を確認してから、いい子の俺は後に続く。

子供の泣き声ってパワーあるよなぁ。

顔が真っ赤で猿みたい。俺もこんな感じだったのか。

「アイリス、無事だな……。この子は、女の子か」

見上げると父上が情けない顔で母上と赤ん坊を交互に見ている。

「母上、大丈夫ですか?」

「ルーサーも来たのね。そんなに心配そうな顔をしなくても大丈夫よ。オルカ様と同じで心配性なんだから……」

そんなに顔に出てる？

声が聞けて確かにほっとしたけどさ。

「ルーサー、この子の名前はエヴァよ。女の子だったらエヴァとオルカ様と決めていたの。あなたの妹よ、大事にしてあげてね」

「はい、もちろんです！　どうしよう、何か今僕にできることはありますか？」

皺だらけのおばあちゃんである助産師さんは、ぴっと指を立ててその先を扉の方へ向けていった。

「オルカ様も、ルーサー様も、外へ出ていいてくださいと言っております」

「……そうだな、出ておくか」

「ご、ごめんなさい」

こういう場所で専門家に逆らうのは良くない。

というか、ちょっと怖い。

俺は父上に背中を押されながら、苦笑している母上をおいて妹への挨拶もそこそこに退室したのであった。

第5章　はじめての王誕祭

かわいい。

だんだん顔立ちがわかってきたし、最近は俺の顔を見ると嬉《うれ》しそうにする。

俺のこと認識してるじゃん！

心配事がなくなれば訓練にも身が入るというものだ。

毎日父上にころころ地面を転がされたり、細かい魔法の調整の訓練をしたり、新しい魔法を使えるように瞑想《めいそう》したり、強くなるためにやることは山積みだ。

ついでに王国の貴族事情についても、ちらほらと悪い噂《うわさ》を抜きに母上から聞くようになっている。

母上が難しい話をしているうちにエヴァはうとうととして眠ってしまう。

難しい話は苦手だよな。俺も本当は得意じゃないよ。

貴族の話はともかくとして、大事な情報を最近二つ手に入れた。

まず一つ目が王子様と俺が同い年らしい。だからそのうち会って交流を持つ機会がありそうだということ。どんな奴《やつ》なんだろうなぁ、偉そうな顔されたらめんどくさいなぁ。

二つ目に、イレイン嬢がそのうち我が家にやってきそうだということ。ウォーレン伯爵領と隣接する土地の騎馬民族との関係が悪化してきていて、今にも戦争が始まろうとしているらしい。そのため後継者たる二人を王都へ避難させるのだそうだ。すぐ隣のお屋敷がウォーレン伯爵家のものらしく、そこへ使用人と共にやってくる。と父上から聞いた。

「イレイン嬢が来るらしいぞ、よかったな」

そう俺に教えてくれた父上に「何でですか？」としつこく聞いて手に入れた情報だ。多分あまり外に漏らすべき情報ではないのだろうけれど、俺の熱意に負けたようだ。

正しくは、イレイン嬢のことを心配している俺にほだされたようだ。

父上。言えないけどね、俺別にイレイン嬢にラブじゃないからね。あいつ中身男だから勘違いしないでよね。

これはツンデレじゃなくて、マジなんだからね。

そんなことはどうでもいい余談であって、実際イレイン嬢が来るっていうのは大事な話だ。今後の話もしやすいし、ルドックス先生と一緒に魔法の訓練をすることもできる。

単純に俺が気を抜いて話してもいい相手がいるってのも結構な違いだ。

ミーシャなんかにはだいぶ気を許しているけれど、前世のこと覚えてんだよねーみたいな突拍子もないことは言いたくない。普通に心配されそうだし、また病気になったと思われても困る。

突然監禁されるようなことはないだろうけど、語ってしまったところでいい思いをさせる要素はない。

だからってずっと隠し続けるのって結構ストレスだ。

イレイン嬢との会話はきっといいガス抜きになるんじゃないかと思う。

戦争なんてろくでもないし歓迎はしないけれど、そのお陰でイレインが親元から離れられるのもいいことなんじゃないかって思う。

それにイレインの兄貴の方も。聞いてるとかなりやばい扱いされたみたいだし、羽を伸ばせていいんじゃないかなぁって。兄妹《きょうだい》を比較して馬鹿にする親って、よく考えなくても結構酷《ひど》い。

そんなわけでエヴァが生まれてから二月ほどたった頃。

イレイン嬢と、その兄サフサール君が屋敷にやってきたのである。

「私はサフサールだよ。よろしく、ルーサー殿」

イレインと横並びでやってきたお坊ちゃま、サフサール君は俺が名乗るより先に挨拶をしてくれた。

イレインのご両親に似てきりっとした顔立ちをしているというのに、目元がなんとなく優しそうに見える子供だった。

「ルーサーです。よろしくお願いします」

「私は勉強で忙しいからなかなか来られないけど、イレインはよく来ると思うんだ。あまり喋《しゃべ》らない子だけれど、賢くていい子だから仲良くしてあげてほしい」

「ええ、もちろんです」

澄ました顔をして黙り込んでいるイレインは、多分あまり優しい妹ではないはずだ。

自分もいっぱいいっぱいだろうから、兄貴が冷遇されていることは理解していても、味方をするほどの余裕はないに決まってる。

（それでもちゃんと妹として可愛《かわい》がろうとしてるんだろうなぁ）

俺も最近エヴァが生まれたからわかるよ。

あんな小さいの見たら、俺が守ってやるんだって気持ちになるもんな。

イレイン、お前はもうちょっとサフサール君に優しくしてやれな？

あとイレインは結構喋るぞ。男口調だったらだけど。

俺たちに対しては九歳とは思えないくらいしっかりとした対応をしたサフサール君だったけれど、父上と母上を相手にしてる時は、めちゃくちゃ緊張していたようでどもりまくっていた。

これもう大人に対して苦手意識持っちゃってるだろ。ウォーレン家やばい。

その日は二人ともすんなりと自分たちの屋敷へ帰っていき、翌日。イレインだけがまた顔を出した。

サフサール君は言っていた通り勉強が忙しくてやってこられないらしい。

九歳って、そんなに勉強ばっかりしなきゃいけないもんだっけ……？

昨日到着して挨拶して、翌日から休みなしで通常スケジュールかぁ。きっついなぁ……。

いや、まぁ、俺も結構過密なスケジュールで勉強しているけどさ。

池のそばにある木陰で、布を敷いてイレイン嬢と横並びで座る。

ミーシャ、微笑《ほほえ》ましいものを見るような顔をやめなさい。そういうんじゃありません。そういう風にしか見えないかもしれないけど。

「良かった……、ですね。また会うことができて嬉しいです」

「は？　お前いきなり……」

「ちょっと後ろむいて話しましょうか。ミーシャにお話聞かれるの恥ずかしいですし」

普通に喋り出そうとして、ミーシャと目が合って思い出した。

ミーシャは読唇術使えるんだった……。

慌ててイレインの言葉を遮って先に勝手にミーシャに背中を向ける。

「……なんだよ、お前変だぞ」

「あぶねー、ミーシャ読唇術使えるんだよね」

「どくしんじゅつって何だ？　結婚しなくていい方法？　教えてくんねぇかなそれ」

あー、読唇術わからないか。

独身術なんてあったら、確かにイレインは欲しいだろうなぁ。

……っていうか、うちのミーシャは可愛いししっかりしてるからいい相手ちゃんと見つかるけどね！　失礼しちゃうよなぁ、こいつ！

「イレインってテレビドラマとかアニメとか見なかったの？　読唇術って唇の動きで何言ってるかわかるやつな。独身のまま生きる方法なんて誰が知りたいんだよ」

「見たことねぇよ。変なこと知ってんなぁ……。ってかめんどくせぇな、あのメイド何とかできねぇの？」

「ミーシャのことめんどくさいとか言うな」

うちのミーシャの何がわかる！

馬鹿にすると許さないよ、俺。

「……なんかすまん」

わかればよろしい。

「んで、良かったじゃん、怖い父親の下から離れられて」

「まぁな、兄貴も羽伸ばせていいんじゃねぇかな」

「羽伸ばせてるのか？　勉強で予定びっちりなんだろ？」

「あの父親に嫌味を言われながらじゃないだけましだろ。昨日とかかなり表情明るかったしな」

「厳しい家だよなぁ……」

なんか暗い気持ちになってきた。

子供の時代は自由に過ごさせてほしいよなぁ。貴族となったらそうもいかないんだろうけど。

「イレインは神童って言われてんでしょ？　なんか得意なことあんの？」

「やることもねぇから兄貴と一緒に勉強聞いてたんだよな。んで、国の勢力関係とか、国内のバランスがーとか、戦略がどうのーとか覚えた」

……俺にはわかんないやつだ。喋るのが早いとかちょっと勉強ができるとか、そういう感じじゃない才能がありそうだな。

「戦略の勉強ってさ、敵の駒を先生が動かして、それに対してこっちの駒をどんな風に動かすか、みたいなのやるんだよな。ゲームっぽくて面白いから見てたら、試しに動かしてみろって言われてさー」

うわぁ、嫌な流れだなぁ。

「動かしたら褒められたのよ。雰囲気の悪い家の中で初めて褒められたら、調子乗るじゃん？　兄貴の顔とか気にする暇ねぇしさぁ……」

「……サフサール君が虐《しいた》げられてるのってさぁ」

「言うなよ、俺だって責任感じてんだよ。でもどうしたらいいかわかんねぇじゃん」

「もうちょっと仲良くしてやれよ」

「嫌だろ、俺のせいで嫌な目に遭ってんのに。合わせる顔ねぇよ」

「あー、だからあんまりサフサール君のこと見ないんだ」

自分のことは棚上げだ。

俺なんか家庭崩壊させかけたけどね！　今はイレインとサフサール君の関係の話だもんね。

こっちにいる間に仲良くなれるように手伝ってやりてーなー。

「んなことより魔法の話しようぜ。俺、あのあと結構練習したんだよ。向こうで先生つけてもらったんだけどさー、なーんか嫌な感じでさ。ルドックス先生元気？」

「こっちに来てからもちゃんと教わってる。明日来るから、明日な」

「よっしゃ！　俺も魔法二発くらい撃てるようになったからな。褒めてくれっかなぁ」

「は？　俺の方がいっぱい撃てるし」

「……お前、独占欲強いタイプだろ、モテないぞ」

「……イレインはモテそうだよな」

横目で睨《にら》みつけて言うと、イレインもじろりと俺のことを睨む。

可愛い顔してるから怖くありませーん。お前は男にモテるんだよ！

「……………あほくせぇ。お前と喧嘩《けんか》してもいいことねぇしやめた。なんかさー、学園でいい成績のこすと、王宮に勤める道とかもあるらしいんだよな。女は少ないらしいけど、ゼロじゃないって。だから俺、勉強とか嫌いだけど真面目にやるつもりだぜ」

やる気があるのはいいけど、仕草がだんだん男っぽくなってきてんだよなぁ。ガッツポーズで拳握るのやめてよ。そろそろ怪しまれるからさぁ。イレイン嬢モードを抜けるとやたらと体の動きがでかいんだよな。

「はいはい。んじゃ、そろそろ普通に話すからな。あんまり内緒話ばっかりしてると怪しいし。……ところでお前さ、俺と離れたくないから家残《うち》るとか言っただろ？」

おい、無視して振り返るのやめろ。

そのせいでなんか、俺たちの関係めっちゃいい感じだと思われてんだからな！


イレインが加わったことで、勉強に軍略や政治の時間が加わった。午前中の空いた時間にウォーレン家が雇っている先生が来て教えてくれている。

体がムキムキなのに眼鏡をかけているその先生は、何かあるたびにクイッとそれを持ち上げて嫌味ったらしくしゃべる。

よっぽどイレインが自慢の生徒なのか、わざわざ俺の解答の後にイレインに同じ質問をして、模範解答を聞かせてどや顔をしてくるのだ。端的に言ってむかつく。

「ルーサー様の解答は悪くはありませんが、イレイン様の解答はより良いものであると言えましょう。ただしこれも最善であるかはわかりません。現実の戦闘において最善の一手というのは、結果が出てみるまでわからないのです」

クイックイッ。眼鏡のつる折れろ。

妙に甲高い声をしたインテリマッチョは鼻の穴を膨らませて続ける。

でもたまに本当に役に立つことも教えてくれるから、真面目に聞く気はあるんだよ、俺も。

「状況は刻一刻と変わっていきます。盤上のように用意された情報、知らされた情報が全てとは限りません。途中で思考を放棄したりせず、かといって実行に躊躇《ちゆうちよ》することなく、考え続けることこそ肝要と心に留め置きください」

ちなみにこの先生、誰に対してもこんな感じの挑発的な態度らしい。

前線にいたらどさくさに紛れて後ろから刺されそうだ。だから能力があるのにこんなところで子供の先生をしてるのかもしれないなぁ。

「ルーサー様、わかりましたかな？　ん？」

「……はい」

名指しして眼鏡クイクイしながら顔を覗《のぞ》き込《こ》んでくるなよ。なんか腹立つなホントに。

◆

数日に一度、サフサール君と一緒に講義を受けることがある。

嫌味マッチョメガネは、意外なことにサフサール君にしつこく嫌味を言ったりはしない。たまにフンッと鼻を鳴らす程度で、それは俺に対する態度と大差なかった。

意外と平等な奴だと捉えるべきか、俺が馬鹿にされていると捉えるべきか悩みどころだ。

というか、サフサール君って大体俺が考えた答えよりはマシな解答をしてるんだよな。

俺は軍事教育なんか受けたことないから、当たり前っちゃ当たり前だけどさ。仮にも累計三十年くらい生きている俺としては、出来が良くないらしい九歳児以下というのはダメージがでかい。

そうしてたどり着いた結論は、実はサフサール君も優秀なんじゃないかってことだ。何よりそう考えると俺の心が安らかになる。

イレインは二周目でずるだからノーカンとしても、年齢一桁の普通の少年に負けるのは嫌だ。せめて優秀であってくれ。

そんなわけで、イレインがルドックス先生に魔法を教わっている間に、俺はサフサール君とコミュニケーションだ。この世界の普通の九歳児ってやつを見せてもらおうじゃねーの。

「サフサール殿は勉強家ですよね。毎日ずっと何かのお勉強をされています」

「そうでもしないと人並みになれないから……せめて努力しないと」

卑屈だなぁ……。でもそうなっただけの土壌があるんだろうなぁ。九歳児のセリフじゃないよこれ。

「そんなことありません。軍略の解答は褒められてたじゃありませんか」

「悪くない、は褒め言葉じゃないと思うなぁ。イレインみたいに、素晴らしいって言われたことはないよ」

「……あの、差し出がましいようですが、なんでもイレイン嬢と比較する必要はないかと。サフサール殿が頑張っていらっしゃることはよくわかります」

「…………ありがとう。ルーサー殿は優しいね。それにイレインと同じように神童と呼ばれるだけあって、年下と話しているような気がしないよ」

うぉおお……元気づけるつもりが儚《はかな》げに微笑まれてしまった。もっとバカっぽい感じで行くべきだったのか？　わかんねぇ、コミュニケーションって難しい。

「でもね、僕はそうは思わないんだ」

「なにがです？」

「僕は後継ぎだから、四つも下のイレインに負けているようじゃダメなんだよ。貴族は家の領土と領民を守るためにいるんだ。それは、国を守ることにもつながる。僕がしっかりしないと、みんな心配しちゃうでしょ？」

もしこれが、サフサール君が自分で考えて出した言葉でないとしても、あまりに立派すぎる志だ。

俺、前世で九歳のとき何してた？　夜の学校に忍び込んで先生にめっちゃ叱られたり、鼻水たらしながら外を走り回ってたと思う。

レベル高すぎるよ、この世界の九歳。

君は今からサフサール君からサフサール先輩に格上げだ。舐《な》めた口きいてすみませんでした。

外でこの先輩のことを平気で廃嫡《はいちゃく》とか言い出すウォーレン伯爵やべぇな。どんだけ子供に高望みしてんだよ。うちが甘いだけにどっちが貴族のスタンダードなのかわからないのが辛《つら》いところだ。

やっぱ王都で同年代とちゃんと交流するしかないかぁ。

でも、同年代も軒並みスーパーキッズばっかりだったらどうしよう。俺、この世界でうまくやってける自信なくなっちゃうよ？

そんな俺の不安は、割とすぐに解消された。

王都では毎年八の月の半ばに王誕祭というものが開かれる。王都全体が沸き立つのはもちろんのこと、王宮では子供も含めた貴族たちのパーティーも行われるのだ。

全ての貴族へ招待が行くのだが、参加は強制ではないらしい。それでも貴族同士の交流というのは非常に大事なものだから、よほど権力があるか事情があるかしない限りはきちんと参加するものだそうだ。

ちなみに去年までの俺は参加を見送っていた。よほどの事情があったからね、仕方ないね。去年はまだ病気が完治してないかもって疑われてたしね。

王宮の大広間から出た広い部屋の周囲にはずらりと使用人が並んでいる。

椅子やテーブルの背も低いここは、貴族の子女のために用意された場所だ。どこの誰ともわからないちび助たちが戯れている。

サフサール君はというと、なぜかうちの父上たちと一緒に大人スペースの方に参加することになっていた。堅苦しいところに行かなきゃいけなくて大変だなぁと思っていたが、今こうして走ったり転んだり泣いたりする子供たちの中へ放り込まれると、あっちに連れて行ってもらえばよかったという後悔しかない。

「おまえだれ！」

敵意むき出しで声をかけてきたクソガキ。もといお坊ちゃまは、王冠のおもちゃのようなものをかぶり、背中にマントをはためかせてクソガキ連合。ではなく、上品なお坊ちゃま方を引き連れて立っていた。

片手に持った棒は剣に見立てているのだろう。

こんくらいの子供に長い棒を与えるのはやめよう。絶対にこれで人のこと叩《たた》くよ？　今のところターゲットは俺だね。

王冠の坊ちゃまは、ちらちらとイレインの方を見て、前髪をいじったり唇を尖《とが》らせたりしている。

ははーん。そうかそうか、その年でもう色気づいてるのか。良かったなイレイン、俺の想像通りモテモテじゃん。

ちらっとイレインの様子を窺《うかが》うと、いつもの冷たい表情で虚空を見つめていた。

からかったら普通にぶちぎれられそう。

多分、去年もこんな目に遭ったんだろうなぁ。もし俺が女になったとしても、ジャイアニズムを感じるお坊ちゃまはごめんだ。

「セラーズ家が嫡男、ルーサー＝セラーズと申します」

「おまえがか！　俺はカート＝プロネウスだ、よろしくな！」

……プロネウス？　プロネウス王国の首都プロネウスにいる、プロネウス姓の坊ちゃんって……、これ王子様だろ。意味もなく偉ぶってるんじゃなくて、マジで偉い人だった。

王子様、見目は整ってるけど、行動がめっちゃ普通のガキだなぁ……。大丈夫か、この国。いや、よろしくなって言い出せるだけいい子なのか？

五歳児ってこんなもんなんだろうけどさ……。ある意味安心だよ。後ろにいる奴らも何にも考えてなさそうに洟《はな》たらしてるし。絶対俺の服とかで拭うなよ？

「イレイン、久しぶりだな！　一緒に遊ぼう！」

イレイン、今めちゃくちゃ嫌そうな顔しただろ、見なくてもわかるからな。

あと立ち位置移して俺の陰に隠れるような場所に立つのもやめろ。もういるのバレてんだから手遅れだってての。

「イレイン嬢、殿下がご挨拶されてますよ」

俺の後ろに隠れるな。

女の子ならともかく、お前男でしょ。しかも相手は王子様なんだからちゃんと挨拶くらいしろ。

「お久しぶりです、殿下。お誘いいただけて光栄です」

「……カートでいいと言っただろう？　王都に来たと聞いたから、これからはたくさん遊べるな。楽しみだ」

死んだ目で頷《うなず》くだけなの大丈夫？　無礼に当たったりしないの、それ。

誰も何も言わないあたり、子供同士のやり取りにはそこまで気を払わなくていいのかもしれないけど。

ジャイアンかと思ったけど、ただ無邪気な子供っぽくも見えてきた。

ちょっとテレテレしながら話しているのは、もうしょうがない。イレイン、お前美幼女だから諦めろ。俺にはなんの害もない。

ただなー、お話しする度ゆらゆらしている棒は気になるなぁ。急に叩かれたらやだなぁ。

「なぁなぁ、ルーサー、お前ってあの『賢者』から魔法を教わってるんだろ！　いいなー、羨《うらや》ましい。俺も教わりたいんだけど、父上がもうちょっと大きくなってからなって言うんだ」

「殿下はルドックス先生をご存じなんですか？」

「もちろん！　前に魔法を見せてもらったんだ。戦う魔法のかっこよさもだけど、夜の空に花が浮かぶような魔法が本当にすごい。俺、『賢者』に魔法を教わるって決めてるんだ。そうしたらルーサーもよろしくな！　あとカートでいいぞ！」

は？　話めっちゃわかるじゃん。

俺、今から殿下の腰ぎんちゃくになります。イレインは殿下に嫁にしてもらったらいいんじゃないの？　多分めっちゃいい男に成長するよ。

俺が冗談交じりに不穏なことを考えているのが伝わったのか、イレインがじっとりとした湿度の高い視線を俺に向けている。冗談だってば、心読まないでよね。

王子様からこう積極的に近寄られると、臣下という立場であることをよく自覚している俺やイレインは無下にすることができない。

最初の『おまえだれ』も会ったことない相手全員にやっているらしく、合流してから幾度か聞くことになった。つまりまぁ……イレインと一緒にいる俺をけん制してとか、そういう意図はまったくなかったらしい。

五歳児がそんなこと考えてても怖いけど。

ただ、イレイン同様に俺もお気に入りにされてしまったらしく、殿下は俺たちを左右に配置して部屋の中を行進している。後ろにたくさん子供たちを引き連れているのは、俺たちと同じく殿下に巻き込まれた哀れな貴族子女だったようだ。

子供ながらにちゃんと挨拶して回っているのは、もしかしたら結構偉いのかもしれない。

ほら、本来なら殿下がこの場にいるのを察して俺たちの方から挨拶しに行かなきゃいけないわけじゃん。でも子供だと難しいと思うんだよな。

それが王冠かぶってマントはためかせ武器まで持ってやってきてくれるのだ。子供たちは自然といつ偉いんだなー、ってなって無礼な真似《まね》はしづらい。大人の入れ知恵なのかもしれないけれど、自然な態度でそれをこなしているだけ偉い。

やがてその場にいる全員に立場をわからせた殿下は、振り返って腰に手を当て踏ん反り返り、「もうついてこなくてもいいぞ！」と宣言して大名行列を解散させた。

ここまで入れ知恵かな？

それじゃあ解散ということで、端っこの方で子供たちの観察でもしておこうかなと思った俺の腕ががっしりと掴《つか》まれる。反対側ではイレインも捕まっていて、黄昏《たそが》れた雰囲気を醸《かも》し出《だ》していた。

にっかりと笑う殿下を、もはやただのジャイアンと思うことはなかったが、それはそれとして楽しそうに一方的に話し続けるだけの五歳児を相手にするのは割と疲れそうだなぁという気持ちはあった。

逆らうことはせずに小さな椅子が並べられた場所へ連れていかれる。

すぐ近くにもう一人、腕を引かれずともついてきた女の子がいたが、それについて殿下は触れない。

誰だこの子。

この部屋はキッズスペースのようになっていて、ちゃんとマットが敷いてあるし、子供が好きそうなおもちゃも各所にちりばめてある。殿下から解散を命じられた子供たちは三々五々に散っていって遊んでいるようだ。

それぞれ口に積み木を突っ込んだり鼻をほじったりしてるのを見ると、殿下の統率力は大したもんだったんだなと思う。

こいつの言うことは聞くもんなんだなという雰囲気が出せるだけ、王様の才能ありそう。

殿下がペラペラと自分の勉強のことや、今日の式典でどんな準備してたとか。まぁ取り留めなく話し続けるのを、俺とイレインは相槌《あいづち》を打ちながら聞き続ける。

俺はこれでも元々営業職だったし、イレインだって客商売してたから、子供を機嫌よく話し続けさせることくらいはお手の物だ。

もう一人の女の子が、大げさに頷いたり声を上げたりするせいで、たまに話は中断されるが殿下は嫌な顔をしたりしない。たんに自分が話すのに夢中なだけかもしれないけど。

「ルーサーは去年まで病気だったんだろ？　元気になって良かったな。会うのが楽しみだったんだ」

さっきもそんなこと言ってたな。

まるで元から俺のことを知っていたような言い方だ。

「カート様は私のことをご存じだったのですか？」

「ああ！　セラーズ伯爵とウォーレン伯爵は父上の友達なんだ！　同い年だって聞いててイレインと会うときも楽しみだったし。だから今日も楽しみにしてた！　よろしくな！」

つたない言葉ながらも本気で楽しみにしてくれていたのが伝わってきて、普通にほだされてきてしまった。

いい子じゃん。なぁ、イレイン、いい子じゃない？

微妙な表情で殿下を見つめるイレイン。それどんな気持ち？

「はい、カート様。ぜひ仲良くしてください」

「うん、イレインも！」

「はい、殿下」

殿下の表情がちょっとだけ曇る。

この辺ちゃんと距離感考えてんだろうな。イレインも大変だ。

俺とイレインと順番に握手をすると、横から殿下の空いている手を女の子が勝手に摑む。

「私も！」

「ああ、ローズもよろしく」

殿下は俺たちと同じように笑顔で握手をしたけれど、手を放したときにローズがじろっとイレインの方を睨んだのを俺は見逃さなかった。

女の子って怖い……。

女の子って小さい頃から結構しっかりしてんだよなぁ。

思い出してみれば、小学生の頃とか女子の方が背が高かったような気がするし。

このローズって子は、多分殿下のことが好きなんだろうな。本当に好きなのか、親になんか言われてんのかは知らないけど。

だとしたら、イレインをそんなにライバル視する必要はないんだけどな。

不本意ながらイレインは俺の許婚《いいなずけ》だし、そもそも中身が男だから殿下のことを好きになったりしないだろうからな。

殿下がイレインのことを好きになることはあるかもしれないけど。

ローズの勢いに殿下はやや押され気味だ。

笑顔で握手はしていたけれど、ぐいぐい前に出てくるローズに、積極的に会話することができなくなっている。助け船を出してあげてもいいけど、女子の邪魔すると後で文句言われるからなー。

殿下的にも女子の上手なあしらい方とか覚えておいた方がいいんじゃないかなー？

いや、実は俺ができないとかではなくてね。必要かなって話、これホントに。

「そ、そうだ、ローズ。ほら、あっちにいるのはセラーズ伯爵家の嫡男のルーサーだぞ。初めて会ったんじゃないのか？」

あ、俺に話題を振って逃げたな。ちなみに俺はこのローズって子の背景とかなんも知らないぞ。どこのお嬢様なの？　貴族には違いないんだろうけど。

「お初にお目にかかります、セラーズ家嫡男のルーサー＝セラーズと申します」

一応習ってきたとおりに、優雅ではないけれど丁寧に挨拶をした俺を、ローズは少しの間観察してからにっこりと笑ってくれた。

「スレッド侯爵家のローズですわ」

ひらひらのスカートの裾をつまんで可愛らしい挨拶。

挨拶してもいい相手、くらいには思ってくれたようで何よりです。えーっと、侯爵家だと一応うちより家格は上、ってことになるのかな？

よくわかんないけど丁寧に対応しとけば大丈夫でしょ。所詮俺たち五歳児だし。とりあえずにこにこしとこ。

生《なま》ですわ口調と、強気な姿勢はイレインよりさらに悪役令嬢っぽいけど。もしかしてそれっぽいのがこの世界のデフォルトなのか？

いや、でも普通に子供っぽいのもたくさんいるしなぁ。

俺がぼんやり考え事をしているうちに、ローズ嬢はあっさり俺から興味を失って再び殿下に首ったけ。イレインはこれ幸いと黙り込んでいないふり。俺も手持無沙汰になって、意味もなく魔力を垂れ流してみたり、子供たちが遊んでいるさまを眺めてみたりしていた。

あ、ミーシャと目が合った。

使用人の中でもミーシャは一番若いくらいだ。そして可愛らしい。

一瞬手を振ろうかなーと思ったけれど、それをしたら寂しくなってメイドさんに抱き着いている男の子と大して変わらないような気がしてやめた。

周りの使用人たちから生暖かい目で見られるのはごめんだ。

ローズ嬢が、今着ている可愛らしいひらひらドレスの話をしているのをBGMに観察を続けていると、少し離れた場所でぶんぶんと腕を振り回している両目が前髪で隠されている男の子の姿が見えた。

近くには積み木がたくさん。

気づいたときには手に余るほどの大きさの三角形の積み木が、男の子の手から射出されていた。

おでんの頭みたいな形をした積み木が、俺に向かって真っすぐ向かってきている。

避けよう、そう思ったときにはかなりの至近距離まで来ていた。回避行動途中で体を反らしたまま、思わず出てしまった手に積み木が当たり、ぱしっとそれを摑んでいた。

お、おおー……。よく摑めたな、運が良かった。父上と剣術の稽古をしているおかげでちょっと動体視力とか良くなってる？

三角形の鋭角が手のひらに刺さるような形でちょっと痛い。

顔を上げると場がやや静まって、使用人たちに緊張が走っているのが見えた。

ミーシャはちょっとほっとした顔をしている。大丈夫大丈夫、これぶつかっても多分大した怪我《けが》になってないし。結構軽い材木で作られてるっぽい。

積み木を返してやろうと立ち上がると、投げた本人がわたわたと手を動かして動揺している。わざと投げたわけではないんだろうな、この様子だと。

積み重ねられた積み木はよく見れば城のように組み立てられていて、頭にこの三角を載せたらおさまりが良さそうだ。完成間際にテンションが上がってぐるぐるしててすっぽ抜けたのかな？

ほいっと天辺《てっぺん》に積み木を載せる。

「これで完成ですか？」

「……うん！」

俺が怒ってないのがわかったのか、元気よく返事が戻ってきた。

大変よろしい。

子供は元気が一番じゃよ、ほっほっほ。

一桁児の中に放り込まれているせいか、自分が爺《じじい》になったような気分を味わいながら、元の位置へ帰っていくと、なんか殿下が興奮した様子で俺のことを迎え入れてくれた。

「俺のこと守ってくれたのか!?」

「……はい？」

「ありがとな！」

手を両手で握られてぶんぶんと振られる。

守ったつもりはないし、多分俺が避けてても殿下には当たらなかったけどね。イレインには当たってたかもしれないけど。

でも感謝されてるし、わざわざ否定することもないか。

「自然と体が動いていて」

嘘《うそ》じゃないよ?

「ルーサーは剣の稽古もしてるのか?　反応がすごく早かった!」

「ええ、父上に少しだけ……」

キラキラ笑顔まぶしいなぁ。

あとね、ローズ嬢。歯を食いしばって俺を睨みつけるのやめよう?

見境なしの狂戦士かなんかなの、君は。

◆

なんとか無事に王誕祭の初日を乗り切ることができた。幾人かと交流を持ってしまったけれど、マイナス面は狂戦士ローズにちょっと睨まれたくらいですんだ。

殿下と仲良しこよししてなければ睨まれないしセーフ。

祭りは五日間続き、最終日にはまたあの部屋に集められるらしい。どうしてもいやだと言えば母上やエヴァと一緒に家に残れそうだけど、ああいう場所で交流するのも貴族家の嫡男としての役割なんだろうなー。あまりわがままは言うまい。

帰りは父上とサフサール君、それにイレインと共に馬車へと向かう。

サフサール君はまだ九歳だというのに、ウォーレン伯爵の代わりに大人たちの方へ参加していた。出がけも緊張して顔色が悪かったのだが、帰りはしなしなの野菜みたいに生気のない顔になっていた。父上とずっと一緒にいたようだけど、それでも緊張するものは緊張するのだろう。ウォーレン家を背負っているうえに、父上にも迷惑をかけまいと心を砕いたのかもしれない。俺、サフサール君には優しくしてやるんだ。

そんな憔悴《しょうすい》したサフサール君を見てさすがに同情したのか、イレインが馬車に乗る前に珍しく自分から声をかける。

「兄様、お疲れですね」

「うん。イレインも疲れただろう？　今年も殿下とお話しできたかな」

「……はい、殿下の方からお声がけいただきました。殿下とルーサー様、それからローズ様と一緒におりました」

「スレッド家か……」

ローズの名前を聞いた父上が、その家名を口にして顎の下をさする。

もうちょっと太っていた時は二重顎がいい感じにプルプルしていたけど、今はそれほどでもない。癖だけ残ってしまったようだ。

意味深なつぶやきをして馬車に乗り込んだ父上をイレインがそっと見上げる。

席に座ってからそれに気づいた父上は、ゆっくりと首を振った。

「何でもない。サフサール殿は九歳とは思えぬほどの落ち着きだな。ブラックの奴も安心だろう」

「いえ、僕なんかうまくいかないことばかりで。今日もご迷惑をおかけしました」

「……ブラックの奴は己にも他にも厳しいからな。なかなかきついことも言うかもしれないが、本当に見放していたら何も言わないような奴だ。なに、それだけ期待されているということだ」

「ありがとうございます。励みになります……」

父上、かっこいいじゃん……。めっちゃ伯爵閣下って感じする。

お腹《なか》のポッコリもだいぶへこんできたし、前よりちょっと若返ったようにも見える。これにはミーシャも大満足で、他の使用人仲間たちもにっこにこらしい。

ちなみに当時痩せていた時よりも、少しガタイが良くなっているとか。

男らしさが上がってさらにかっこよくなった。という、使用人たちの意見が届いております。

皆様から見てルーサー坊ちゃまはどうですかね？

ミーシャはもっと俺のこと見て褒めてくれてもいいよ。いつも褒めてくれてるけど。


馬車が街の舗装された道をゆっくりと進んでいく。

規則的な揺れは、街の外を進んでいた時とは違って心地よい眠気を誘ってくるぐらいだ。ここでも気持ち悪くなるようだったら、俺はもう、一生徒歩で暮らすことになるところだった。

ありがとう街の道を整備してくれた人。その調子で街の外にある道の整備もよろしく頼むよ。

王城の門を出てしまえば、屋敷まではせいぜい十五分程度しかかからない。

馬車に乗って大通りを進んでわかったことなのだが、やはりこのあたりの貴族街に一般庶民はあまり入ってこないようだ。遠くでにぎわう音は聞こえてくるのに、祭りの雰囲気を感じない。貴族街自体が城と同じく高い壁に囲まれており、立ち入りが制限されているというのは本当のようだ。

普通のお買い物とか祭りを楽しみたいのであれば、まずは貴族街から外へ出る必要がある。さすがに今年は無理だろうか。街の暮らしみたいなのも覗いておきたいんだけどなぁ。貴族の中だけで暮らしてると見えないものとか絶対あるだろうし。ものを知らないとろくなことにならないっていうのは、父上や母上の誤解を見ていて思い知った。

でもなー、せめて祭りでない時期に何度か出かけてからにしないと、あっという間に人の波に飲み込まれて迷子になりそうな気もするんだ。

(どうしたもんかな)

考え事をしているうちに馬車が止まる。取り付けられた小窓の外を覗くと、ウォーレン家の屋敷前に停車しているようだった。

「疲れただろうから今日はゆっくり休むといい。サフサール殿も王誕祭の間ぐらいはゆっくりしたらいい」

「いいえ、あまりさぼってばかりもいられません」

「ふむ……。では、明日から三日間は我がセラーズ家の屋敷を見守ってくれないか？　私はどうしても城に詰めなければいけない用事がある。その間サフサール殿が我が家にいてくれれば私は助かるのだが」

「そうですか……？　そうしましたらそちらでお勉強を……」

あ、サフサール君真面目すぎるタイプの子だ。助け舟出してあげなきゃダメか。

「兄様」

「なんだい、イレイン」

「余計なことを言わずに頷いてください」

小声でのやり取りは筒抜けだ。

父上は苦笑してもう一度サフサール君に問いかける。

「任せてもいいかな？」

「はい、お任せください」

「では頼むよ」

父上は、馬車から降りた二人が、使用人と合流して屋敷の門をくぐるところまで見守ってから扉を閉める。

「イレイン嬢が優秀だという話は聞いたし、確かなようだが……。サフサール殿に問題があるようには思えんな。プラックの奴は何を焦っているのだか」

ひじ掛けに寄りかかり頬杖《ほおづえ》をついた父上は、窓を見ながらひとり呟《つぶや》く。

「……ルーサー。イレイン嬢はもちろん、サフサール殿とも仲良くできるな？」

「はい、もちろんです父上」

「そうか、いい子だ」

伸びてきた手が優しく俺の髪をかき回す。

ちょっとばかし照れくさいけれど、撫《な》でられるのは悪い気分じゃない。

父上の手のひらはざらざらごつごつしているのに、妙にあったかい気持ちになるから不思議だ。

◆

王誕祭の間はルドックス先生にも役割があるらしく、魔法の授業はお休みだ。ルドックス先生もお貴族様らしいし、そりゃそうか。

祭りに行けない、魔法の勉強もできない。そんな日に俺がやることは、母上とエヴァの横でダラダラと過ごすことだ。

休みの日にダラダラ過ごしていると、文句言われて仕事を押し付けられるっていうのが前世での家族に対する俺の印象だった。けれど今世ではそうでもない。

普段頑張ってるし、母上は俺とのんびり過ごす時間を歓迎してくれる。

……今となっては正月休みにメモ押し付けられて買い物に行かされるのも、悪い過ごし方じゃなかったと思ってるけどさ。

そんなことはともかく、エヴァがかわいい。

母上の横に並んで顔を覗いていると、小さな手が伸びてくる。

「エヴァはお兄ちゃんのことが好きね」

どうかな。そうだと嬉しい。

顔近づけたらこの間叩かれたけどね。

腕振り回したら当たっただけで、もちろんそんな意図はなかったんだろうけどさ。

そこから学んだ俺がそっと手を伸ばしてやると、小さな手が俺の指をぎゅっと握る。あったかくてふにふにだ。

なんだかわからないけど満足そうな表情をしているのがまたいい。

遠くからなんだかわからない楽器の音とかが響いてくるけど、屋敷の中はゆっくりとした時間が流れている。

「母上、最近第二階梯《だいにかいてい》の魔法をうまく使えるようになってきました。母上の目を治すことができそうな魔法は第五階梯だそうです。しばらくお待たせすることになってしまいそうで申し訳ないですが……」

うとうとと目を閉じかけているエヴァを見ながら話していると、ふわりと髪を撫でられた。母上は父上と違って、髪を整えるように、流れに逆らわず撫でてくれる。

「ルーサー、謝らないの。いつか私の目を治してくれるんだと思うだけでも嬉しいのよ」

これ、期待されてないってことある？

ちゃんと治す気あるよ、俺は。ちょっと時間かかるかもしれないけどさ。

「僕は、早く母上の目を治したいですが」

「拗《す》ねないで、ルーサー。私はこうしてあなたから成長の報告を貰《もら》えるのが楽しいの。放っておくとすぐ勉強ばかりに集中してしまうんだから、こうしてお話する機会ぐらい私も欲しいわ」

あー……、確かにエヴァが生まれてからちょっとだけ母上と話す機会は減ってるかもしれない。そんなつもりはなかったんだけど、エヴァの世話で忙しいかもって思ってたし、魔法の鍛錬や剣の鍛錬がどんどん面白くなってきているってのもある。

「エヴァと一緒にいるので、お邪魔になってはと思って……」

「あら、ルーサーだって私の大事な子よ。ちゃんと毎日顔を見せてほしいわ」

首をかしげて俺の顔を覗き込む母上。

これ、エヴァに嫉妬してると思われてそう。誤解を解きたい気持ち半分、このまま甘えてしまいたい気持ち半分。

……いいや、俺子供だし！　甘やかされていよう！

甘んじて撫でられるのを受け入れていると、咳払《せきばら》いが聞こえてきた。

振り返るとサフサール君とイレインが部屋の入口に立っている。何見てんだよ、見世物じゃないぞ。

イレインよ、「うわぁ、なんだこいつ」みたいな目をするな。健全な五歳児の姿だろうが！　これ演技だからね、演技。バブってるとか思われても困るんだよね。

「あんまり撫でているとイレインさんに嫉妬されちゃうわね」

いえ、その心配はないと思います。

背中をポンと押されて、俺は二人の元へ向かう。もうちょっとのんびりしていたい気持ちもあったんだけどね。まぁ、イレインはともかく、せっかくサフサール君が来てくれたからね。

「おはようございます。サフサール殿、イレイン嬢。今日はゆったりと過ごしていただければ嬉しいです」

「おはようございます、ルーサー殿。お招きいただいて光栄です」

サフサール君が挨拶するのに合わせて、イレインも軽く頭を下げる。もしかして無口キャラで通してるのか、こいつ。

サフサール君は続いて母上にも挨拶をしたけれど、いつもと違って少し肩の力が抜けているような感じがする。爵位を持った大人がいないせいかな？

母上の視線もエヴァに向けられてるから、眉間に皺《しわ》が寄ることもないし。

「私はこの子を眠らせてくるわね。ルーサー、仲良くね」

「はい、母上」

父上も母上も、俺をコミュ障かなんかと思っているようで、誰かと関わる時になると仲良くするよう言い聞かせてくることが多い。

仲良くしてるけどね！

愛想のいい方だし。

あとイレインは俺が母上と話すたびに変な顔するのやめろ。

一緒に過ごすといっても、この世界の同年代の子たちの文化に詳しくない俺は、何をしていいのかわからない。

とりあえず広いところへ行って、おいてある椅子に腰を下ろしてお茶を入れてもらった。楽しいかわからないけど、のんびりはできるでしょ。

「……サフサール殿は、暇な時ってどんな遊びをされてますか？」

「……イレイン、どうかな？」

「……遊んだことがありません」

この三人で楽しく遊んで過ごすの無理でしょ。

俺は本読んでるか鍛錬してるか、家族とのんびり過ごすだけ。

多分サフサール君はお勉強で一生懸命。

イレインは無口な演技とお勉強で手一杯。

このままだとお腹がちゃぽちゃぽになるまで無言でお茶を啜《すす》る会になるんだけど。

イレイン、お前元陽キャなんだから何とかしてよ。定番の盛り上がるやつとかないの？

……いや、無理だな。今のイレインが突然ホストっぽいコールとか始めたら頭がおかしくなったと思われて、地下牢《ちかろう》とかに閉じ込められそう。

なんだこれ、俺がこの場を仕切らなきゃいけないのか？

えーっと、共通の話題探すか……。

……イレインのことでいいか？　いや、なんか変な誤解されそうで嫌だな。

ああ、そうだ。

「サフサール殿は、街に出たことはありますか？」

「大人と一緒にならあります」

「王誕祭の間に街に出てみたくありません？」

「……ルーサー殿は、街に出たことは？」

なんか会話のテンポが悪いなぁ。

子供同士の会話ってもっと、こう、気楽なものじゃなかったか。俺、大人になってからも、プライベートの会話とか結構雑だったけどな。

「いいえ、ありません。……あの、サフサール殿。僕と話すときは、イレイン嬢に話すのと同じようで構いませんから。もっと楽にしてもらえませんか？」

「……僕より丁寧に話しているルーサー殿に言われてもなぁ」

困った顔をして、ちらりとイレインの方を窺ってから、ゆるりとした表情を見せてくれたサフサール君。案外本人もそうやって言われるのを待ってたんじゃないかなぁって気がする。子供なんだからそうあってくれっていう俺の願望かもしんないけど。

「前から思っていたのですが、ルーサーでいいですよ？」

「……それはさすがに」

「兄様、いいじゃありませんか。ルーサーがいいと言ってるのですから」

サフサール君が目を丸くしてイレインをじっと見つめた。お前どさくさに紛れて俺のことルーサーって呼ぶことにしたな？　別にいいけど。俺も人前でもイレインって呼ぼ。

「ほら、イレインもそう言ってますよ」

「いや、うん……。イレイン、随分とルーサー……、と仲がいいようだね」

不満とか、注意とか、そういうものではなく純粋な驚き。普段いかにイレインがおとなしくだまーって暮らしているかがよくわかる。

イレインだってサフサール君が頑張ってるって認めてんだから、親がいないところでぐらい励ましてやればいいんだよ。

「仲がいい……。ええ、まぁ、そうですね。私の知らないこともいろいろと知っていますし」

「そうか……。許婚がいい人で良かったね」

ざっけんなイレイン、お前今めちゃくちゃ嫌そうな顔しただろ。

気を抜きすぎじゃないのか？

俺にだって同じ顔する権利があるのに我慢したんだぞ。

「照れ隠し、かな？　あまり喋らないけどいい子なんだよ、イレインは」

サフサール君、いいように解釈しすぎです。騙《だま》されてますよ。

でも二人の間には、いい子って言えるだけの何かがあるってことか？

「サフサール殿は、イレインと仲がいいんですか？」

「うーん、どうかな、僕はいいと思ってるけど。……あまり頼りにならないお兄ちゃんだからね」

「……兄様は頑張っていると思います」

「って、たまにこっそり言ってくれるよ。一緒に勉強してるとき、わかるのに答えを言わないのも、僕のことを気にしてくれてるからでしょ？」

イレインは問いかけに答えずにふいっと顔を逸《そ》らした。……なんだこいつ、結構サフサール君のこと気にしてんじゃん。ツンデレキャラなの？　男にモテたいの？

ちなみに俺は男のツンデレは好きじゃない。サフサール君みたいなタイプの方が好き。だっていい奴なの一発でわかるもん。

考えてみればサフサール君は、イレインのせいで両親に辛く当たられてるはずだ。そしてそれがわからないほど馬鹿ではない。

それなのにイレインにやけに優しいのは、普段からの関係があるからこそなんだろう。

まあ、サフサール君の性格が良くなかったら、煽《あお》ってんのかと思われて首絞められてそうな言い方だけど。

頑張ってると思います、ってなんか上からっぽく聞こえるもんね。

精神的な年上として何とかしてやりたいって気持ちと、実際は妹って立場が合わさって、わけわかんないことになってんのかも。

「それで、ええっと、街に出る話だったたね。うん、行ってみたいな」

「そうですよね。僕もどうやったら連れて行ってもらえるか悩んでいるんですが……」

「ふふ、難しいんじゃないかな」

「うーん、何とかなりませんかね……。ミーシャ、どうかな？　王誕祭中に、街の見学に行く方法ないかなぁ？」

少し離れたところで澄まし顔をしているミーシャに話を振る。

声の聞こえない範囲で待機してくれているのは、俺とイレインの間の話を邪魔しないためらしい。その気遣いは気持ち的にはいらないけど、事情的には助かってしまうので、仕方なく誤解を受け入れている。

「奥様も旦那様も心配されますので、今年は難しいかと」

「だよねぇ……、でもなんとか……」

「念のため今晩旦那様に確認されてはいかがでしょう？　その方が確実かと」

「……わかったよ」

多分三人で出かけたら楽しいと思うんだけど、さすがに身分とかあるからなぁ……残念だ。屋台めぐってあのゴムみたいな食感の焼きそばとか食べたかった。いや、この世界にはないんだろうけどさ。

そもそも貴族として買い食いとか絶対に許してもらえなそう。

食中毒とか怖いもんね。

ミーシャがまた距離を取っていったのを確認。

「行くとしたら、こっそり行くしかないかもしれませんね」

「さすがにまずいと思うよ……？」

「冗談です、本気じゃありません」

瞬《まばた》きを繰り返すサフサール君に向けて笑ってみせる。

「ルーサーは少し思っていたのと違うね」

「変でしょうか？」

まぁ人生経験において、まだ貴族じゃない期間の方が長いからなぁ。

相手が子供だっていうのもあって、俺も気が抜けてるのかもしれない。

「どうかな。でも、僕はルーサーと話せて良かったと思ってるよ」

「……ありがとうございます」

きりっとした眉の割に、優しそうなたれ目をしているサフサール君は、実は結構整った顔立ちをしている。イケメンって、ちゃんとイケメンが言いそうなことを言うよなぁ。

それが子供だったとしてもだ。

とりあえず俺たちは互いに知っている限りの王誕祭の知識を披露しあいながら、案外楽しい午前のひと時を過ごすのであった。

ちなみに街へ行く許可は当然下りなかった。

◆

真面目なサフサール君だったけれど、お祭りの話になるとさすがに心が躍るようで、勉強の合間に大人が話していることをこっそり聞いて溜《た》めた知識を一生懸命に披露してくれた。

だよなー、やっぱ祭りは楽しいよなぁ！

無駄に高いステーキ串食べよう！　射的とかあんのかな。金魚すくいがあるなら池で飼ってもいい。昔鯉《こい》みたいな大きさになった金魚見たことあるんだよな。ああいうの飼いたい。

なんて想像を膨らましてみるけど、多分どれもないんだろうな。サフサール君が話してくれた祭りの情報には結構信ぴょう性ありそうだし。

屋台とかいっぱい出てそうだけど、買い食いはさすがに許されない気がする。するならお供の人は連れて行けないだろうなぁ。

ミーシャからの信頼度を考えると、適当なこと言えば屋敷を抜け出せそうだけど、さすがに騙してまで行こうとは思えない。

昼食を摂《と》ったあとは、三人で魔法の鍛錬をする。

一応ルドックス先生に、あらかじめ自主練のやり方は聞いている。俺みたいに気軽に気絶するやり方は異常らしいからね。

剣の稽古の相手もしてもらおうと思ったのだけど、サフサール君に「怪我をしたら大変だから……」と、普通に断られた。

小さな子を見るような目を向けるのやめよう。こちとらおおよそ三十歳やぞ。

「魔法の訓練をしたあとなのにルーサーは元気だね」

「毎日鍛錬してますから」

「何か目標とかあるの？」

「治癒魔法を使えるようになることと、ルドックス先生のようなかっこいい魔法使いになることです」

「治癒魔法？　当主になるのに？」

サフサール君の言葉に馬鹿にしたような響きはなかった。あったら喧嘩になってるとこだけど、そもそもそんなタイプの嫌な奴ならまともに会話なんかしてない。

「変ですか？」

単純な疑問が出るということは、治癒魔法を使えるよう努力するのは、次期当主としておかしいということなのだろう。

他にあれこれ言われる前に、サフサール君に言ってもらえて良かった。

「当主の人って、魔法が得意でも広域攻撃魔法を使う印象があったから……」

あー、領地を守るとか考えた時、優先的に戦いが有利になる魔法を学ぶってことか。貴族の成り立ちを考えてもそうなのかもなぁ。

どの世界でもそうだけど、貴族みたいな偉い奴って、なんかあるから偉くなったんだよな。足が速いとか、頭がいいとか、力が強いとか。その延長で言うなら、魔法がある世界なんだから魔法が得意な奴らが偉くなるのって当たり前だ。

今でこそ魔法は階梯で分けられて、詠唱も形態化されてるけど、特権階級ができた当時なんて一部の魔法が得意な貴族が独占したりしてたんだろうなー。それっぽい雰囲気の描写を歴史の本で見たことあるわ、そういえば。

いくら読んでても、瞬間的に『あ、これ進〇ゼミでやったところだ！』ってならないと意味ないんだよな。

「治癒魔法はまず使えるようになりたいですが、最終的には全部の魔法を使えるようになるつもりです。それだったら変ではないですよね……？」

「え、うーん、ええっと……。『賢者』のルドックス先生を目指しているのなら、変ではない、のかな？　すごくいい目標だと思うよ！」

めっちゃ忖度《そんたく》されているのを感じる。

絶対変だと思われてるでしょ、これ。多分サフサール君は、イレインよりもよっぽど世間の常識とか貴族社会における作法とか関係値とか叩き込まれてる。じゃなきゃいくらウォーレン伯爵が不在だって言っても、大人たちの社交場に連れて行ってもらえるはずがない。

「……本当はどうなんです？」

「……立派な目標だと……」

「本当は？」

「…………全ての魔法を使えるようになるなんて、魔法だけを極める人がやることだと思う」

「うーん……、そうなりたいって言ったら、周りから変に見られますか？」

「そこまでは、わからないけど……」

「ありがとうございます」

そっかー、変かぁ。

いやぁ、立派な貴族の当主になろうってつもりはあるんだけどね。多分向いてないけど。あんまり自分のやりたいこととかペラペラ喋るもんじゃないんだろうなー。

引きこもりのままもうちょっと大きくなって他の家の子と交流してたら、流れで変な奴だと思われるところだった。

……いや、別に五歳児なら変じゃなくない？

俺、前世五歳の時なりたかったものショベルカーだぞ。それに比べたら現実見えてるだろ。やっぱ貴族だとそういうの許されねぇのかなぁ。ウォーレン家を見てるとめっちゃ厳しい感じするけど、セラーズ家は割と自由な家風なんだよなぁ。

両極端で判断しがたい。

「ルーサー、本当に素敵な目標だと思うよ？　僕は……、そんな目標持てないもん」

やばい、ちょっと黙って考え込んでたせいで、サフサール君にフォロー入れられてる。話題逸らそう、話題。

「サフサール殿は、何かなりたいものとかありますか？」

「……立派な当主かな」

あ、はい。他のこと言ってなんかの拍子にあの怖いウォーレン伯爵にばれたら大変だもんね。一応お付きの執事さんは離れたところにいるけど、ミーシャのように読唇術を持ってないとも限らない。

サフサール君の本音を聞くにはまだ好感度が足りないようだ。場所も悪いし仕方ない。

ずっとサフサール君と話してるけど、イレインも暇だろうし同じ話振ってやるか。

雑に話を振ろうと視線を向けると、イレインは表情を変えずに視線だけ動かして俺を見る。

「イレインは何か……った！」

「ん？　どうしたの？」

「な、んでもありません」

『イレインは何かなりたいものあるんですか？』と尋ねようとした瞬間、イレインの奴がこっそりと俺のつま先を、結構な威力で蹴飛ばしてきた。

なんだこいつ！　仲間に入れてやろうと思ったのに！

二人きりになった時、文句を言ってやろうと思ったら、逆にめちゃくちゃに怖い顔をして怒られた。

『あのタイミングで聞かれたら、お前の嫁になることって言うしかないだろ！　気持ち悪いこと聞くな！』だそうだ。

うん、まぁ、俺が悪いね。ごめんね。

閑話2　サフサール＝ウォーレンの展望

セラーズ家から帰ってきた父上は、珍しく機嫌が良いように見えた。

留守を預かっていた僕の勉強の成果を確認して「引き続きしっかりやるんだぞ」とだけ言葉を投げて、退室するよう促してきた。

いつもはしかめ面で「成果を出せ」とか言われるし、場合によってはイレインと比較されて失敗作だと言われることもある。やっぱり何かいいことがあったんだと思う。

聞いたら教えてもらえるだろうかと思って、足を止めて振り返ってみる。父上はすでに机の上に広げられた紙に気を取られているようだった。邪魔をしたらきっと怒られるんだろうな。どこかで、顔を上げてくれないだろうか。

しばらく待っても父上は僕が待っていることに気づくことはない。諦めよう。

「何をしている、出ていくよう言っただろう」

諦めて扉に手をかけたところで、背中に父上から叱責が飛んでくる。

「すみません」

扉を開けて振り返り頭を下げる。

外ではマゴット先生が待っていた。先生は僕の教育のほとんど全てを担ってくれている。

先生の言葉は厳しいけれど、いつも間違ったことは言わない。ただ、できていないことをできていないと、そう高い声で教えてくれるだけだ。

勉強の時は他のお付きの人も離れていることが多いから、自由に質問をすることができる。街の人がどんな暮らしをしているのか。世間ではどんな行事があるのか。多分、本当は教えちゃいけないような、領民たちがウォーレン家をどう評価してるか、なんかも私見を交えつつ教えてくれる。

父上の前に出ると言葉が少なく、当然庇《かば》ってくれることはないけど、それでも僕はマゴット先生のことを信頼している。家人《かじん》が重たいものを運んで苦労している時とかは積極的に手を貸しているのを見るし、きっといい人なんだと思う。

家人は少し苦手だ。

先生のように僕の尋ねることに答えてくれることはほとんどないし、僕が隠し事をしていてもそれが全て父上と母上に伝わっている。

イレインが才能を露《あら》わにしてからは、父上の言葉や家人の視線が、前にもまして厳しくなった。

母上は……多分僕にあまり興味がない。話をする機会もそんなにない。

マゴット先生は言う。

貴族の役割は、領地と領民を守ることだって。そのために、今日の食事に困ることなく過ごしていられるんだって。だから立派にならなきゃいけないけど、全部を自分でやる必要はないって。

大切なことは才能ではなくて、学び続ける気持ちと冷静な判断力だって。

先生に社会見学と称して真冬の外へ連れ出してもらって、領民の暮らしを間近で見せてもらったことがある。

お金を稼いでいる商人が暖かな服を纏《まと》い、広い農地を持つ地主が火に当たり歓談する。探索者が大手を振るって通りを歩く賑《にぎ》やかな大通り。ダンジョンと隣国との小競り合いで儲《もう》かっている、ウォーレン領の繁栄を見た。

それから裏路地に入って見たのは、やせ細った母子。裏路地で震える老人。酒瓶を抱えたまま路地裏で息絶えている片足しかない男。視線をたくさん感じて振り返ると、陰からじっと僕たちを見ている浮浪者の姿があった。

マゴット先生が銅貨をばらまき、呆然《ぼうぜん》としている僕の体を素早く抱きかかえてその場から離脱する。

会話もなく屋敷へ戻って、いつものように父上に何かを言われて、ベッドに入って休んだ翌日。マゴット先生はいつもの高い声で僕に尋ねた。

「サフサール様はどんな領主になりたいとお思いですか？」

僕は答えられなかった。

今もまだ答えられてない。

でも、できるのならウォーレン領を、豊かでみんなが今日生きることを諦めなくていいような領地にしたいって、今は思ってる。

イレインは賢い。

僕の戦略の勉強を見に来て、マゴット先生の模範解答を上回るような答えをすぐに思いついてしまった。

その件から家全体の僕に対する当たりは強くなったけれど、それについてイレインを憎く思ったことはない。

イレインは僕のことを馬鹿にしない。戦略の授業を一緒に受けるのが楽しいらしく、よく同席しているけれど、最初の一件以来積極的に解答をすることもなかった。

答えを求められても、僕の方を一度心配するように窺《うかが》ってから答えるのだ。

父上がたまたまやってきたときは、空気を読むように答えることはある。でもそれって、五歳で自分が何を求められているかわかってるってことだ。きっとイレインは本当に天才なんだと思う。

ある日僕は、先生が離席している間にイレインに話しかけたことがある。

僕の顔色を窺っているイレインがちょっとだけ心配だったから。

「イレイン。戦略の授業が楽しいならもっとたくさん答えていいんだよ。僕もその方が参考になるから」

イレインは目を見開いてじっと僕を見てから、俯《うつむ》いて小さな声で答える。

「……いいえ、私が余計なことをしたせいで、兄様は嫌な思いをしています。ずっと謝らなきゃいけないって思ってました。ごめんなさい」

僕はその時改めて思ったんだ。

イレインがすごく優しい子で、そして改めて本当に天才なんだって。

父上が帰ってきてからしばらくして、マゴット先生との勉強中にイレインと二人きりになることがあった。最近の父上は以前にもまして手紙を送ったり、視察に出かけたりと忙しそうにしている。

一緒に出かけたイレインならば何か知っていることがあるんじゃないかと、僕は声を潜めて話しかけてみた。

「イレイン、セラーズ家に行っている間に何か父上が喜ぶようなことってあったかな？」

イレインは眉を顰《ひそ》めて答えない。負の感情を僕に対して発露するのが珍しい。

「ごめん、変なことを聞いたかな。聞いたことは忘れてくれていいから……」

「……許婚《いいなずけ》」

慌てて発言を撤回しようとすると、イレインがぽつりと小さく呟《つぶや》く。

「許婚……？」

「ルーサー様と私が、許婚だそうです。少し交流を持ちました」

平静を装っているけれど、イレインの眉間にはわずかに皺《しわ》が残っている。

許婚関係の何が父上にとって嬉《うれ》しいことなのかわからないけれど、どうやらイレインにとっては嫌なことだったようだ。

「……ルーサー殿は、あまりいい人じゃなかったのかい？」

「はい。いいえ、間違えました。いい人でした」

一度肯定した気がするけど、何かされたのかな？

「何か、嫌なことでもされた？」

イレインはむっすりと黙り込んだが、それは僕の言葉を肯定しているようなものだ。五歳の男の子だったら、髪の毛を引っ張ったりくらいはするかもしれないしなぁ……。

「イレイン、嫌なことがあったら話してね。僕はイレインのお兄ちゃんなんだから」

「……ありがとうございます」

この調子だと話してくれることはなさそうだけれど、なんだかルーサー殿のことがすごく気になってきてしまった。いつも静かに澄ました顔をしているイレインの感情を乱すような人だ。

出会うようなことがあったらちょっと気を付けなきゃいけないかもな。

その機会は思ったよりも早く訪れた。

「私はサフサールだよ。よろしく、ルーサー殿」

少し背伸びして、精一杯偉そうに見えるように胸を張った。普段は僕って言ってるのに、私なんて言ってみたりして。

どんな暴れん坊なんだろうと思っていたのに、ルーサー殿は穏やかな微笑を崩すことなく、丁寧に挨拶を返してくれる。

「ルーサーです。よろしくお願いします」

あれ、なんだか思ってたのと違うな。

すごく優しそうだし、賢そうに見える。

周りにいる家人の人たちも、すごく穏やかで優しい視線をルーサー殿に送っているようだ。愛されてるんだなっていうのがわかって、なんだかズキリと心が痛んだ。

イレインが毎日むっとした表情でルーサー殿の元へ出かけていく。

初めの数日、僕は心配しながらそれを見送っていたけれど、一緒に勉強をするようになってからすぐに誤解があることに気づいた。

イレインはルーサー殿と一緒にいるときは、普段よりかなり饒舌《じょうぜつ》になる。ルーサー殿が何かを間違えたときに指摘をしてみたり、ほんのちょっとだけ誇らしげな表情を見せることがある。

ライバル視しているのかと思えば、こっそりと二人きりで内緒話をしていることもあるから、おそらくちゃんと仲がいい。話の合う同年代なんて今まで出会ったことがなかっただろうから、きっといいことなんだ。

僕よりもルーサー殿に懐いているのは、少しだけ寂しいけれど。

思えば僕も、同年代の仲のいい友人がいない。

父上や母上に連れられて交流を持つことがあるのだけれど、なんとなく話が合わなくて閉口してしまうのだ。真面目に話すような機会なんてほとんどなくて、それぞれが自慢話ばかりして、たまに僕の顔色を窺ってくる。

ウォーレン家が世話をしている家の子ばかりと会っているから、仕方ないのかもしれない。

ルーサー殿は魔法に関して言えば、すでに大人でも勝てないくらいの実力を持っている。使える魔法の数は限られているようだけれど、使用回数とその威力が、僕の知っているものとはかけ離れていた。

かの有名な『賢者』ルドックス先生がつきっきりで教えているようだから、その才能は折り紙付きということなのだろう。

僕は魔法の訓練で少し無茶をして痛い目に遭ったことがあるから知っている。

どんなに才能のある人でも、魔力を増幅させるには苦痛を伴うものだって。

そういえばルーサー殿は、何かの病にかかって長く臥《ふ》せっていたと聞いたことがある。父上と母上が数年前に、「セラーズ家の嫡男《ちゃくなん》は病弱だから、イレインの婚約相手にはできない」というようなことを話していた。

ルーサー殿が五歳になるまでどんな生き方をしてきたのか想像して、なんだか背筋がぞくりとした。

セラーズ家がすごく恐ろしいことをルーサー殿に強要していたんじゃないか、なんて失礼なことをちょっと考えてしまったのだ。

しかしいくらこっそり観察しようと、それらしい部分はまったく見つからない。一度マゴット先生にセラーズ家について尋ねてみたけれど、後ろ暗いところはまったくなさそうだった。

それどころかマゴット先生は、セラーズ伯爵の人間性については手放しで褒めていた。

実はマゴット先生は、陛下や父上、それにセラーズ伯爵と同い年で、学校に一緒に通っていたらしい。

その三人が世代をけん引していたのだと、マゴット先生は懐かしそうに語ってくれた。

無暗《むやみ》に他家の当主様を疑うようなことは良くない。

実際、セラーズ伯爵は僕なんかに声をかけてくださるし、王誕祭では一緒に社交場へ出ることを約束してくださっている。

今僕がはっきりわかっていることは、ルーサー殿が並々ならぬ努力によってあの魔力を得たということだけだ。

ある時ルーサー殿が、イレインの魔法訓練を眺めながら僕に語り掛けてきた。

僕が勉強家だと、努力家だと。

僕にはイレインのような天賦の才はない。ルーサー殿のように痛みをこらえて魔力を伸ばすほどの根性もない。

凡人だから人並みに頑張るしかない、と今思えば卑屈になって答えると、ルーサー殿は僕の目を見て、僕の努力を認めてくれた。

イレインもたまに『兄様は頑張っている』と言ってくれるが、あれはたいてい僕が叱られたり馬鹿にされたりした後だ。多分、自分のせいでっていう罪悪感から出てくる言葉なんだと思う。

でも今回のは別だ。ルーサー殿の言葉には、感心以外の気持ちが入っているようには見えなかった。すごいって思ってもらえているのが、ちゃんと伝わってきた。

僕はただそれが嬉しくて、涙が出そうになってしまっていた。

そうだ、僕は頑張ってる。イレインやルーサー殿には及ばないけど、ちゃんと頑張ってるんだ。

涙をこらえて何とかおどけてみせたけど、ルーサー殿はそのあとも僕の喜ぶような言葉ばかり投げかけてくる。イレインがルーサー殿に懐いている理由が、ちょっとだけわかってしまった。


初めての社交場。

同世代の人たちではなく、大人たちに紛れるとすごく心細くなる。

隣にセラーズ伯爵がいてくれるお陰で、定型の挨拶だけしていればよく、多く言葉を発する必要はなかった。

本当に良くしてもらって、感謝の気持ちしかないのだけれど、それと同時に思ってしまう。どうして僕の隣にいるのは、父上ではなくセラーズ伯爵なのだろうかと。

最近父上は、隣接している土地の騎馬民族との小競り合いを積極的に行っている。こちらから何か手出しをしているように見えるけれど、会議の場に入れてもらえない僕では詳しいことはわからない。

ただ、それによって傷つき困窮する人がいることは知っている。

父上は何をしているんだろう。

あれは、必要なことなんだろうか。僕にはまだわからない。

丸一日過ごしてぐったりとしてしまったけれど、イレインと合流するとなって、少しだけ背筋に力を込めた。去年は殿下に付きまとわれてぐったりしていたけれど、今年はどうだろうか。

いざ合流してみると、イレインは澄ました顔をしてルーサー殿の横に立っていた。

どうやら去年よりはうまくやったか、ルーサー殿が守ってくれたかしたのかな？

帰りの馬車に乗る時に、セラーズ伯爵から励ましの言葉を頂いた。

ルーサー殿と同じように、今の僕を評価して、父上も僕に期待しているのだと言ってくれた。

親子でよく似ている。

……こんなことを思ってはいけないのだけど、セラーズ家に生まれたルーサー殿のことが、またちょっとだけ羨《うらや》ましくなってしまった。

でも外に出てみれば、僕の頑張りを見てくれる人はいる。

父上には納得してもらえないかもしれないけれど、僕は僕なりのやり方で、立派な領主を目指したい。

翌日。王誕祭の話にかこつけて、今まで調べてきた市民の生活の話を、ルーサー殿にあれこれと語ってしまった。貴族にしてみれば面白くもない話だろうに、ルーサー殿は、興味深げに表情を変えながら相槌《あいづち》を打ってくれる。

ルーサー。そう呼ぶように言ってもらえたわけだけど、僕は彼の友人になれたのだろうか。

ルーサーは、僕の将来の夢を尋ねた。

僕は漠然とこうなりたいと思っていた未来を想像する。

大人になった時、ルーサーと肩を並べても恥ずかしくないような領主になれていたら、それはとても素敵なことのような気がした。

第6章　新米師匠クルーブ

明日はまた王城へ足を運ばなければいけない日だ。

子供が特別嫌いなわけじゃないんだけど、狂戦士がいるからなー、コミュニケーションに気を遣うんだよなー。

とはいえ、俺とイレインなんかは子供の相手をしていればいいだけだからまだましで、サフサール君は初日と同じで父上と一緒に社交場に顔を出さなければいけなくなる。

ちょろっと話を聞いたところによると、派閥みたいなのが結構あるらしく、嫌なことを言ってくる大人もいるそうだ。九歳の子供相手にまさしく大人げないってやつ。

三人そろって明日のことが憂鬱になっているところで、門の前に探索者が一人立ち止まった。この間も来ていた奴で、確か名前はクルーブ。

二人組のうちミーシャをナンパしようとしていた方だ。

クルーブは体を傾けながら庭を覗《のぞ》いているが、俺たちのことはあまり気にしていないようだ。しばらくそうして不審者をしてから、クルーブはようやく俺に声をかけた。

「ね、ね、お坊ちゃま。この間の可愛《かわい》い子、今日はいないのかな？」

不審者と喋《しゃべ》ると後でミーシャに怒られそうだな。

そうでなくとも、探索者に近づくなって言われてるし。

俺が無視しているとサフサール君とイレインが顔を寄せてくる。

「ルーサーの知り合い？」

「いえ、前にも庭を覗いてきた探索者です」

サフサール君がちらりとクルーブに視線を向ける。

その間もあの中性的な見た目をした不審者は「おーい？」と声をかけてくる。声を抑えているところを見ると、使用人にばれて怒られたいわけじゃなさそうだ。

今日は保護者のあの背の高い人いないのかな？　おたくの子、また無礼なことしてますよ？

「探索者か……。貴族街を自由に歩いてるってことは、結構腕のいい人なんだろうね」

「軽薄そうに見えますが」

元ホストの君が言うことではないね。あの赤い髪、ちゃらくて似合ってたよ？

「そう見えるかもしれないけど、後ろ盾がいないと貴族街に出入りはできないんだ」

サフサール君がイレインの、油断しているようにも聞こえる言葉を正して警戒を促す。

「反応しないほうがいいですか？」

「うん、まぁ、どうかな？　対立関係の……、いや、仲の良くない貴族に雇われてたりするとちょっとね」

「なんだよなんだよ、無視しなくてもいいじゃん、酷《ひど》いなぁ……。今日はさぁ、一応用事があってきたんだぞぉ」

クルーブが唇を尖《とが》らせて文句を言っている。なんか見た目も若いけど、性格もすげぇガキっぽい。性格だけ比べたらサフサール君の方が年上に見えるくらいだぞ。

ミーシャをナンパするって用事だったらさっさと帰ってください。

「これ」

ぽこん。と効果音がしそうな軽い調子でクルーブの頭が杖《つえ》で叩《たた》かれた。

「あ、ちょっと先生。僕無視されてるんだよ、酷いよなぁ。貴族の子ってみんなあんな感じなの？」

「お主が不審じゃからじゃろ。儂《わし》が来るまで待っとれと言ったのに……」

後ろからぬっとあらわれたのは長い鬚《ひげ》を蓄えた、我らがルドックス先生だった。

用事があると言っていたのは嘘《うそ》ではなかったらしい。

「あ、先生、開けます！」

駆け寄っていくと、ルドックス先生は門扉《もんぴ》越しに首を振った。

「いや、開けなくていいんじゃ。今日はな、ちょっとこやつに顔を出させに来ただけじゃ。こやつは若いし性格も見ての通りなんじゃが、魔法の腕はいいんじゃよ。じゃからそのうちルーサー様にも紹介したいと思っておったんじゃ」

「あ、この美少年がルーサー様なんだ。へぇ、まだ小さいのにちゃんと魔法使えるの？　先生ひいきしてなぁい？」

「しとらん。魔力だけならお主にも勝ると思っておるよ」

「へへ、先生さぁ、さすがに冗談きついよぉ。僕、これでも探索者の上澄みだよ？　あんまり馬鹿にしてくれちゃうと、ちょっと嫌な気分かも」

なんだかピリピリとした空気を感じる。

嫌な感じに一歩足を引くと、まるで動じていないルドックス先生が、再び杖を振り上げて普通にクルーブの頭を叩こうとした。先生、結構バイオレンス。

「わっ」と言ってクルーブが大げさに身をよじって避けると、変な空気が霧散する。

「儂は冗談は言わん」

「またまたぁ。…………え、本気？」

二人はしばらく見つめ合って、それからクルーブが急にまじめな顔をしてしゃがみこんで俺と視線の高さを合わせる。

「な、なんですか？」

「ねぇ、ルーサー様って言ったっけ。家でなんか酷いことされてるでしょ。逃げるなら僕手伝うよ。先生も、なんでこんな家に子供をおいてるの？」

抑えられた声は多分俺と先生にしか聞こえてない。振り返りルドックス先生を睨《にら》みつけたクルーブは、静かに怒っているように見えた。

「酷いことなんて、されてませんけど」

「いつから魔法の訓練させられてるの？　辛《つら》いでしょ。心配しなくていいからこっちに来たらいい」

袖から小さな杖を滑り出させて握りこんだクルーブの頭に、三度目の杖が振り下ろされる。

「落ち着かんか」

「いった……。先生、邪魔するとホントに怒るよ」

「この子は勝手に魔法の訓練をして、勝手に魔力を鍛えたんじゃ。セラーズ家はそれに一切関与していない。それどころか、毎日気絶する病気として酷く心を痛めておった」

「先生……、そんなしょうもない嘘信じてるの？　こんな小さな子が耐えられるわけないじゃん。そんなことできる奴《やつ》いたらどうかしてるよ」

ホントだしどうもしてないけどね。

「あの、ルドックス先生の言うことは本当です」

「いーや、嘘だね。親とかに無理やり言わされてるんでしょ」

「いえ、ですから、本当に自主的にやったことで、父上も母上も俺のことをすごく大事にしてくれてます」

「あーあ、洗脳されちゃってるよ。酷い親だね、今僕がっ」

ルドックス先生の杖の先端から魔法が放たれる。

直後クルーブが体を揺らして、その場にばたりと倒れて動かなくなった。

「……ルーサー様、こやつの非礼を儂から詫《わ》びよう。大変申し訳なかった。言い訳になるようじゃが、まさかこんな反応をすると思っておらなんだ」

「いえ、構いませんが……」

まぁ、父上と母上のこと酷い親って言ったことは忘れないけど。

ミーシャに言い寄ろうとしたら絶対邪魔してやろう。

「よく言い聞かせて、もし話を聞くようじゃったら、その時また連れてくるからの。……まったく、貴族街に携帯できる杖まで持ち込みよってからに」

「あの……、どうしてその人を僕に会わせようと？」

「探索者らしい魔法の使い方がうまい奴でな。魔法を素早く大量に運用するのに優れた、言うなればこやつも天才じゃ。ルーサー様が魔法の道を進むのであれば、早い段階で引き合わせておきたかったんじゃよ」

なるほど。

そういえば、貴族の使う魔法と探索者の使う魔法って、ちょっと運用が違うって言ってたな。身を守ったり体一つで戦ったりってなると、素早く大量に運用する探索者の魔法の方が優れているって聞いた。

これから何が起こるかまだまだわからない俺にとっては魅力的な話だ。

「……ありがとうございます、楽しみにしています」

「いやぁ、本当に申し訳ない。近くへ来たら急に走り出しよってな。悪人ではないんじゃが、落ち着かぬ奴でな」

「それでも優秀な魔法使いだというのなら、僕も興味があります」

「そう言ってくれると思っておったよ。一応オルカ様にはそのうち引き合わせると伝えておるんじゃが……、今日のことはアイリス様やミーシャには伝えないほうがいいじゃろうなぁ」

あー、過保護が発動して会わせてくれなくなりそう。ミーシャには絶対心配かけるし。

「はい、わかりました。そうします」

「うむ。では儂はこれからまだ仕事があるからこれで失礼しよう。こやつも存分にこき使ってやるとするかのう」

ルドックス先生は鬚が長く皺《しわ》だらけの割に、実は背が高くてがっしりとした体格をしている。地面に倒れたクルーブをほいと担ぎ上げると、そのままゆっくりと歩いて王城の方へと向かっていった。

クルーブが小柄な方とはいえど、老人とは思えない身のこなしだ。

先生が去っていった後、俺はサフサール君とイレインにも事情を伝えて、今あったことを秘密にしてほしいとお願いした。

イレインは素直にこくりと頷《うなず》き、サフサール君は少しだけ悩んでから「聞かれなかったらね？」と半分了承してくれた。ま、真面目なサフサール君から貰《もら》えた答えと思えば上々だろう。

クルーブ。変な奴っぽいけど、俺の身をマジで心配して話しかけてきていたっぽいし、多分——そんなに悪い奴でもないいんだろうなー……。

◆

王誕祭の最終日。

俺たちは大人たちと同じ立食パーティの会場にやってきている。

一日目とは違って、今日は小難しい話をしないというお約束になっているらしく、本当にただのパーティ会場だ。

とか言いつつも、こそこそ話している大人はちらほら見かけるけど。

おーい、今俺たちの方見て内緒話した変なちょび髭《ひげ》とカツラっぽいおっさん、顔憶《おぼ》えたからな。子供だと思ってプークスクスするな。

おそらくおっさんたちが面白がって見ているのは、俺たち子供の集団だ。

そのメンバーは殿下を筆頭に、俺、イレイン、ローズ、なぜかその後ろに目を隠した積み木の子、さらに少し離れて保護者枠でサフサール君だ。父上は遠くから、静かに俺たちの様子を見守っている。

殿下は立食パーティのあちこちのテーブルをめぐって、自分や俺たちの好みの食べ物を探して歩いてくださっているのだ。俺はうろうろして好きなものを探すより、ひとところに留《とど》まってのんびり食事がしたいけどな。好き嫌いとかないし。

直線的な殿下の動きに、ローズがぴったりとくっついてあれがいいこれがいい言うものだから、今は縦横無尽に会場を歩き回ることになっている。はぐれたふりして父上のところ戻ってやろうかな。

でもなー、殿下とは同い年だから長い付き合いになりそうだしなぁ。一応俺たちのことを考えてあちこちめぐってくれてるみたいだし、めんどくさいのと目立つのが恥ずかしいって理由だけで離れるのはかわいそうだ。

ってかローズめっちゃ話しかけてるな。たまに殿下が俺たちと話したそうな顔をするのに、ずいっと間に入って話題をかっさらっていく。いくら殿下が年の割にしっかりしてるとはいえ、そのうち怒り出しそうで怖い。

俺やだよ、女の子泣かせる殿下を見るのとか。

狂戦士ローズには、丁度いい加減というのを覚えてほしいものだ。あとその家族は、恋愛の駆け引きとかもっとちゃんと教えてあげてほしい。男相手には引いてみるのも大事だよって。

俺、好意示されてたのに急に構ってもらえなくなったら、めっちゃ悲しくなって話しかけちゃうもんね。これで俺は彼女いない歴＝年齢のモテない男でした。もしかしてあの子俺のこと好きなんじゃない？　という勘違いによる失敗はもうしたくないね。

俺の恋愛遍歴はともかくとして、仕方ないから俺からアクション起こしてローズを止めてあげることにした。

「ローズ嬢、先ほどおっしゃっていた甘いタルトがあちらにあるようですよ」

「あら、ルーサー様。ありがとうございます。殿下、あちらへ参りましょう！」

「う、うん……」

怒るっていうか、振り回されて元気なくなってきてるね。

わははーって感じで元気いっぱいだった殿下が、すっかり萎《しお》れちゃってる。

かわいそうかわいい。

俺、モテたことないからよくわかんないけど、モテるのも大変だよな。イレインみたいに突然包丁で刺されたりするみたいだし。

……モテないのに巻き込まれてる俺の方がかわいそうじゃない？　もう助け舟出すのやめた、馬鹿らしい。

ほら、俺の袖を指でちょこんとつまんでる目隠れ君も、そうだそうだという目をしているよ。目は隠れてて見えないけど。

というか、この子なんで一言も喋らないでずっと俺の横にいるの？

「イレイン、この子だれ？」

「知らねぇよ。殿下に聞けばわかるだろ」

「殿下に質問したらローズ嬢に睨まれるじゃん」

「女って怖いよな」

小声で周りから見えないように、もちろん聞こえないようにぼそぼそと喋る。

女って怖いって言うけどね、今はお前も女だからね。

話から戻ってくると、袖を摑《つか》んでいた目隠れ君が俺の顔を見ていた。見てるよな？　こっち向いてるだけで別の方見てるとかないよな？

「なんでしょう……か？」

こくりと頷いてくれたけどね、これイエスノーで答える問いかけじゃないんだよね。超能力者じゃないから、頷かれても何が言いたいかわからないんだわ。

「前髪が随分長いですけど、それで前は見えるんですか？」

縦に首振り。

俺からは目が見えないんだけど、あっちからは見えてるのか。

こんだけ喋らないから、前に会ったときも一人っきりで積み木で遊んでたんだろうな。コミュニケーションとれる子たちは、大体他の子供と一緒に遊んでたし。

それで俺が積み木をキャッチして返してやったからついてきてると、そんなところか。

「目が悪くなると大変なので、嫌じゃなければ前髪はもう少し短くした方がいいですよ」

お、悩んでる。

すぐに頷かないで前髪をつまんでいじっている。結構こだわりがあったりするなら悪かったかもしれないな。

「そういえばお名前を聞いていなかったですね。僕はルーサー＝セラーズというのですが、あなたは？」

あ、なんか言ってるな。

なんか言ってるけど、耳を澄ませてみても声が小さくて全然聞こえねぇ。

なんとかベルって言ってるような気がする。

「……ええっと、ベル殿でいいですか？」

「……ベル」

首を横に振ってるから違うと。まぁ全部聞き取れてないしそりゃそうか。

「ベル殿、じゃないんですよね……？」

「ベル……！」

「あ、ああ、ベルでいいんですか？」

はいはい、殿とかいらないよってことね。

ちゃんと歩み寄ろうって気持ちがあって偉いねぇ。

周りにしっかりした子供が多いから、ベル君見てるとちょっと気が休まるわ。

「じゃあ僕のこともルーサーでいいですよ」

俺が笑って伝えると、ベル君は首とれるんじゃないかってくらいぶんぶんと頷いてくれた。

それでも目が見えなかったんだけど、どうなってんだこの前髪。


好き勝手させてもらっていた会場も、この国の王であるジーナス陛下が姿を現すと、やや落ち着いたものに変わる。

というか、殿下が「あ、父上だ」と言ったことで現れたことに気が付いて、周りを見たら貴族のおじさんたちが居住まいを正していた。

「カート様、僕は父上の下へ戻ります」

「うん！　僕も父上のところへ行く。あ、今度遊びに行ってもいいか？」

「……カート様のご都合さえよろしければ」

「わかった！」

小走りで去っていく殿下を見送ってから、俺はローズ嬢にも挨拶をする。

「では、ローズ嬢もまたどこかでお会いしましょう」

「……私も行くわ」

「はい？」

「殿下があなたの家に行くのなら、私も行く」

「……それは、ローズ嬢のご家族の方とご相談ください」

「お父様が良いって言ったらいいのね!?　ありがとう！」

やだけどやだって言えなかった。

イレイン、嫌そうな顔してるけど、お前だって絶対断れなかっただろ。俺のせいじゃないからな。

「陛下がいらっしゃったんだね。それじゃあ戻ろうか」

人込みに飲み込まれると周りがよく見えなくなる。さっきまでは殿下が一緒だったから周りの貴族たちも気を遣ってくれていたようだけれど、顔を十分に知られていない俺たちだけだと、道を開けてはくれない。


間を縫うように進むのに、サフサール君が先頭を歩いてくれた。

先日挨拶をしたからか、多少は顔が知られているようでたまに声をかけられながらもどんどん先へ進んでいく。友好的な貴族が四割、嫌そうな顔するのが一割、我関せずが残りって感じの割合か。あからさまではないからわからないけど、我関せず勢の中には、敵対的な貴族も相当交ざってそうだ。

嫌な顔をする奴はわかりやすくてまだいい。

多分これって、セラーズ家に対しても同じような反応をするんだろうな。ウォーレン家とセラーズ家が仲いいのってみんな知ってるだろうし。つーか、それを知ってるなら、陛下とこの二つの家が仲がいいことも知ってるはずだ。

その上で敵対的な態度をとるんだから、実は陛下の権力ってのも万全じゃないのかもなー。父上と同世代ってことは、陛下まだまだ若いし。

父上の下へたどり着くと、すぐ近くに穏やかな表情をした初老の男性が立っていた。

俺たちの姿を見ると、すぐににっこりと笑い、顔に刻まれた皺がより深くなる。それだけでよく笑う人なんだなということがわかった。

「おやおやベル、今日もルーサー殿に遊んでもらっていたんだね」

俺が知らなくてもあちらは俺のことを知っている。

父上と話していたのだから当たり前か。

「ルーサー、こちらはスクイー侯爵閣下だ。挨拶なさい」

「お初にお目にかかります。ルーサー＝セラーズと申します」

「……うん、噂《うわさ》にたがわぬよくできた子だ。ベル、こちらへおいで。先日は我が孫であるベルの無作法を助けてくれた上に、一緒に遊んでくれたそうじゃないか。私からも礼を言うよ」

「いえ、とんでもございません。殿下に率いられて楽しい時間を過ごさせていただきました」

スクイー侯爵は短くそろえられた茶色い髭を指でこすり変な顔をする。なんかしくじったかな?

「ルーサー殿といい、イレイン嬢といい、殿下の同世代は豊作だ。オルカ殿たちのことを見たときも同じように思ったものだがな、はっはっ」

「まだまだ力及ばずお恥ずかしいばかりです」

「いやいや、オルカ殿はよくやっている。騒がしい声はあまり気にせずこのまま頑張ってもらいたいものだ。ほれ、ベルや。爺《じい》と一緒に向こうへ行くぞ」

ずっと俺の袖を摑んでいたベルが、スクイー侯爵の方へ移動して差し出された手をとった。ベルがその手を二度ほど引っ張ると、侯爵がかがんで耳を傾ける。ぼそぼそという小さな声が聞こえて、スクイー侯爵がまたくしゃりと笑った。

「ルーサー殿、ベルと遊ぶ約束までしてくれたのか。あまり喋らぬこの子がこんなに懐くなんて、君はきっと心の優しい子なんだろうな。サフサール殿もそう思うだろう?」

してないけど!? さっきの話が勝手にベルまで適用されてんの!?

あー、いや、でもローズに許可出しておいてベルはダメとは言えないか。だってベルはなんの害もないし、てこてこついてくるから可愛いもんな。殿下も慣れてくると可愛らしく見えるし、まぁ、賢めの子供を相手にする分にはそんなに苦じゃない。

子供の相手なんて得意かどうかわからなかったけど、エヴァが生まれてきてくれたおかげで兄としての気持ちが育ってきたのかもしれない。

エヴァ、大きくなったらお兄ちゃんいっぱい遊んでやるからな。

「はい、閣下。イレインも寡黙な方ですが、同じくルーサーと仲良くしています。おっしゃる通り、ルーサーの優しさがこの子たちを引き寄せるのでしょう」

褒められるとむずむずする。しかもそれが事実でないならば余計にだ。

色々と隠し事があるせいで罪悪感に苛《さいな》まれるのだ。

俺優しくないですよー！　打算まみれで相手してるだけですよー！　と大きな声で騒ぎたくなってしまう。

「……ありがとうございます」

言葉少なく頭を下げると、「うむ」と頷いて、笑いながら侯爵閣下が立ち去っていく。

俺がほっと息をつくと、父上のごつごつした大きな手が俺の頭をぽんと叩いてくれた。よくやった。なのか、緊張するな。なのかわからないけど、ほんのちょっとだけ気持ちが落ち着いてしまった。

母上には弱弱だけれど、なんだかんだ父上はやっぱり頼りになるのである。

◆

王誕祭の終盤。

陛下は順番に貴族の下を訪ねて、短く世間話をして回っている。殿下もそれについて回っているが、おまけでしかなく大人しくしていた。

父上のところにも陛下はやってきたけれど、無難な会話だけして去っていった。殿下が俺に手を振ってるのを見て、一言仲良くしてやってくれというようなことは言っていたけれど、それほど印象に残る相手ではなかった。

茶色のお髭はちょっと立派だったかな。いかにも王様って感じだった。

今日も日が暮れてから馬車に乗って屋敷に戻る。

貴族街にはところどころ光石の街灯があって、ほんのりと道が照らされている。王都に来た時街を見ていたけどそれらしいものはなかったから、これは貴族街に限られるのだと思う。

物価とかには詳しくないけど、きっと光石ってそれなりの値段がするんだろうな。たまに交換しているみたいだし。

サフサール君とイレインを送ってから屋敷へ入り、物音を立てないようにそっと母上たちの下へ向かう。扉を開けると、母上は起きて待っていたけれど、エヴァはすやすやと眠っているようだった。

互いに手を振って挨拶を交わして、俺と父上はエヴァの顔を見に行く。

仰向《あおむ》けに寝転がり、小さな指がぎゅっと握られている。かわいいなぁ、ちょっとずつ大きくなってきている。夜泣きとかもやっぱりあるみたいだけど、貴族だと家のことをやってくれる人がいるから、母上は割と穏やかに過ごすことができている。

元の世界だと赤ちゃんの世話しながら普通に生活もしなければいけないっていうんで、酷く疲れたりやつれたりしてる人もいたもんなぁ……。

母上と父上は言葉を交わさないけど、お互いにねぎらい合っている雰囲気がある。俺はしばらくエヴァの顔をじっと見てから、両親に手を振ってそっと廊下に出て扉を閉じた。

光石のランタンを持っているミーシャに連れられて、廊下を歩きながら話をする。

「来年は街にも出てみたいな」

「何でもない時に、護衛を連れて出ておくといいかもしれませんね」

「母上が許可を出してくれるかな」

「……ちゃんとお願いすれば大丈夫だと思いますが」

答えがちょっと遅れたな。ミーシャももしかすると許可が出ないかもと思っているらしい。

俺まだ五歳だからなぁ、駄目なら駄目で仕方ないか。

「まだ少し先になるかなぁ。そうだ、そのうちさ、殿下がうちにいらっしゃるかもしれないからよろしくね」

「殿下が、ですか？　仲良くされていましたものね」

「うん、まぁ、仲良くしてたね。他の子たちも来るかも」

「すごいですね、ルーサー様は。イレイン様の時もですが、あっという間に皆様と仲良くなられます」

「殿下が声をかけてくださったからだよ。僕からは何も」

イレインの時は特殊だったし、今回の仲良しは殿下がローズの攻勢に耐えながら仲良くしようって気持ちを持ち続けてくれたおかげだ。俺がやったことと言えば、ベルが投げた積み木を返してあげたことくらいである。

その話で言うと、ベルだけは俺がきっかけで友達になったのかもしれない。

勝手に懐いてきただけだけどさ。

「いえ、今まで他家の方々との交流がほとんどなかったのに、これだけの関係を作れたのは、ルーサー様がしっかりされているからですよ」

そりゃあね、俺中身は五歳児じゃないから。まぁでも、ミーシャに褒められるのは好きだから素直に受け取っておこう。

「ありがとう。……そういえばさ、僕と同い年の貴族の子いっぱいいるよね。サフサール君くらいの年の人はあまり見かけなかったけど」

「ええ、そうですね。陛下がご結婚されたのをきっかけに、貴族の皆様はお子をお作りになられましたから」

「それで同じくらいの年の子が多いんだ」

……貴族って大変だなぁ。

つまり自分の子供を次期権力者と仲良くさせたりくっつけたりするために、計画的に子供を作ってるってことだろう。

もしかして俺もそうだったんだろうか？

だとしても向けてもらった愛情を疑う気にはならないけれど、なんだか複雑な気分ではある。

……ちょっと待てよ。そうすると、イレインを俺の許婚《いいなずけ》にするのってなんか変じゃないか？　うちとそんな約束をしたら、イレインが殿下と結婚する可能性がなくなってしまう。

ウォーレン伯爵が、王家とのつながりよりも友情を取った？

俺はウォーレン伯爵について詳しいわけじゃないけれど、サフサール君にあれだけ厳しい人が、そんなことをするようには思えない。

ちょっとした違和感でしかないけれど、なんだか気味が悪いなぁ……。

「……イレインは、僕の許婚で良かったのかな？」

部屋のベッドに腰を下ろして呟《つぶや》く。

「ルーサー様、安心してください。いくら王家といえども、家同士の約束を破らせて横取りするようなことは滅多にありませんから」

ミーシャはどう思うのだろうという疑問から発した言葉だったけれど、どうやらミーシャはそう捉えなかったらしい。

俺が、イレインを横取りされないか心配している、と捉えられたようだ。

すっごく微笑《ほほえ》ましいというような温かな視線を頂いた。

「そうなんだ……」

「大丈夫です！　ルーサー様はすごく魅力的ですし、イレイン様もそう思っていらっしゃるに決まってます！」

「うん、わかった、わかったよ、ミーシャ。ありがとう」

「ええ、ご安心ください！」

ミーシャ、違うんだよ。

俺はね、心配してるんじゃなくて、勘違いされたことを気にしてるんだよ？

お互いに恋心とかそういうのはマジでないから、ミーシャこそ心配しないでほしい。

いや、関係だけ言えば許婚なんだから、そっちの方が心配か。

うおー、この関係本当にめんどくさいな！　俺このままの流れでイレインと結婚になるのは結構嫌だぞ……。

◆

「センジツハスミマセンデシタ」

「ちゃんと謝らんか」

片言で心のこもっていない謝罪をしたのは、探索者のクループだ。先日のように取り乱すことはしないという約束をして、ルドックス先生に連れてきてもらったようだ。

「別に構いませんよ」

「ほら、構わないって言ってんじゃん。先生は頭が硬くて古臭いんだよ。ね、ルーサー君？」

「ルドックス先生は立派な先生で、僕の目標です」

ただしわけわかんないことは言わないように。

どうも言葉が軽いんだよな、この人。悪気はなさそうなんだけどさ。

この間俺に詰め寄ってた時は真面目な顔してたから、あのモード以外はちゃらんぽらんなんだと思う。

「こわ……。……ルーサー君っていつも笑顔なのに、たまに目が笑わなくなるよね」

ミーシャとか父上とか母上とかエヴァとかルドックス先生のことを馬鹿にしなければ滅多に怒らないけど？

「何言っとるんじゃこやつは。ルーサー様、お嫌でしたら二度と連れてこんが、本当に連れてきて良かったのかの？」

「ええ、先生がおっしゃっていたじゃないですか。魔法の道に進むのなら、クルーブさんの魔法も知っておいた方がいいと」

「まぁ、そうなんじゃが……。腕はいいが癖が強いからのう」

「腕がいいことが一番大事です」

「顔もいいよ？」

「そうですね」

そうだね！　むかつくくらいにいいね！

男か女かわからないのはイレイン一人で十分だからお呼びじゃないよ。

どうせなら外身も中身も可愛い女の子をお呼びしたい。

「ところで今日もあの可愛い女の子いないの？」

「今日はお休みです」

「なんだ、つまんないの……」

お前が来るってわかってたのでミーシャはお休みしてもらいました。

お前みたいな軽薄そうな男にミーシャはやらんからな！

「余計なことを話しとらんで、早く魔法の講義を始めるんじゃ。雑談するために連れてきたわけじゃないんじゃぞ」

「はいはい、それじゃあ今から僕のことはクルーブ先生と呼ぶように」

「はい、クルーブさん」

「んん？　あれ？　聞こえなかったかな？　クルーブ先生だよ。はい、せーの！　クルーブ先生」

「よろしくお願いします、クルーブさん」

「……なんか怒ってる？」

「いいえ、怒ってません」

父上や母上のこと酷い親って言ったこと俺忘れてないからね。俺は尊敬すべき人のことしか先生と呼ばないぞ。本当にすごい魔法使いなのか、まずは実力を見せてもらおうじゃねーの。

「……生意気。ルーサー君、僕の魔法見たらきっと先生って呼びたくなるからね」

「楽しみです」

「まったく、大人げない」

「僕はまだ十五歳だもん！　大人じゃないからいいんですぅ」

ルドックス先生が呆《あき》れると、負けじとクルーブが言い返した。

へぇ、子供っぽい顔立ちしてるなーって思ってたけど、まだ十五歳なんだ。

ミーシャと年近いじゃん。……年近いから何？　俺の方が長いこと一緒にいるけど？

セルフ突っ込みをして精神の安定を図りながらも、クルーブのことを観察する。

ルドックス先生に続いて、いつもの魔法訓練をしている場所へ向かっているのだけれど、クルーブの背筋は伸びていて物怖《ものお》じする様子はない。

貴族街の、それも伯爵家の敷地に上がり込んでるのに自然体が崩れないのは、確かな実力があるからに違いない。

十五歳でルドックス先生に認められるほどの実力者かぁ……。技、盗んでやるんだ。

訓練場について杖を持つと、クルーブは途端に表情が引き締まり、精悍《せいかん》な顔つきになった。普段はゆるく結ばれている唇がしっかり閉じられて目元が真面目になるだけで随分と印象が変わる。

「探索者にとって大切なのは、過剰な殲滅力《せんめつりょく》でも、広範囲の攻撃でもない」

クルーブが腕をさっと振ると、袖から短くて地味な、しかしよく見るとつやのある黒色をした杖が出てきて手の中に納まっていた。その先端が正面に向けられた直後、一発の轢弾《れきだん》が飛び出して的の真ん中へ突き刺さる。

「いつだって即座に魔法を使えること」

杖が横に振られると、ほんの一瞬のラグで次々と轢弾が飛び出していき、三つの的の中心を穿《うが》つ。

「操作をたがえないこと」

再び正面に向いた杖の先端に、今までよりも少し大きな礫弾が浮かぶ。それは最初に狙った的に突き刺さった礫弾へ向かって飛んでいき、カッと音を立てて、的を真っ二つに叩き割った。

「必要最低限の威力を見定めること」

短い杖を巧みに指先で操りくるくると回しながら、クルーブは自信に満《み》ち溢《あふ》れた笑顔、いわゆるどや顔で俺の方を振り返った。

だというのにイラッとこないのは、クルーブが本当にすごいことをしているのが見てわかってしまうからだ。

「魔力の無駄遣いをすると、いざってときに木偶《でく》の坊になっちゃうからね」

悔しいけれど、クルーブの腕は本物だ。

おそらく今言った全てのことにおいて、俺よりもめちゃくちゃ高水準で行うことができる。

「魔力の量と、特定の魔法を使う速さにおいて、こやつはこの若さですでに儂を上回っておる。もしルーサー様が、剣術と共に魔法を使うつもりならば、参考になるじゃろうなぁ」

「……先生、気づいていたんですね」

父上と剣術の訓練をしながら、俺はその中に魔法を組み込めないかいつも考えていた。しかし詠唱することや、発動に割くための集中力を維持するのが難しく、どうしたものかと悩んでいたのだ。

先生にその相談をしたことはなかったのに、どうしてわかったのだろう。

「オルカ様と話したときに、訓練中に他のことに気を取られていると言っておってのう。それで訓練中の様子を見ておって気づいたんじゃよ。たまに他の二人を見ておる時に、棒を振り回しながら魔法を使おうとしていたじゃろ？」

「すみません、勝手なことをして……」

魔法剣士、憧れてたんだもん……。

でも習ってもないこと勝手にやるのは危ないし、先生だっていい気はしないだろう。

「いいや、魔法使いは好奇心を持つことも大切じゃよ。……もちろん、安全は十分に確保してほしいがな」

「そんな話よりさ、どう？　先生って呼びたくなった？」

ルドックス先生との真面目なお話し中に割り込んできやがった。

まぁでも……。

「……クルーブ先生、よろしくお願いします」

本当に実力はしっかりあるようだ。まだまだ俺じゃ及ばないことばっかりだし、何かを教わるのに偉そうな態度ばっかりとってられない。

「うーん……」

なんだその微妙な反応。

ちゃんと先生って呼んでやったじゃん。

「なんか気持ち悪いししっくりこないから、やっぱりクルーブさんでいいや」

「……よろしくお願いします、クルーブさん」

変な奴だなぁ、ホントに……。


クルーブが説明しながら魔法を撃ち、それを俺が真似《まね》する。

詠唱を省略することは難しく、魔法が発生した瞬間にその場にポトリと落ちてしまったり、のろのろとしか飛ばずに途中で落下したりする。

しかし、クルーブはそれを馬鹿にするようなことはなかった。

うまくいかないのを確認すると、クルーブはどこが悪かったのかを説明して、再び魔法を見せてくれる。

先ほどまでややふざけた態度をとっていたクルーブだったけど、こと魔法の訓練となると真面目で、俺が魔法を撃つ姿を真剣な目で観察してくれていた。

五発、十発と繰り返し。十八発めでようやく詠唱を破棄した俺の礫弾は、よろよろと的にぶつかってポトリとその場に落ちた。魔力の方は問題ないけれど、新しいことに挑戦したせいで随分と集中力を使った。

大きく息を吐いて先ほどの感覚を脳内で繰り返す。次はもう少し速く、勢いのいい礫弾を放ちたい。それに詠唱を破棄したところで、無言で準備をする時間が詠唱をする時間と同じくらい必要だから、これでは全然破棄した意味がない。

俺が杖を的に向けて再び練習を始めようとすると、クルーブに肩をポンと叩かれた。

ああそっか、まだクルーブの正しいやり方を見ていなかった。

「すみません、もう一度見本を見せてください」

「いや、それより大丈夫？　頭は痛くないの？」

今はそんなことよりも体が覚えているうちに次の練習をしたかった。

「大丈夫ですから」

「……魔力自慢って聞いてたけどさぁ」

呆れた顔でクルーブがルドックス先生の方を振り返る。

「だから言ったじゃろうが。試すように次々魔法を撃たせよって」

「どんなに優秀でも、五歳でこれだけ魔法を撃てる子は見たことないかも、僕以外は」

俺のことを褒めたふりして、自分のことも持ち上げてる……？

そんなことどうでもいいから、早く練習再開してほしい。

「コツを摑めそうなので、早く練習を再開したいのですが……」

「ま、いっか。いいよ、どこまでやれるか見てあげようじゃん」

「程々にな」

なぜかやる気に満ちた顔になったクルーブは再び的に杖の先を向けて魔法を放つ。

悔しいけれどそれは何度見ても無駄のない見事な魔法で、ルドックス先生の巧みさとは異なった方向で洗練された魅力を感じてしまう。

クルーブの真似をして魔力を杖の先へ送ると、そこからは何も生み出されずに、ぽすんと魔力だけが放出された。

失敗だ。クルーブの魔法につられて、自分の中の手順をちゃんとしないで魔法を放とうとしてしまった。

ま、ばれてないっしょ。何食わぬ顔でもう一度魔法を放って、礫弾を的に向かって飛ばす。さっきよりは勢いがあったけど、それは明後日《あさって》の方向へすっ飛んでいった。

駄目だな、これ結構練習が必要だ。

ほとんど意識しないで撃てるようにならないと、剣を振りながら使おうなんて夢物語だ。

クルーブを見ているとなく使っているようだけど、きっと相当修練を積んできたんじゃないかって思う。涼しい顔というか、どや顔をしながら魔法を使って、へらへらとしている奴だけど、きっとルドックス先生の言う通りすごい奴なんだろうな。

淡々と魔法の訓練を続け、どれだけ時間がたっただろうか。集中していたからわからないけど、多分せいぜい一、二時間程度かな。クルーブの杖の先ばかり見ていたけど、たまには体全体を見てみるか。どうもなかなかうまくいかないし、どこにヒントがあるかわかんないしな。

……なんかクルーブ、ちょっと顔色悪くねぇ？　頬につっと汗が伝う。

しかしそんなことはお構いなしに、今までと同じように無詠唱で礫弾が三つ、ほぼ同時に放たれる。それは寸分たがわず的に飛んでいった。

「はい、どぉぞ？」

ここ数十分見てもいなかったのに、相変わらずのどや顔を俺に向けてクルーブは俺に魔法を使うよう促してくる。

「……クルーブさん、大丈夫ですか？」

「んっ、ふふん。大丈夫に決まってるじゃん。僕の心配なんて、まともに無詠唱が使えるようになってからにするんだね。せめてもうちょっと魔法がちゃんと撃てるようになるまでやろうよ。次いつ来られるかわかんないし」

嘘つくなよ、目尻痙攣《けいれん》してるぞ。

クルーブは俺が一発魔法を撃つ間に三発、それも俺よりもはるかに素早く正確に魔法を撃ち続けてきた。

実は結構きついんじゃないのか。

……きっついのに、なんも言わないで俺のために訓練続けてくれてたのか？　いや、こいつの場合プライドとか負けず嫌いとか、その辺も関わってきてそうだけど。でもだとしたら、やばいと思った時点で見本を見せるのをやめればよかっただけの話だ。

「早くしなよ。それとも、もう一回僕の完璧な魔法が見たいの？」

話しながらクルーブが杖を掲げる。

よく見てみれば、クルーブの背中は汗でびっしょりと湿り始めていた。こいつ、いきなり倒れるんじゃないだろうな。

ああもう、しょうがねぇなぁ！　このまま気づかないふりをして気絶させてやろうって気持ちすら起きない。俺の負け、こいつの意地に降参だ。

「クルーブさん、ちょっと疲れてしまったので休憩させてください」

「……そう。じゃ、最後に見本ね！」

構えた杖からもう一度クルーブの魔法が放たれる。それはやっぱり最初に放った時から寸分たがわぬ威力と正確性をもって、穴だらけになっている的を撃ち抜いたのだった。

◆

「……実際さ、ルーサー君は大したもんだよ」

俺とルドックス先生が、優雅に椅子に座りお茶を啜《すす》り軽食を摂《と》っていると、一人だけ行儀悪く芝生の上で足を伸ばしてたクルーブが、唇を尖らせながら呟いた。

男のくせにちょっと可愛いのやめろ。

「何がです？」

「ばれてそうだから白状するけど、僕、結構しんどかったんだよね」

「そうですか？　気づきませんでした」

わざわざ言わなくたっていいよ、武士の情けじゃ。

「白々しいよねぇ」

「本当ですってば」

「で、君は全然余裕だったんでしょ？」

「……いえ？　それに僕はクルーブさんに比べて撃った魔法の数が少なかったですから」

「それを差し置いても、初めての挑戦で魔力量の調整に成功してる時点で普通じゃないもんね。いつ倒れるかと思って見てたのに、ぜーんぜんそんな気配ないんだもん」

「クルーブさんの方が先に倒れるところでしたね」

「生意気だなぁ！」

「五歳児相手に張り合わないでください」

ばたばたと足を動かすクルーブはすごく子供っぽい。

というか、中学三年生くらいだって考えると普通に子供だ。

……待てよ。もしかしてこれ、俺の方がめちゃくちゃ大人げなかったことになるのか？

いや、でもなぁ、俺は今五歳だし。

前世含めた年齢換算だとクループは俺の半分くらいだけど、今で計算すると俺はクループの三分の一、つまりクループの方が大人げない態度だ。Q.E.D.

「君さ、ホントに五歳児？　ホントは僕と同じくらいの年じゃないのぉ？」

「何を言ってるんですか。どう見ても五歳児でしょう」

「見た目はね」

軽口を叩き合っていると、なんだか友達みたいな気分になってかぶっている猫さんがどこかに散歩に行ってしまいそうになる。

危ない奴だな、クループ。

あと、俺はお前の倍の人生経験があるぞ。舐《な》めるなクループ。

さっきの証明とは矛盾した考えだけれど、言葉に出さなければ誰にも伝わらないので問題はない。

クループは大人げないし、大人である俺を舐めている。

自分でもわけがわからなくなってきた。

でも今回のことでわかったのは、クループとは仲良くなれてしまいそうということだ。

俺はこいつの実力をしっかり認めてしまったし、意地の張り方に感心してしまった。俺の成長に役立つ相手だし、ちょっとどや顔がうざくて子供っぽいだけで性格だって悪くない。

「クループさん、午後からも魔法を見てもらえますか？」

クルーブは俺のことを見上げて何度か瞬《まばた》きした後、にやぁっと笑って地面をずって近づいてくる。

「ん？　俺の実力認めたの？　ん？」

こいつすぐ調子乗るな。

なんかちょうどいいところに顔があるな。蹴とばしてやったらどんな表情するのかちょっとだけ気になったけど我慢だ。

椅子から立ってしゃがみこんで頭を下げる。

「認めました。お願いします」

すると突然めちゃくちゃに頭をかき回された。

おまえ、このサラサラヘアーをよくぐちゃぐちゃにする勇気あるな！　ミーシャが毎日櫛《くし》通してくれてるんだぞ⁉

「いいよ、教えてやる。みんな僕の魔法見ても、なんでか全然やる気出してくれないんだ。やっぱわかる奴にはわかっちゃうかぁ、ルーサー君、見る目あるじゃん」

ああもう、いつまでやってんだ。

何とか抜け出してルドックス先生の横に逃げて振り返ると、クルーブが満面の笑みを浮かべていた。

何がそんなに嬉《うれ》しいんだ。俺みたいなのに魔法教えるのなんて、一流の探索者にしてみればめんどくさいだけだと思うんだけど。

「よし、やる気出てきた」

「……休まなくて大丈夫ですか？」

「八割くらいまで回復したしぃ、ルーサー君の使う魔法に合わせてれば夕方くらいまで余裕」

そういえばさっきまで俺の三倍魔法使ってたもんな。

あれはやっぱり見せつけるためにわざとやってたんだな。

「クルーブさんが大丈夫ならいいですけど」

「やっぱ生意気だなぁ。まぁいいや、ほら行くよ」

張り切って歩いていくクルーブの足取りはしっかりとしている。二時間も休憩していないはずなのに、大した回復力だ。

イレインなんかは一度魔力をたくさん使ってしまうと、復活まで半日以上かかる。

もしかしたら魔力の回復って、その総量が多いほど速いのかもしれないな。

「それじゃあ儂はオルカ様に一つ話をしてくるかの」

「話ですか？」

「そうじゃ。クルーブを正式にここで雇ってもらうように話をしておくんじゃよ」

魔法を教えてもらうのだから対価を払うのは当然か。

当たり前のように享受している教育環境だけれど、これも全部父上の稼ぎがあってこそだってことを忘れちゃいけないな。

他の人が受けられないような先生に恵まれているんだから、父上や母上にはそれだけの結果は見せたい。

「……ルーサー様、クルーブと仲良くしておくれ。あれで悪い子じゃないんじゃよ」

これはあれか、五歳児のルーサーにではなくて、俺に向かって話しているんだな。

「わかってます。僕、結構気に入ってますよ、クルーブさんのこと」

「ほっほう、そりゃあ良いことじゃ。クルーブならば何かあったときに力になってくれるはずじゃ。ルーサー様も気にかけてやってくれると嬉しい」

「……何か事情が？」

「うむ、ある。じゃがそれはいつかクルーブの口から聞いてほしい。なに、悪さをしたわけじゃあないんじゃよ。……最近は少々妙な奴らとつるんでおったようじゃがな」

「どういうことです？」

「こちらの話じゃ。ただのうルーサー様、探索者の誰もがあの子のように素直だとは思わんことじゃよ」

「詳しく教えてはいただけませんか？」

ルドックス先生はいつものように長い髭をしごいて笑う。

「ふむ。なんでも知識としてだけ蓄え、知ったような気になるのも良くない。あまり焦らずじっくりと周囲を観察してみることも大切じゃよ」

「わかりました、肝に銘じておきます」

ルドックス先生は笑いながらのんびりと屋敷の方へ歩いて行った。

知ったような気になる、か。

言われればなんとなく納得できるんだけど、どうしても何をするのにも余分な知識がちらついちゃうんだよなぁ。

母上のことや父上のことで、実際に動いてみないとわからないことはあるって痛感したはずなのに、俺は怖がりだからどうしても知識に頼りたくなってしまう。それもいつの間にか無意識にそうしているから困りものだ。

「何してんの？　早くこっち来なよ！」

訓練場からクループの張り切った声が聞こえた。

生徒より先生の方がやる気満々っていうのも珍しい。いや、俺だってやる気は十分だけどさ！

よし、とりあえず今日は無詠唱で礫弾を安定させるところまで何とか頑張るぞ！

◆

熱い少年漫画みたいなガチの訓練を続けること二日。

ちょっと熱くなりすぎて、母上と父上にちゃんと休みなさいと言われ、エヴァと戯れること一日。

そんで父上との剣術稽古中にこっそり魔法を使おうとして使えず、集中するよう諭されたのが昨日。

コラッて言って頭叩かれるより効くんだよね、父上のお話。

まず手が止まって、じっと顔を見られて、こちらの話を聞いてくる。それから同意を示したうえで、今はその時ではないことを説明されて、最終的にいつになったらやるべきかまで真面目に一緒に考えてくれる。

堪《こら》え性《しょう》のない子供が相手だったら途中で暴れたり拗《す》ねたりするかもしれないけど、なまじ精神が大人なせいで、俺は話をすればするほどどんどん小さくなってしまうばかりだ。

まぁね！　付け焼刃でやろうとした俺が悪いよね！

多分クルーブに話したら、あいつにも馬鹿にされて笑われるもん。

んでもって今日は午前中にサフサール君とイレインと一緒に、戦略のお勉強の日だ。メガネマッチョ先生は、今日も高めの声で俺たちにいろいろなことを教えてくれる。

戦略という割に、王国周囲に位置する各勢力の内情なんかも語ってくれて、これが意外と面白い。たまに突然質問してきて、俺が答えられないとわかってから、ウォーレン家のどちらかに話を振って正答を引き出すのだけは気に食わないけど。

俺が勉強不足なのが悪いけどさぁ！

腹の立つことに、これをされるとばっちり頭の中に知識がぶち込まれていくのが自分でもわかる。悔しい。

途中からサフサール君専用の講義に移行していくと、俺とイレインはちょっと暇になる。そうなると少し離れた場所で横並びに座って、人から顔を見られないように気を付けながら内緒話だ。

これをあまりたくさんやっていると、各所の使用人から温かい視線を頂いたり、後ほど応援のメッセージを寄こされたりするのは遺憾の意だ。示せないのが辛いところ。

でもたまにこうして息抜きもしたくなってしまうので、どっちを取るかって言われると難しい話になってくる。

特にイレインの方は、俺より自由が利かないから、たまに付き合ってやらないとしんどそうだ。

「サフサール君最近元気そうだよね」

「こっち来てから親にうるさく言われることないしな」

「お前さ、前にサフサール君のこと出来が悪いっぽいこと言ってたけどさ、結構優秀じゃね？　少なくとも俺の九歳の頃よりよっぽどしっかりしてる」

「……家にいる時はもうちょっとおどおどしてて、返事もおぼつかなかったんだよな」

「どー考えてもおたくの両親が怖くて萎縮してただけじゃん」

「今思えばそうだよな。俺もこっち来てからよく喋るようになったけど、兄貴すげぇ俺のこと気にするんだよな。たまに本性隠してるの嫌になるぜ、本当に」

まー、あれだけ善人で、しかも妹思いのお兄ちゃんに嘘ついてんのってしんどいよな。俺なんかは他人だし自分の好きなようにやってるからまだいいけど、イレインなんて多分元の性格とかけ離れた性格で演技している。

「お前さー、将来設計とか決まったの？」

「決まんねー……、でも真面目に勉強して王城で働いて爵位とか貰えねぇかなって思ってる」

「あー、大臣とかの下にそういう立場の人いるっぽいもんな」

「問題は、現状そこに女がいないってことだ。誰か俺の前に一人くらい前例出てくれねぇかなぁ。騎士の中には女性部隊みたいなのがあるらしいのにな」

戦う場には女性がいるのに、政治の場にはいないってのも変な話だ。貴族の当主に男性ばかりがいるから、自然と男性優位な社会になってしまっているのかもしれない。

ちなみに王国にも一人女性の貴族当主がいるって聞いた。

噂によると、兄弟と跡目争いで紛争した末に大勝利を収めた女傑だとか。めちゃくちゃな範囲魔法をぶっ放すやばい奴らしいけど、領土が遠いから接点はあまりなさそうだ。

そういう怖い人とはあまりお近づきになりたくないね。

考えてみると、イレインってやろうと思えば跡目争いとか起こせそうなものなんだよな。両親の評価的にはサフサール君よりいいわけだしさ。

ちょっと前までならともかく、今イレインがそれをやるって言ったら俺は止めるけどね。サフサール君、めっちゃいい奴なんだもんなぁ……。イレインだってそれは感じてるだろうから、口が裂けても言えないんだろうけど。

将来的にどうだかは知らないけど、今だったらなんとでもなっちゃいそうだし。

……一応聞いてみるか。

「お前さ、ウォーレン家乗っ取っちゃえとか、思ったことないの？」

イレインは眉間に皺を寄せて俺を横目で見てくる。

「んなことしたって、どうせあの親とずっと一緒にいることになるんだろ。それに器じゃねぇよ。俺より兄貴の方がよっぽどいろいろ考えてる。最近話しててよくわかったよ。兄貴が当主になったら、ウォーレン家はきっといい家になる。親さえ邪魔しなけりゃだけど」

「イレインって結構両親のこと嫌いだよな」

「あいつら無駄に戦好きだし、なんか冷たい感じなんだよな。俺のことだって褒めてくるけど、使える駒くらいにしか見てなさそうだぞ。こんなこと言いたかねぇけどな、俺、お前と会ったあと母親とかにどうやって男を籠絡するかの勉強させられたんだからな」

「うえぇ」

ゲロゲロだ。女の人って怖い。

あー、この年からそういう教育されるんだ。もしかしなくてもローズとかもそうなのかなぁ。

だとするとますます殿下じゃなくて俺の許婚にした意味がよくわかんねぇけどな。

「こっちだって同じ気分だっての。教えられてる間ずっとそんなこと考えなきゃいけない方の身にもなってみろよ……」

……割と地獄だなそれ。

「ま、頑張れよ、その話もう俺にしないでね」

気分悪いから。

「お前ってそういうとこ結構薄情だよな」

イレインは不満そうな顔をしていたけど、とりあえず今のところは俺の気分を害さないことの方が大事なのである。

第7章　助走

最近は母上がエヴァに付きっきりなので、夜の執務室には父上と俺の二人だけになることが多い。

赤ん坊が眠っているところで喋《しゃべ》ると目が覚めてしまうし、泣き出してしまっても仕事の妨げになる。

父上は邪魔だとか言わないだろうけど、泣いてたら気もそぞろになりそうだ。

二人とも仲良しのオーラがめっちゃ見えるから心配はしてないんだけどね。

俺としてはもっとたくさん下の妹弟《きょうだい》ができてもいいよ、可愛《かわい》いし。

父上も深夜まで仕事をすることは少なくなってきた。

やっぱり王都に移って、やり取りが楽になったのが良かったんだろうなぁ。

書類を片付け始めた父上を目で追いかける。

そろそろ話しかけても邪魔にならないかな？

「父上は学校で陛下とウォーレン伯爵と仲が良かったと聞きました」

「そうだな。仲は……まぁ、良かったな」

懐かしむような表情をしているから嘘《うそ》はないんだと思う。実際話してて気安い感じだったし。だからウォーレン伯爵と父上の仲が良いってのはわかるんだけど、なんで仲良くなったのかがわかんないんだよな。

俺の見えてない、いいとこがあるとかなのか？　単純に子供に厳しいだけで、他には優しいとか？　みたいな疑問が溢《あふ》れてきての質問である。

父上割と何でも答えてくれるからね。考えてるより聞いた方が早い。

「なんで仲良くなったんです？」

「……確か、ブラックから声をかけてきたんだったと思う。今よりも明るい性格をしていてな、成績が伯仲してけん制しあっていた俺と陛下の仲を取り持ってくれたんだったか」

「陛下とけん制って……」

「いや、私は気にしないでいたのだけれど、それがかえって気に障ったらしくてな。でもそれは二位争いでな。座学でも剣術でも一位はブラックだったよ。もしかしたら、あいつも仲を取り持つ気はなかったのかもしれない。……いや、今思えば間違いなく。間違いなくそうだな。剣術で俺より成績の悪かった陛下が私に突っかかってきた時、あいつなんて言ったと思う？」

「わかりません。なんです？」

語る父上はずいぶんと楽しそうだ。

本当にいい思い出なんだろうな。

「『ふーん、お前たち二位で満足なんだな』だ。気にもしてなかったのに、それで私もやる気が出てしまった。陛下も目の前の私よりもいけ好かない奴《やつ》を見つけたと、ブラックの奴に突っかかるようになった」

「友人、というよりライバルですね」

「そうだな、でもいつの間にか仲良くなっていた」

すっごい青春っぽい話だ。

子供の俺たちがあれだけ関係に気を遣ってるのに、父上の世代って案外自由だったんだなぁ。

「結果座学では陛下とブラックが、剣術では私とブラックがトップ争いをするようになった。……きっかけはそんなところだ」

「……そういえば学園って、魔法の講義はないんですか？」

剣術と座学だけってことはないと思うんだけど……。貴族って魔法が使える人が圧倒的に多いらしいし。

「いや、ある。ただな、魔法ではかなわないものたちが多かったんだ。例えば推薦を受けた探索者。それからもう一人、ヴィクトリア＝オートンという女傑がいて、魔法に関しては張り合おうという気が起きなかった」

「……そんなにですか？」

「ルーサーは魔力量が多いだろう？　私はそれほどでもなくてな。ただ、そのヴィクトリア、いや、オートン伯爵はな、魔力量がとにかく多かった。それにあわせて第三階梯《だいさんかいてい》までしか使えないというのに、独自の第六階梯の魔法を持っていたぐらいだ」

あ、俺その人知ってる。

【皆殺し平原】とか呼ばれてるやばい地名作った人だ。西に住んでいる、この国唯一の女性貴族ね。

あー、父上と同じ世代だったんだ……。

北はウォーレン家、東はシノー家、南にセラーズ家、西にオートン家。各方面へ睨《にら》みを利かせる王国の伯爵家だ。王都であるプロネウスは国土全体を見たとき南寄りにあるから、セラーズ家が一番近いんだけどね。

……そんなことより今はウォーレン伯爵についてだった。

「ウォーレン伯爵は戦争をよくされると聞きました。北には敵が多いのでしょうか？」

「なんだ、イレイン嬢の心配か？」

「ええ、まぁ……」

心配っちゃ心配だけど、多分パパンが考えているような心配ではないよ。

父上は少し難しい顔をして、とんとんと書類をまとめ終えてそのまま引き出しの中へしまった。

「……北は、多いな。馬を駆るのが得意なものが多く、冬になると食料を求めて南下してくる。統一性なくばらばらと攻めてくるから、交渉をするのが難しいと聞く」

あー、なんかどっかで聞いたような話だ。ここまで話を聞くと、ウォーレン伯爵もそこまで無茶苦茶なことをしているわけではないようにも思えてくる。

「ルーサーから見てブラックはどうだ？　怖い奴か？」

「……厳しい方のように見えました」

「……そうか。やはりあれ以来あいつはちょっと変わったな」

「あれとは？」

「……あと一年で卒業という頃に、戦争があってブラックは自領に戻ることになった。その時に当時のウォーレン伯爵が亡くなって、ブラックが家督を継ぐことになったのだ。……思えば、私たちの世代が早くに家督を引き継いだのも、あれがきっかけだったな」

「詳しく聞かせてもらえませんか？」

「そうだな……、いや、やめておこう。もう夜も遅いし、いくら賢いとはいえ、お前にはまだ難しい話だ。ほら、ミーシャが待っているから一緒に部屋へ戻りなさい。お前が休まないとミーシャも休めないのだから」

めーっちゃ気になるところでやめるじゃん。

これしかも、しつこく聞いてもちゃんと教えてもらえなそうな気配がする。母上も、無理だろうなー。

そもそもエヴァの前で小難しい話はしたくないし。

だとすると、ルドックス先生とか？　あー……、メガネマッチョ先生とか案外いいかもしれない。

そうだ、あの人に聞いてみよう。

父上に持ち上げられて運ばれながら結論を出した俺は、そのままミーシャに連れられて自室へ戻ると、すぐにベッドにもぐりこんで夢の中へと旅立ったのであった。

◆

「クルーブさん、ウォーレン伯爵って知ってます？」

情報収集のために休憩中に声をかけてみる。

貴族街に出入りするけど、身分としては庶民になるわけだから、その視点でのウォーレン伯爵について聞こうと思ってのことだ。

今日はルドックス先生がお休みだから二人きりだ。遠くにミーシャの代わりに執事さんが立ってるけど。

クルーブの魔の手からは俺が守る。

「あー、探索者嫌いの？」

「え、そうなんですか？」

「それで僕に聞いたんじゃないの？」

初出情報だけど。

探索者界隈《かいわい》だと有名な話なのかな。

「なんかねー、昔の戦争の時に、一部の探索者が国に、隠していたダンジョンから氾濫《はんらん》がおきて、身内や兵士をかなり失ったらしいよ。他の国との領土の境目にあったやつだから、報告義務もなかったと思うんだけどね」

「氾濫、ですか？」

「うん。ダンジョンっていつの間にかできてるじゃん。基本的には人が住んでる場所の近くにできるんだけどさぁ、たまに変なとこにもできんだよね。そんで数年放っておくと、中からモンスターが溢れてくるってわけ」

……なんかすごく怖い話してない？

仕組みとかよくわかってなかったけど、放置しちゃダメなんだな、ダンジョンって。

「だからいいダンジョンが見つかんない時とか、探索者は街の周りうろついてダンジョン探すわけ。見つけたら領主に報告すると、金が貰《もら》える。大概は探索権もタダで貰える。そうやってでかい街の周りに、村とか町ができるんだよね」

「……ダンジョンは、最下部にあるコアを壊して数日すると跡形もなく消えるんですよね？」

「うん。でもその上にできた宿泊施設とかは残るじゃん。もったいないから使っちゃおうって、村とかになるわけ。比較的浅いダンジョンだと、光石採取目的のために、あえてコアを壊さなかったりもするね。あれ採ってもダンジョンが生きてる限り、しばらくすると壁から生えてくるしぃ」

そう考えるとちょっと気持ち悪いな、光石。いや、便利なんだけどね。

ダンジョンから採って一年もすると光らなくなっちゃうんだけどさ。

あれのお陰でこの世界には電気がないのに、夜もある程度の灯《あか》りが確保できている。

「へぇ……、ダンジョンって暮らしに欠かせないんですね……」

「そうだよ。だからルーサー君も貴族なんかやめて探索者になったら？」

「……クルーブさん、他に人がいるときにそういうの言わないでくださいね。敷地に入れてもらえなくなるかもしれないので」

「あ、駄目なんだぁ。厳しいよね、貴族って……」

こいつ常識がないのがなぁ。

仮にもでっかい伯爵家の嫡男《ちゃくなん》だぞ。五歳児に変なこと教えたらダメに決まってるだろ。ルドックス先生が信頼されてるからここにいるけど、普通だったら雇う前の調査とかで落とされそう。

「ん？　でもウォーレン伯爵は探索者が嫌いなんですよね？」

「うん。だから領内のダンジョンは自前の兵士で何とかしてるとかぁ？　僕としては行く予定もないからそれくらいしか知らないってこと」

「それにしては結構詳しかったですね」

「スバリがあっちの出身らしくて教えてくれた」

初めにここを覗《のぞ》いていた時にいた、あの猫背なのに背の高い探索者のことだな。

「あいつ頻繁に地元に帰るから、そういう時暇なんだよなぁ」

「一緒にダンジョンに潜るようになってから長いんですか？」

「なってすぐだから、三年くらいじゃない？」

「……クルーブさんって、十二歳の頃から探索者してるんです？」

「そうだけど？」

十二歳ってまだ子供だろ。普通、命の危険のあるダンジョンに潜るか？　それに手を組んだってことは、その時点ですでにある程度の実力はあったってことだろ。こいつも大概謎の人物だよなぁ……。

「何でそんな小さな時から探索者に？」

「五歳のルーサー君に小さな時とか言われてもなぁ」

「だってダンジョンって危ないんでしょう？」

「うん、油断すると死ぬよ。ダンジョンのモンスターって、なんでか知らないけど人を殺すの大好きだから。いや、大好きっていうか、人が憎いのかな？」

「モンスターに好きとか憎いとかって感情あるんですか？」

ないのも怖いけど、ある方がもっと怖い気がする。

邪魔だから、家に入ってきたから排除する、とかじゃなくて、明確な殺意を持ってるってことだろ？

「知らなぁい。でもそんな気がするってだけ」

自分から振った話のくせに、めんどくさそうに適当な返事をするな。

「それで、そんな危険なところになんで十二歳から入ってたんですか」

「知りたい？」

首を傾《かし》げながら顔近づけてくるな。

距離感ちょっとバグってるんだよな、こいつ。

「知りたいです」

「ふふん、教えてあーげない！」

「叩《たた》きますよ」

「わ、怒った……！」

いけない、つい腹が立って本音が漏れてしまった。

言えないことなら最初からそう言えばしつこく聞かないっての。わざわざもったいぶって秘密にされると腹が立つ。特にそのどや顔とセットだと余計に。

スバリとかいう猫背の探索者はよくこいつの世話してるよな。能力は優秀でもたまにひっぱたきたくなる性格してるぞ。

「まぁ、でもさぁ……。聞いても面白くない話だから」

クルーブは突然遠くを見つめて切ない表情を作ってみせた。

なんだ、マジでなんかありそうな雰囲気出してきたぞ。

あ、違う。こいつちらって今俺の方見たぞ。子供だと思って馬鹿にしてるな？

「じゃあ聞きません」

「えぇ？　もうちょっと聞いてくるところじゃないの？」

「聞いたら教えてくれるんですか」

「教えてあげない」

「やっぱり叩いていいですか？」

「さ！　訓練再開しよっかぁ！」

「…………はい」

うぉおお、ほっぺた赤くなるまで叩いてやりてぇ！

この怒りは訓練にぶつけるしかないな。

ちなみに午後の訓練では、クルーブに魔法の使い方が雑だとか、集中力が乱れてるって普通に注意されました。

お前のせいだけどな！

◆

我が憩いの屋敷が、殿下一派に占領されつつある。

……大げさな言い方をしただけで、殿下が予定通り遊びに来たというだけだ。

ちゃんと狂戦士ローズもやってきていて、嬉《うれ》しいったらないね。

でもこのローズ、母上にはめっちゃきちんと挨拶してた。

おそらくだけど、殿下の気を引くものに対して積極的に攻撃するよう本能にインプットされてるんだと思う。だから殿下はキラキラした目で俺の方を見て挨拶しないでね。懐かれてる感じがしてちょっと嬉しいけど、その分ローズの戦闘意欲も向上するからさ。

ちなみに今日のメンバーは、ミーシャと各家のお付きの方々。さらに門の外にはなんだか物々しい装備の騎士さんが立っている。これは多分殿下の護衛。

それから保護者枠にサフサール君。体は子供、頭脳はどちらかというと大人の俺とイレイン。体も頭も年相応の殿下、ローズ嬢、それからマリヴェル嬢、あとなんかヒューズ君とかいう目つきの悪い坊ちゃんがいらしてる。

ちなみにベル＝《イコール》マリヴェル嬢と知ったのは、つい昨日のことだ。

父上によれば『マリヴェル嬢がお前のことを気に入ったそうだ。お前には既に許婚《いいなずけ》がいるというのに、その年で随分とモテるな。あまり不実なことをしないようにな』だそうだ。

マリヴェル嬢？　と頭に疑問符を浮かべた俺に対して、少し厳しい顔を作った父上は、さらに続けた。『スクイー侯爵閣下のご令孫で、お前がベルと呼んでいた子だ。まさか忘れたとは言わないよな』って。

忘れたとかじゃないんだよね。

事前情報ありがとう、父上。

俺、彼女のことベル君だと思ってたからさ、そもそも女の子って認識自体がなかったんだよね。

そのあといろいろ貰った情報によると、マリヴェル嬢は内にこもるタイプの子で、あまり周りに興味を示さずに育ってきたそうだ。あの日も積み木をぶん回して遊んでいたけれど、ああいう一人遊びが好きらしい。

そんなマリヴェル嬢が、今度ルーサー君のところに遊びに行くと言ったものだから、スクイー侯爵家は大喜びでこうして送り出してきたわけである。

知らないよ俺。なんも責任取れないからね。

マリヴェル嬢可愛いドレス着てきたけど、知らないからね。そういうんじゃないから。

幸いなのは、マリヴェル嬢本人はそういう雰囲気がないことだ。ただ単純に刷り込みされた雛《ひな》のように俺の後をついてくる。ボッチのところを声かけてもらえて嬉しかったのかなって思うと、邪険にする気は全然起きない。

よちよち歩きの雛が来た話はその辺にしておくとして、今日集まった面子《メンツ》は貴族ってこと以外に共通の趣味とかが一切ない。

なんか適当に体動かす遊びでもするかーって思ってたんだけど、可愛らしいドレス着てる女児が二人いるんだよなぁ。鬼ごっこして転んだり、かくれんぼしてひっかけたら、あとでその遊びを提案した俺が怒られそう。

「よし、かくれんぼをするぞ！」

母上に挨拶した直後、振り返った殿下が高らかに宣言する。

殿下ぱねーっす、まじリスペクトっす。

俺の家ということで、有利であろう俺がまず鬼を名乗り出ることにした。

隠れる時間さえ与えてあげれば、十分楽しむことができるだろう。サフサール君が「自分が」と言ってくれたけど遠慮しておいた。たまにはサフサール君にも童心に返って楽しんでほしい。

というか、かくれんぼやったことあるのか、ウォーレン家の二人は。

門の近くで大きな声を出して数を数えていると、途中で馴染《なじ》みのある声が聞こえてくる。

「何してんのルーサー君」

クルーブだ。

こいつ用事ない日でもたまに突然ふらっとうちに来るんだよな。つい先日、メガネマッチョことマゴット先生にめっちゃ不審者だと思われてたのにまるで効いてない。絶対今も門の外にいる騎士の方々にすっごい見られてるはずだ。

「遊んでるんです。なんか用事ですか？」

とりあえず数えるのをやめて、応対をしてやる。じゃないと騎士の人たちに強制的に退去させられそうだからね。

案の定騎士の人たちは警戒している。しかし、クルーブが邪気のない呑気《のんき》な顔をしているせいか対応に困っているようだった。

「なぁんだ、訓練見てあげようと思ったのにぃ」

いくら来たって一定の給料しか払われないだろうに、こうしてやってくるのだから、多分クルーブも俺のことが嫌いじゃないんだと思う。というか、マジで遊びに来るくらいの感覚でやってきている節がある。

友達いないのか？　探索者って暇なの？

俺が騎士たちと一緒に不審の目を向けていると、クルーブはポンと手を叩く。

「そうだ、俺も交ざっていい？」

「いいわけないでしょ、馬鹿ですか？」

年齢的にも身分的にも考えるまでもなくダメに決まってんだろ。

「ルーサー君さぁ、それ先生に言う言葉じゃないと思わない？　僕、悲しいよ？」

「失礼しました。子供の遊びに本気で交じろうとするわけないですよね」

「いや、交じる気だったけど。でも馬鹿とまで言われたらちょっとなぁ。どうしよっかな、ルーサー君で暇つぶししようと思ってたのにぃ」

そういうのはさぁ、俺のいないところで言ってよ。

「とにかく、僕は遊ぶのに忙しいので、今日はクルーブさんに構っていられません」

「仕事みたいな言い方だね。まぁいいや、今日はこの騎士さんたちとお話でもしてようかなぁ」

「……え？」

そりゃそんな反応にもなるよ。

知り合いらしいから話が終わるまで我慢するか。くらいに思っていただろうに、急に話し相手にされそうになってるんだから。

「……すみません、探索者で僕の魔法の先生をしてくれている人なんです。不審者ではありませんので、捕まえないであげてください。……面倒だったら追い返していいですから」

「いや、……え？」

「僕、殿下を探しに行かなければいけないので、お願いします」

「ねぇねぇ、騎士さん何歳？　美人だよね。僕ねぇ、探索者してるクルーブって言うんだけどさぁ」

「ちょ、え？　はい？　あの、今職務中で……」

ごめんねりりしい雰囲気の女騎士さん。

僕は君の主人である殿下を探しに行かなきゃいけないんだ。

代わりにクルーブの相手をしてね。めんどくさかったら殴っていいからね。

門の向こうではクループが女性騎士と楽しそうにお話をしている。楽しそうなのはクループだけで、騎士側は完全に困惑している。もう一人立っているガタイのいい騎士の方は直立不動で反応すらしていないのがギャップで面白い。

クループも本気でナンパしているわけじゃないみたいで、多分構ってほしいだけなんだと思う。だってあいつガキみたいな性格してるもん。

さて、俺は俺でかくれんぼを再開しようかな。途中から数を数えるのは忘れてしまったけど、もう十分に時間は経《た》ったはずだ。

「今から探しに行きますからねー！」

大きな声で宣言しても返事は戻ってこない。ミーシャと各家のお付きの方々がにっこりと笑っているのは気のせいじゃないだろう。俺みたいな普段大人しそうにしてるのが大きな声でこんな宣言したら微笑《ほほえ》ましいのかもな。

俺は恥ずかしいよ！

でも宣言しないとアンフェアだし。

昔から思っていたんだ。かくれんぼの『もういいかい』に対して『もういいよ』ってアンサーするのって、場所ばらしてるだけだよなって。誰か一人くらい返事をするかと思ったのに、一人も返事しやがらないの。

さては本気だな、あいつら。

さて、まずは遠くから違和感を探すか。

えーっと……。

…………ないな、さっぱりわからん。でもなんとなくだけど、女の子たちはドレスを汚したくないだろうし、汚いところには入り込まない気がする。探しやすいように隠れていいのは屋敷の外だけにしてるし、ぐるりと回ればきっと誰かしらは見つかるでしょ。

反時計回りに歩き出すと、まずは池が見えてくる。さすがに池の中に入り込んで隠れているような奴はいないだろう。そんな気合入ってる奴がいたらもう俺の負けでいいし、これからの付き合いをちょっと考える。

さて、それじゃあ花壇を通って訓練場だな。

花壇は母上が大事にしているので、入らないようにちゃんと言っておいた。ずかずか入っている奴がいたら、たとえそれが殿下だとしてもひっぱたく。

足跡無し、よし。

一応あちこち見ながら歩いているけど、パッと見る限り今のところ誰も見つからない。五歳児って結構小さいからいくらでも隠れようがあるんだよな。細かいところは二周目以降でいいか。

訓練場は開けているからだれもいないだろうと思って、ちょっと首を伸ばして覗いてみると、普通にいた。しかも腕を組んで仁王立ちしている。こいつかくれんぼのルールわかってるか？

「ヒューズ殿、かくれんぼのルールをご存じなかったですか？」

「知ってるに決まってる！　俺はな、ルーサー殿と魔法の勝負をするためにここで待ってたんだ！」

うわぁ、やっぱそういう目的とかあるんだ……。

実はこのヒューズ君、俺の中で今関わりたくない奴の上位ランカーなのだ。こいつの名前はヒューズ＝オートン。あの【皆殺し平原】を作り出したヴィクトリア＝オートン伯爵の縁戚らしい。オートン伯爵が結婚していないから、そのあとを継ぐのはこのヒューズ。つまり実質次期オートン伯爵だ。

「ヒューズ殿、今はかくれんぼをしています。それにどう勝負するのか考えてきていますか？」

「魔法を撃てば優劣がわかるだろう！」

「判断基準はなんですか？」

「……強いかどうかだ」

「強いというのは威力が高いことですか？　階梯が高いことですか？　発動が速いことですか？　数が……あ」

あ、やべ、調子に乗ってたらヒューズ君黙り込んで泣きそうになってる。

「あ、あー……、あとで、一緒に考えませんか？　魔法が強いってどういうこと……なんでしょうね」

ヒューズ君にバイブレーション機能が搭載されてしまった。それもかなり微振動。

「ほら、一緒に残りの隠れてる人捜しましょう、ね？」

口をへの字に曲げたままのヒューズ君の手を取って歩き出そうとすると、訓練場の端に置いてある椅子代わりにしている箱ががたりと動く。

近づいて行って蓋をぱかりと外すと、中にはベルが潜んでいた。どうやら先ほどまでは自分で蓋を持ち上げて外の様子を見ていたらしい。

しゃがんでいるベルの頭頂部をしばらくじっと見ていると、彼女は諦めたのか、自主的に箱の板に足をひっかけて外へ出てこようとする。

「ベル、ちょっと待って」

ドレスが木箱のささくれに引っ掛かっている。木くずだらけなのはもう仕方がないとして、せめて破けないように回収してやりたい。木箱をぶっ壊した方が早いのだけど、その拍子に怪我《けが》でもされたらたまらない。

あとさぁ、ヒューズ君がきっちり手を握ってるせいで、めっちゃ作業し難《にく》いんだよね。そうだよな、五歳児ってこんな感じだよな。

ようやくベルを箱の中から救出したときには、俺はもう結構ぐったりとしていた。

運動とはまた違う精神的疲労だ。

両手に五歳児を二人連れて仲良く敷地内散歩。遠くからついてきているミーシャたちの視線がやっぱり温かい。

あーさぞかし微笑ましいだろうね！

えーっと訓練場を抜けたら倉庫があるはずだ。外にもさっきみたいな木箱が積まれてるから、隠れるのには最適なスポットだろう。

……まさかと思うけど、他の奴らも木箱の中に隠れてたりしないよな。

俺嫌だぞ、積んである木箱を端から順に中身が何かチェックして回るのは。

そんなことを思いながら歩いていると、倉庫の裏っかわにひらひらとドレスの裾が見える。

「ローズ、もうちょっとこっちに……」

「そっちに行ったらドレスが汚れてしまいますわ……」

わぁ、わかりやすいお嬢様だ。

俺今ちょっとだけローズ嬢のことが好きになってきたよ。


当たり前のようにローズと殿下を見つけたけれど、俺は一時それをスルーすることにした。なぜなら折角二人きりになれてる時間を邪魔して、ローズに睨まれるのが嫌だからだ。俺ちょっとずつわかってきたんだよね。ローズは基本的に殿下に押し付けておけば何も問題ない。

殿下とセットでいる分には可愛らしい女の子でしかないんだ。

もし殿下が助けてって言ってきたら、その時初めてどうするか考えればいいだろう。しばらく二人でイチャイチャしてて。

そうなると残りはウォーレン家の二人か。イレインとかその辺突っ立っててもおかしくない気がするんだけど、意外に見つからないな。

倉庫の前にある木箱の裏を覗いたりして一応探すしぐさをしてから、倉庫全体が見えるところまで下がる。

「いないですねー」

そう言うと、手を両側から引っ張られた。

二人を見ると、視線が倉庫の奥へ向いている。かわいいねこいつら、こっそり教えようとしてくれてるんだ。

とくにヒューズ君、ただのツンデレみたいになってる。さっきまで俺と勝負しようとして待ち構えてたのに、君は本当にそれでいいのかな？

折角教えてくれてるのにあまり探さないのも申し訳ないし、ゆっくり裏手を見てから次にいくか。

「倉庫の裏も見てみましょうか」

わざと声を出してのんびり歩いていくと、小さな声が聞こえてきて、裏手で何かが倒れる音がした。

はいはい、うまく俺に見つからないようにぐるっと回ってね。

手を引いたままのんびりと裏手を歩き倉庫を一周。元の場所に戻ってきても、殿下とローズは見つからなかった。今頃二人は一緒に困難を乗り越えたことで結束が強まってるかもしれない。

ローズ、これは貸しにしておくからね。

ここで面白かったのは連れている二人の反応で、ヒューズ君は首をかしげてあれーって顔してるんだけど、ベルは反対回りにもう一周したそうな顔をしている。認知の発達に差があるんだなぁ。

五歳くらいだと早生まれか遅生まれかでだいぶ違うだろうし、個人差も大きそうだ。

「あっちを探しましょう」

それでも俺がそうやって言うと、ベルは振り返りつつも素直に歩き出した。

ずいぶんと物分かりのいい子だ。

倉庫がある角を曲がると、今度は厨房《ちゅうぼう》につながる裏口がある。外で管理している野菜とかもあるから、置いてあるものは結構多い。

裏口から厨房の担当者が出入りしているのは、今日の小さなお客様たちのための食事を準備しているからだろう。

その中に違和感を覚え俺は足を止める。俺の姿を見るとみんなが挨拶してくれる中、一人だけ熱心に野菜を別の箱へ移している者がいたのだ。よく見なくても、他の面々よりも幾分か背が小さい。

そーっと近づいて隣に並ぶと、使用人の服を着たサフサール君が手を止めて頬をかいた。

「いい案だと思ったんだけど、ばれちゃったか」

「ここが街中だったり、サフサール殿の背がもうちょっと高かったらわからなかったかもしれないです」

「難しいね、かくれんぼって。すみません、お忙しいのに服を借りてしまって！」

いいえ、サフサール君が勝手に難しくしているだけだと思います。かくれんぼっていったら、普通みんなみたいに物陰に姿を隠すものなんですよ。そんな探偵とかお忍びみたいな隠れ方する必要はないのに。

うちの使用人はみんな優しいからサフサール君が服を返すと「いえいえ」とか「俺たちも挨拶を控えればよかったですね」とか話してる。仲良きことは美しきかな。

こうなると所在がわからないのが、もうイレインだけになる。この先に行くと元いた庭に戻っちゃうから、パッと見渡してわかるところには隠れてないってことになる。

どこ行ったんだあいつ。

サフサール君は挨拶を終えて合流すると、俺が二人と手をつないでいるのを見てにっこりと微笑んだ。言わんとすることはわかる。そして口に出さないあたり偉い。

しかしその笑顔でヒューズ君は、はっと気づいたらしく手を放して険しい顔をしてみせた。良かったね、ここにはそんな君に意地悪なことを言う人はいないよ。

とりあえずもう一周して、途中で殿下とローズを回収。

一周目と同じように倉庫をぐるりと回り、今度はベルの希望通り反対回りをして見つけてやった。殿下とローズも緊張感が楽しかったらしく、きゃっきゃと声を上げていたのでこれで良かったのだろう。

「ベルは気づいていたんですね」

そう一声かけてやると、ベルも満足げな表情をして、むふーと鼻息を吐いていた。

五歳児みんな可愛く見えてきた。

そしてみんなで更にもう一周したというのに、いまだにイレインが見つからない。

まさか本気でかくれんぼに臨んでるのか？　今は物静かでダウナーな性格演じてるけど、あいつ多分根っこはそういうタイプじゃないもんな。変なところで童心に返るなよ……。

中身が可愛くない外見五歳児はどこに行ったんだ。

あまりに見つからないので、仕方なく全員で手分けして探すことにした。いつまでも出てこないあいつが悪い。

そうしてしばらく、池の周りをじっくりと見ていると、訓練場の方から「いましたわ！」というローズの声が聞こえてきた。

走って駆け付けるとローズが、最初にベルが隠れていた箱の蓋を持っている。

近くへ行くと、イレインが無表情のまま覗き込む俺とローズを見上げていた。

……こいつ、いったん俺のことやり過ごしてから、わざとベルが隠れてた場所に隠れ直したな。やっぱり本気でかくれんぼしてるじゃねぇか！

「見つかってしまいましたか」

見つかってしまいましたかじゃないんだよ。ちょっと満足げな表情してるし。

「すごいですわね、こんなに見つからないなんて」

「……ありがとうございます」

ローズ嬢、分り難いけど、そいつ少し得意になってるからあんまり褒めなくていいからね。

◆

食事をして、ちょっと昼寝を挟む予定だった。その間に魔法の練習をする予定だった。

しかし、五歳児たちはかくれんぼがそれはもう、めちゃくちゃ楽しかったらしくて。食事が終わるや否や、目をギンギンぎらぎらさせて俺を待ち構えていた。

俺の味方であるはずのイレインは、ちょっと一緒にわくわくしてるし。同じく俺の味方をしてくれそうなサフサール君は、慈愛に満ちた表情で「僕が探す方をするから、ルーサーも、ね？」と言ってくれた。

よくできた人だよ、サフサール君は。

そんなわけでかくれんぼ午後の部が始まったんだけど、俺が移動をし始めると大多数がぞろぞろとついてくる。同じ方向に進んでいるだけだろうと思って放っておいたのだけど、ここいいかなーと思って俺が足を止めると、ドラクエ式ゆかいな仲間たちもぴたりと足を止めるのだ。

ちなみにイレインはさっき腕白《わんぱく》に木に登っていった。スカートでそういうことするんじゃねぇよ。

迷いなくいったところを見ると、午前の部ですでに目星をつけていたに違いない。

まぁ気を抜く瞬間がないだろうから、こうして隠れて一人に慣れる時間ってのもあいつにとっては大事なのかもしれないな。

それでも楽しみすぎだと思うけど。

あとヒューズくんは午前中の仲良しこよしを失敗したと思っているのか、開幕してすぐに反対側へ歩いて行った。

男の子だな。

二人のことはともかくとして、隠れるならばらばらの方がいいんだけどな。一人見つかったら芋づる式じゃ面白くない。

「……殿下、あの、ばらけませんか？」

「ん、ん？　そうか？　……ルーサーと話をしたかったんだが」

話をしたかったなら、かくれんぼをしなければよかったのでは？

「えーと、ベルはー……、一緒に隠れるか」

一瞬表情を曇らせるのやめてほしい。心臓がぎゅってなったから。

「わかりました、殿下。お話はあとにするとして、今回は僕とベル、殿下とローズ嬢のどちらの組が長く隠れていられるか勝負しませんか？」

「いいですわね！」

賛同してくれるのはいいけど大きな声出さないでね、ローズ嬢。

「先ほどのお二人も見つけるのには苦労しましたが、ここはうちの敷地ですからね。きっと勝ってみせますよ」

「なるほど……！　よし、その勝負受けて立った！」

うーん、子供ってテンション上がるとすぐに声が大きくなる。とりあえずこの辺りから離れた場所に隠れるのが無難かな。いや、相手がサフサール君なわけだから、逆に灯台下暗しでこの辺って手も……。


あ、ダメだ、かくれんぼ意外と楽しいぞ。

イレイン、お前の気持ちがちょっとわかっちゃいました。

大人になってからやる機会ってなかったけど、こういう遊びって実は何歳になってやっても楽しいのかもしれないなぁ。

いろいろ考えた末に、結局ベルのドレスを汚してはいけないことを思い出した俺は、訓練場の物陰に隠れることにした。

屋敷の床下の通気口とかに入り込もうかと思ったけど、絶対に服が汚れるからなぁ。下手に本気で見つからないところに隠れて、殿下に圧倒的勝利をしてしまっても気まずいし。

訓練場の一部には、予備の的や木剣などがたくさん置いてあり、案外ごちゃごちゃしている。俺が訓練をし始めてから用意してくれた物だから、どこにどう動かしたって文句は言われない。

小さな体ならここにしゃがんでいるだけでも、しっかりと目を凝らさないと見つけるのは難しいだろう。

音を立てないように入り込み、真ん中に少し隙間を空けて地面に上着を敷いてやる。

「座って」

キザだと思われるかもしれないけど、貴族ってこういうものらしい。母上やミーシャに教育されたから俺はよく知ってるんだ。しかし俺が地べたに腰を下ろしても、ベルは突っ立ったままだ。

「立ってると見つかっちゃうから」

手を引いてやると、ベルはようやくその場に腰を下ろした。

よし、これで周りからは見えないだろう。入ってきた道も物を元の場所にずらしてわからないようにしたし。

耳を澄ませると、サフサール君が俺に倣って「探しに行きますよー！」と声を上げていた。そのなんだか野暮ったい掛け声を聞いていると、元の世界で使っていた『もういいかい？』という問いかけがよく考えられていたように思えてくる。

ただの思い出補正かなって気もするけど、どうなんだろう。

太陽が少し傾いて、これから夕方になるんだなって雰囲気を感じる。

こんな時間に外で遊んでいるせいか、妙にノスタルジックな気持ちになってしまった。かくれんぼなんて、真面目にやるの二十年ぶりくらいになるもんな。

セミの鳴き声を聞きながら、日陰にしゃがみこんで友達と声を潜めて鬼の動きを見張っていた。誰かが見つかるたび、声を殺して笑ったりしてさ。

くいっと袖を引かれて我に返った俺は、近づいてくる足音に気づいて頭を伏せた。

近づいてきた足音は、しばらく周りをうろついてから、少しずつ遠ざかっていく。そーっと頭を出して様子を窺《うかが》うと、サフサール君の背中を確認することができた。

イレインが一緒にいないってことは、多分まだ誰も見つけられてないんだろう。

「見つからなかったね」

しばらく黙り込んでいた気まずさもあって声に出してみると、ベルが変わらぬ顔でこくりと頷《うなず》いてくれた。沈黙が苦になるタイプではないらしい。

小さな声でのベルからの問いかけ。静かだからこそぎりぎり聞き取れたくらいの大きさだ。

「楽しい……？」

「……うん、楽しいかもしれない」

口に出してみて、それからほんの少し弧を描いているベルの唇を見たら、なんだか本当にそんな気分になってきた。

一周回ってサフサール君が戻ってきたときには、その隣にぶすくれたヒューズ君が歩いていた。今回もおてをつないでいるようだ。初めに見つかって泣き出しでもしたんだろうか。

今回はサフサール君も慎重に探しているようで、足音がかなり近くまでやってきた。荷物を動かしている音もしたけど、どかし難いように配置したからその作業は遅々として進まない。

ベルはその音に動揺して目を泳がせている。

「大丈夫」

今にも場所を移動したそうにしていたので、その頭に手を置いて動きを押さえる。今動いて音を出したりしたら、かえって目立って見つかりかねない。

案の定少しすると、軽く息を吐く音がしてサフサール君の足音が遠ざかっていく。

「ね？」

上下に首を振るベルは、そういう動きをするおもちゃみたいで面白い。

殿下とローズは俺たちが隠れていた場所を見ていた。見つかるとしたらあの二人の視線からかな。

サフサール君は優秀だし、五歳児にばれないように振る舞えというのも酷だろう。

「頭に血がのぼるから止まりなよ。もうちょっと隠れてよう」

去っていくサフサール君とヒューズの背中を見送って、未だに首を動かしているベルの頭部を改めて押さえる。

それからもう一度しゃがんで、ああそうだと思ってベルに尋ねる。

「ベルも楽しい？」

さっき俺に止められたので懲りたのか、ベルは一度だけ縦に深く頷いた。

あー、たまには五歳児たちと遊んでやるのもいいかもなぁ。

しばらくして全員が見つかった。

サフサール君は想定通り先に見つかった五歳児たちの視線から俺たちを見つけたようで、イレインを見つけたときもそれは同じだった。

サフサール君がじーっと木の上を見つめて「イレイン、降りてきて」とやや硬い口調で言うと、イレインがするすると木から降りてきて、最後の枝からぴょんと飛び降りる。

見事な着地を見る限り、運動神経は悪くないのだろう。

しかし面白かったのはそこからだった。

「イレイン、その格好で木に登ったら危ないよ」

「……大丈夫です、気を付けていますから」

「気を付けていても危ないよ」

「いえ、しかし」

「心配だから次はやめてね」

「……はい」

イレインが普通に怒られて普通にへこんでいたのだ。

俺はこっそりと笑っていたのだが、そこからはとばっちりだった。

「ルーサー、見てたなら止めてあげてほしいな」

「あ、すみません……」

「いいんだ、でもよろしくね」

「はい」

おいイレイン、お前のせいで怒られたじゃんか。サフサール君は過保護だなーって思ったけど、ちょっとだけ考えてからそうでもないかと考え直した。

多分エヴァが同じことをしたとして、近くにいる許婚がそれを止めなかったら、俺はもっと嫌味なこと言うだろう。それを思うと、サフサール君はやっぱり人間ができている。

イレインが軽く怪我をしても『ばっかでー』としか思わないけど、今後はサフサール君のために一応警告するようにしよう。俺が注意したって実績を解除したら好きにして、後でサフサール君に怒られるがいい。

その後も何度かかくれんぼは継続した。

次はヒューズ君が張り切って鬼に立候補してきた。見つかるのは悔しいから、今度は見つける方になろうという腹だろう。

相変わらずセットで動いていた俺たちに、新たにウォーレン家の二人セットが加わる。これに関してはサフサール君がイレインのお目付け役になった形だ。イレインはめちゃくちゃ不服そうな顔を一瞬見せたけれど、それ全部自業自得だからね。

一人で本気のかくれんぼ楽しんでんじゃねぇよ。

そんなわけでうまいこと隠れていた俺たちだが、ヒューズ君が誰も見つけることができずに屋敷を三周した辺りでぴたりと動きを止める。悪いことに俺たちの隠れている場所の目の前で。

開いたままの目に涙をため唇をプルプルと震わせてる。

泣くぞ、すぐ泣くぞ、これ。

「ベル、ちょっとごめん」

断りを入れてもわかっていないようだ。

ま、しょうがないか。

足下に落ちていた石を蹴飛ばし、ヒューズ君の方へ転がす。

小刻みに震えていたヒューズ君がハッとした顔をして俺たちの隠れている方を向いた。

はいはい、遊びは楽しい方がいいからな。泣かせるほどマジでやってもしょうがない。それをやっていいのは鬼がイレインかサフサール君の時だけだ。

「そこにいるんだろ！　わかってるからな！」

涙目のくせにどや顔で大きな声を出しながら向かってくるヒューズ君。

「ほら、いたぁ！」

「見つかりましたか」

「簡単だった！」

「そうですね」

それなら見つけたとたんに俺とベルの手を取るのやめような。

「よし、他の奴探すぞ」

「そうですね、一緒に行きましょうか」

俺あんまり子供好きじゃなかったはずなんだけど、段々扱いに慣れてきた。

なんだろうな、エヴァって妹ができたおかげで兄としての自覚とかが芽生えたのか？　泣かせて放置するほど憎くは見えないんだよなぁ。

ま、悪役としてみんなに嫌われてるより、同年代に少しくらい味方がいたほうがいい。

これはその事前準備ってことにでもしておこうかな。

終章　ルドックスの独白

最初に家庭教師の相談を受けた時、儂《わし》は思わずオルカ様の言葉を疑った。

二歳になって間もないルーサー様が、本を読み、魔法に興味を持っているというのだ。

真面目に受け止めることの方が難しかった。

オルカ様に関しては、ご本人が小さな頃にセラーズ家へ招かれ教鞭《きょうべん》をとったことがあったからよく知っている。大層真面目で、正義感が強く優秀な子だった。オルカ様はその性質を学園でもいかんなく発揮し、今では陛下の右腕としてご活躍されている。

そんな聡明なオルカ様であっても、我が子のこととなると目が曇るのかと苦笑したものである。

それはともかく、嫡子《ちゃくし》ルーサー様のお体については、前々から相談を受けていた。

親として何でもしてやりたいという気持ちもわかる。

それでオルカ様の気が晴れるのならば良いかと、老後の暇つぶしもかねてセラーズ領へとおもむいたのが始まりだった。

ルーサー様は天才だ。

本人に自覚はないようであったが、あの年で存分に言葉を操り、大人の気持ちを察することができるものなど、儂は生まれてこの方見たことがなかった。お付きのメイドが夢中になり、心酔するのも理解できる。

一方で少しばかり不審な部分もあった。あまりにもできすぎており、心のうちに何か怪しげなものでも入り込んでいるのではないかと疑ったのだ。かつて存在した邪悪な魔法使いが、人の心を乗っ取る魔法で世界を大混乱に陥れたという事例がある。

しかし、どうしても魔法が見たいと、その時ばかりは本当に子供らしく強請《ねだ》るものだから、ある時仕方なく安全で、美しいだけの魔法を見せてやった。

するとどうだろうか。

いつも落ち着いていた瞳をキラキラと輝かせ、体中をそわそわと動かし始めたのだ。儂のことを呼ぶ「先生」という声は上ずり、よろよろ足に縋《すが》りつくと「今のはどうやったんですか」と今までよりもよっぽど流ちょうに話し始めたではないか。

儂はこんなにも魔法に心躍らす幼子を疑っていたことを恥じた。

何があるにせよ、長く生きた儂が正しく生きる道を示してやればそれでよい話だ。

儂の命があとどのくらいあるかわからぬが、きっとこれが儂の最後の大仕事なのだろうと直感でわかった。

残りの時間をこの子のために使ってやろうと誓った瞬間だった。

儂の期待通り、いや、期待以上にルーサー様は賢く、良い子に育ってくれた。

秘密を打ち明けられた時は驚いたが、それでもルーサー様は儂の可愛《かわい》い最後の弟子であることは変わりない。

◆

心を開いてくれたことがとても嬉《うれ》しかった。

とはいえ心配事はいくつかある。

自己評価が低いこと。悩み事を抱え込みすぎてしまうこと。そしてやや調子に乗りやすいこと。感情に左右されやすいこと。自分の心を隠そうとすること。少しばかり引っ込み思案であること。

裏を返せば長所ともとれる欠点であるが、そうするためには良い出会いと良い環境が必要になってくるであろう。

その出会いの一つとして、クルーブを紹介してやることにした。少しばかり問題は起こったが、概《おおむ》ね想定の域は出ない範囲で収まった。あとはこれがルーサー様にとって良い出会いとなることを祈るばかりである。

魔法使いとしても、一人の人間としても、クルーブはきっとルーサー様に欠けているものの一部を補ってくれる存在となることだろう。そしてまた、この出会いはクルーブのためにもなっていると、儂は信じている。

◆

ルーサー様が儂の見せた魔法を再現するために、難しい顔をして呪文を唱えている。決して器用ではないけれど、他のものには真似《まね》のできぬ反復訓練のお陰で、ルーサー様の魔法の腕はメキメキと伸びてきている。

魔法を放っては納得いかぬ顔をして、同じ魔法を繰り返す。こうなると儂は少しばかり手持無沙汰だ。

ルーサー様の訓練風景を眺めながら、儂は物思いにふける。

今日聞いた話によると、ルーサー様は貴族社会での友人も幾人かできたようだ。

ルーサー様は世話好きで、人から好かれる性格をしているから、それについては何も不思議なことはない。

今ではすっかり家族仲も良くなり、妹であるエヴァ様のことも溺愛されているようだ。

良い知らせが多く喜ばしいことである。

ただ最近、巷《ちまた》には不穏な噂《うわさ》も流れている。内容としては、やれ戦争であるとか、悪い予言であるとか、ダンジョンの氾濫《はんらん》だとか様々だ。

噂はあくまで噂でしかないが、こんな噂が流れる時は大抵、いつかそれが実体を持つようになると相場は決まっている。

そんな時に、ルーサー様が強くたくましく対応できるよう、儂は儂のできることをしていくしかないのだろう。

近く、儂の魔法体系全てを、未来への遺産としてまとめ、記しておこう。それがいつ何時か、ルーサー様の役に立つかもしれぬ。

ふむ、それにしても今日は日差しが随分と強い。

「……先生、実は座学の方でわからないことがありまして、申し訳ないのですが、今日は屋内での講義に変更していただけないでしょうか？」

いつの間にか訓練の手を止めていたルーサー様が、心配そうな顔をして儂のことを見上げていた。

どうも気を遣われてしまったようだ。これはいかん。

「さて、今日は納得いくまで訓練をする予定じゃったろうに？」

杖《つえ》を軽く振って離れた場所にあった椅子を浮かせて運び、それに腰を下ろす。

もう一度杖を振って、すぐ近くに人ほどの大きさの氷を生み出して涼を取った。

「さて、この氷が解け切る前にうまくできたら、特別に第六階梯《だいろくかいてい》の魔法を一つ見せてしんぜよう。さぁ、ルーサー様、訓練を続けるんじゃ」

大丈夫だと言っても聞く子ではない。

実際にそれを行動で示し、更に餌をぶら下げてやって、ようやっと渋々ながら儂を屋内へ入れることは諦めたようだ。

第六階梯と聞いたときに目を輝かせていたのが、また愛らしい。

「先生、約束ですよ！」

ルーサー様はそうして訓練を再開した。

いつかは伝える魔法だのに、それが見られることがそんなに嬉しいのだろうか。

真剣な顔をしている横顔を眺めながら、儂は勝手にルーサー様の未来を想像する。

ゆったりと過ぎていくこの時間は、儂の人生において最も幸せな瞬間であるに違いなかった。

はじめまして。あるいは改めましてこんにちは。本書の作者嶋野夕陽《しまのゆうひ》でございます。

この度は『たぶん悪役貴族の俺が、天寿をまっとうするためにできること』を手に取っていただき、誠にありがとうございます。

毎日キーボードを叩いているというのに、いざ自分の言葉で文章を書こうとすると、なにを書こうかと迷ってしまいます。同じ文の量でも、あとがきは普段の数倍時間がかかっていますね。

その割に気の利いた言葉が出てこないあたり、なんというか……。

さて、折角あとがきというスペースを頂けたので、本書の話をちらりとしていこうかなと思います。おそらく私自身の話よりも、そちらの方が有益でしょうから！

不穏なタイトルで、のっけから家族関係が怪しく、転生理由も暗め。

その割に気楽にやっていけたのは、主人公の元々の性格が割と能天気だったからなのかなと思います。前世では普通の家庭で育ち、目覚ましい活躍はないまでも、それなりに明るく生きてきたルーサーでしたが、死をきっかけにかなり疑り深い性格になってしまいます。

結果的に家族関係に関しては、一人で空回りして、じたばた暴れているだけだったのですけどね。表紙のイラストは、知識(本)に頼りきっていたルーサーが、本当は皆からの愛(花束)を向けられていた、と私は考えております。

ルーサー、賢いふりしてちょっと間抜けです。

ただそのお陰で、ルーサーはこの世界にも大事なものがあると気付けました。

今までは全く縁のなかった上流階級の世界に放り込まれて、慎重なようでちょっと抜けているルーサーがうまくやっていけるでしょうか。人間臭くて、感情がぶれがちで、見ていて時々腹の立つときもあるかもしれませんが、優しい目で見守って下さるとうれしいです。

さて、物語の難しい話から、私自身の話に戻りましょう。

皆さん、授業で先生が教科書に書いてあることを読み上げているだけの時のように、リラックスして、ぼんやりと流し読みしてくださって構いませんよ。

この『多分悪役貴族の俺が、寿命を全うするためにできること』（こちらはWEB公開時のタイトルです）は、第9回カクヨムWeb小説コンテストにて、特別賞を頂いた作品です。うおー、やるぞー、と一念発起して書き始めた本作。受賞が発表された時は、部屋で変な踊りをしたものです。何せ文筆業における初めての受賞ですからね！　もしかして私はこの世界にいてもいいのかな……？　とドキドキしながら、これからの身の振り方を考えてみたりもしています。

自分の話をするときりがないので、そろそろ真面目な挨拶に戻りましょう。ここからは大事なところですから、余所《よそ》見せずにご覧ください！

さてこの場を借りまして、出版までに関わって下さったすべての方々に、厚く御礼申し上げます。

読者選考で本作に目を通し、評価してくださった皆さん。そして目に留めてくださった審査員の皆様。

素敵な装丁をしてくださったデザイナーさん。丁寧に読んで私の文章を直してくださった校正者さん。製本をしてくださった印刷会社さん。

本書のイラストを担当し、彩りを加えてくださったふわチーズさん。

特にふわチーズさんには、実は以前にもお世話になっております。こちらの作品でもよろしくお願いします！

最後に、あとがきまで読んでくださった皆様に最大級の感謝を。

また次巻でお会いできることを楽しみにしております。

嶋野夕陽

たぶん悪役貴族の俺が、天寿をまっとうするためにできること 1

WHAT I, PROBABLY
A VILLAINOUS ARISTOCRAT,
CAN DO TO FULFILL
MY NATURAL LIFE.

2024年12月30日　初版発行

著◆嶋野夕陽
イラスト◆ふわチーズ

発行者◆山下直久
編　集◆ホビー書籍編集部
編集長◆藤田明子
担　当◆野浪由美恵
装　丁◆名和田耕平デザイン事務所
（名和田耕平+小原果穂+澤井優実）
発　行◆株式会社KADOKAWA
〒102-8177
東京都千代田区富士見2-13-3
電話　0570-002-301（ナビダイヤル）
印刷・製本◆TOPPANクロレ株式会社

●お問い合わせ
https://www.kadokawa.co.jp/
(「お問い合わせ」へお進みください)
※内容によっては、お答えできない場合があります。
※サポートは日本国内のみとさせていただきます。
※Japanese text only

定価はカバーに表示してあります。

本書の無断複製(コピー、スキャン、デジタル化等)並びに
無断複製物の譲渡および配信は、著作権法上での例外を除き
禁じられています。また、本書を代行業者等の第三者に依頼して
複製する行為は、たとえ個人や家庭内での利用であっても
一切認められておりません。
本書におけるサービスのご利用、プレゼントのご応募等に
関連してお客様からご提供いただいた個人情報につきましては、
弊社のプライバシーポリシー(https://www.kadokawa.co.jp/)
の定めるところにより、取り扱わせていただきます。

©Shimano Yuhi 2024 Printed in Japan
C0093 ISBN978-4-04-738163-6

物語を愛するすべての人たちへ

KADOKAWA運営のWeb小説サイト

イラスト：Hiten

「」カクヨム

01 - WRITING

作品を投稿する

誰でも思いのまま小説が書けます。

投稿フォームはシンプル。作者がストレスを感じることなく執筆・公開ができます。書籍化を目指すコンテストも多く開催されています。作家デビューへの近道はここ！

作品投稿で広告収入を得ることができます。

作品を投稿してプログラムに参加するだけで、広告で得た収益がユーザーに分配されます。貯まったリワードは現金振込で受け取れます。人気作品になれば高収入も実現可能！

02 - READING

おもしろい小説と出会う

アニメ化・ドラマ化された人気タイトルをはじめ、あなたにピッタリの作品が見つかります！

様々なジャンルの投稿作品から、自分の好みにあった小説を探すことができます。スマホでもPCでも、いつでも好きな時間・場所で小説が読めます。

KADOKAWAの新作タイトル・人気作品も多数掲載！

有名作家の連載や新刊の試し読み、人気作品の期間限定無料公開などが盛りだくさん！角川文庫やライトノベルなど、KADOKAWAがおくる人気コンテンツを楽しめます。

最新情報は
𝕏 @kaku_yomu
をフォロー！

または「カクヨム」で検索

カクヨム